U0330972

大夏

大夏书系·教育艺术

校园益智灯谜

灵性生长的课程力

任勇·编著

 华东师范大学出版社

全国百佳图书出版单位

·上海·

图书在版编目（CIP）数据

灵性生长的课程力：校园益智灯谜 / 任勇编著 . —上海：华东师范大学出版社，2021

ISBN 978-7-5760-1900-1

Ⅰ.①灵 ... Ⅱ.①任 ... Ⅲ.①灯谜—汇编—中国—当代 Ⅳ.① I277.8

中国版本图书馆 CIP 数据核字（2021）第 120655 号

大夏书系·教育艺术

灵性生长的课程力
——校园益智灯谜

编　著	任　勇
策划编辑	朱永通
责任编辑	韩贝多
责任校对	杨　坤
封面设计	奇文云海·设计顾问

出版发行　华东师范大学出版社
社　　址　上海市中山北路 3663 号　邮编　200062
网　　址　www.ecnupress.com.cn
电　　话　021－60821666　行政传真　021－62572105
客服电话　021－62865537
邮购电话　021－62869887　地址　上海市中山北路 3663 号华东师范大学校内先锋路口
网　　店　http://hdsdcbs.tmall.com

印 刷 者　北京密兴印刷有限公司
开　　本　700×1000　16 开
插　　页　2
印　　张　18.5
字　　数　257 千字
版　　次　2021 年 9 月第一版
印　　次　2021 年 9 月第一次
印　　数　6 100
书　　号　ISBN 978-7-5760-1900-1
定　　价　58.00 元

出 版 人　王　焰

（如发现本版图书有印订质量问题，请寄回本社市场部调换或电话 021-62865537 联系）

本书使用说明

1. 本书是供中小学开展灯谜活动的选用材料，既可以是学校开设校本课程的活动用书，也可以是学校开展猜谜活动的参考用书，还可以是家长进行亲子互动的极好材料。

2. 本书介绍了灯谜的结构、规则、别解等灯谜基础知识，介绍了20种猜谜方法，介绍了灯谜的教育功能，为小学一年级至高三年级每个年级各提供366条灯谜，共计4392条灯谜。

3. 选谜原则注重教育性、知识性、适切性、趣味性和益智性，小学一、二年级猜谜语，侧重开发右脑，小学三年级以上猜灯谜，侧重开发左脑。

4. 讲灯谜基础知识时，没有讲带格灯谜、类格灯谜和花色谜种，也没有选用多底谜、带量谜、连接谜等，想深入研究灯谜的师生，可以进一步阅读相关谜书。

5. 学校若开展灯谜活动，建议成立研究小组、课题小组或灯谜社团，以语文教师为主，其他师生参与，结合教学渗透灯谜，利用课余时间猜谜，逐步形成学校特色。

6. 有条件的学校，可安排一些课时，给全体学生普及灯谜知识，给兴趣小组系统讲授灯谜猜制方法，给家长讲些基础的灯谜知识，都会产生意想不到的良好效果。

7. 本书之所以每个年级都选了366条灯谜，是考虑到学校可以让每个年级都进行"每日一谜"活动，根据各校情况，既可发送给家长，也可在校园公众号里推送。

8. 提供给各年级的灯谜，总体上由易到难，谜底只给出答案，而没有释谜，这样的"谜"对培养学生智力更有价值，让谜"飞一会儿"，益处多多。

9. 小学开展灯谜活动，谜源不够时，可以从初高中的灯谜中选用；初中谜源不够时，可以从小学和高中的灯谜中选用；高中谜源不够时，也可以向下选用。

10. 开展灯谜活动的学校，要尽可能培养出一些会制谜的老师，这样就可以将地域语词或师生姓名等编制成灯谜，师生猜射这类灯谜，别有一番情趣。

11. 不提倡在网络上查找谜底，这样就失去猜谜的意义了。当然，一些带有典故的灯谜，当公布谜底时仍不得其解，可以在网络上查找典故含义。

12. 看到谜底，几番思考，仍不得解，师生可以一并研究，这个过程很有益。如果还是不得其解，可求教当地谜家，或发邮件至 ren.yong@163.com 询问，以求破解。

13. 本书的各条灯谜，源于各类谜书，灯谜作者未列出，在此一并致谢。有些入选的灯谜，也可能有瑕疵，读者可以提出建议，以便再版时改进。

14. 本书根据灯谜界的约定俗成，出现在谜底中的图书、报刊、歌曲、电影、剧目等，均不加书名号，望读者理解。

15. 本书的灯谜要与时俱进，每次再版时笔者都会更新一些谜条，把当下新编的具有教育性、趣味性和创新性的佳谜编入新版书中，让本书常编常新。

自序　猜谜益智

走进文化休闲场所，我们常常看到，五颜六色的谜条以它们独特的形式和强烈的魅力吸引着兴致勃勃的人群。人们时而望谜思索，时而相互议论，时而竞相猜射。猜谜不仅给人快乐，给人知识，而且通过思考使人的智力得到锻炼。

寓教育于娱乐之中，增知识于谈笑之间，长智慧于课堂之外，这是灯谜的宗旨。

灯谜是结构最简单、篇幅最短小的文艺形式之一。它之所以能长盛不衰，其生命力在于一个"趣"字。这种趣味既产生于猜谜时的推理探索，更得之于谜底揭开之后的茅塞顿开。猜谜活动既是文学艺术欣赏，也是精神生活享受。初看谜时，山重水复疑无路；缘溪而上，芳草鲜美，落英缤纷，自得一番情趣；一入洞口，豁然开朗，柳暗花明，心中怡然自得；事过境迁，仍能余音绕梁，回味无穷。趣是谜的灵魂、谜的核心，也是灯谜魅力之所在。

趣中索趣大千世界凭君长知识，
谜里解谜三百廋篇任我娱身心。

这是在一次大型谜会上挂出的长联。寥寥数语，把灯谜的趣味性说得甚透。

灯谜的增知作用是不言而喻的。谜道虽小，一滴水可见太阳。其涉之广，天上地下、宇宙万物、历史地理、政治经济、科学文化无所不包，堪称人类的"百科全书""万有文库"。中华灯谜，是跨学科的综合性的边缘科学。要想在谜海中多获得一点自由，任何方面的知识和修养都会给猜谜、制谜带来意想不到的益处。

智力包括观察能力、记忆能力、想象能力和逻辑思维能力。猜谜，便是培养这些能力的极好方法。

灯谜中有不少谜是可以通过观察猜出的。如"真空之中"猜节日简称为"三八"，猜射者正是透过谜面字里行间观察到"真空"二字之中是"三八"。再如以"旭日东升鸿鸟飞"猜射地名"九江"。又如以"自古有聚必有别"猜一字"憩"等。这些都是训练观察能力的谜例。观察是人们认识世界的一个重要途径，人们不仅要勤于观察，还要善于观察。千百万人都见过苹果落地，唯有牛顿悟出了万有引力定律；同样，人人都猜"自古有聚必有别"，并非人人都能"看到"那个"自古"有聚和那个"必"有别。

记忆能力在发展人的各种才能中起着重要的作用。今日之灯谜，谜面内容之丰富，谜目之繁多也是前所未有的，或字、词、成语、唐诗、宋词、戏曲、词牌……，或天文、地理、科技、医药……，或电影、电视、小说、刊物、英文、日文……，应有尽有。在猜谜时，人们需要对过去感知过的事物重新认识或者再现。可见，猜谜是对我们记忆力的测验和训练，是对我们知识面的检查。如以"嗜烟酗酒有何益"猜曹操的诗句，你若不知曹操的诗句，不能进一步别解诗句原意，是很难猜得到"惟有杜康"这一谜底的。

想象在人的社会实践中起很重要的作用，在艺术创作和科学发明中占有特别重要的地位。没有想象力，就没有李白的千古名句"飞流直下三千尺，疑是银河落九天"；没有想象力就不可能发明微积分。可以说，没有想象力就没有艺术，没有想象力就没有科学。猜谜需要想象，猜谜也可以培养想象力。如以"三人踢球，一人跌倒"射"似"字，以点喻球，描形逼真，使人想象到三人夺一球的紧张场面；又如以"两把靠背椅，一扇百叶窗"猜一字"鼎"等谜，都可以用来培养人们的想象力。

善于用脑的人，除正常的工作外，还有业余的兴趣和爱好，借此给大脑以刺激和调节。爱因斯坦这位20世纪的物理学大师，在他书房的一角有很多的谜语书籍，常以猜谜为乐，增强思维能力。一般说来，逻辑思维包括概念、判断、推理等基本思维形式，以及比较、分类、类比、归纳与演绎、分析与综合等常用的思维方法。猜谜是通过对谜面进行审视、联想、分析、综合平衡，归纳出一个符合含意的答案——谜底。而猜谜中所使用的会意、离合、增损、象形、谐音、借代、正扣、反扣、分扣、用典、问答、夹击、承启等诸多谜法，都是符合逻辑思维的方法。猜谜者要想在千头万绪中找到正确的途径，寻求正确的答案，就应具有敏锐的观察力、高超的记忆力、丰富的想象力及广阔、深刻、独立和敏捷的逻辑思维能力。

费思索周折几度，
得奥妙觉悟一时。

灯谜的世界很精彩，精彩于求其乐，精彩于求其知，精彩于求其智。

中小学生朋友，若你愿使明日之你比今日之你更聪明，那就到人们欢乐的园地——灯谜世界中来吧！

任 勇

目 录

第三章 中小学生与灯谜

第四章 中小学每日一谜

第一章 灯谜的基础知识

一、灯谜的结构

灯谜一般是由谜面、谜目和谜底三部分组成。有些运用谜格制成的灯谜还需要按照规定的格式使谜底扣合谜面（本书不专门介绍谜格）。例如："第一个到教室"（猜学校用语一），谜底是"先进班级"（作"最先进入班级"解）。这里"第一个到教室"是谜面，"学校用语一"是谜目，"先进班级"是谜底。又如："节约能手"（秋千格，猜地理名词一），谜底是"省会"（作"会省"解）。这里"秋千格"是谜格。

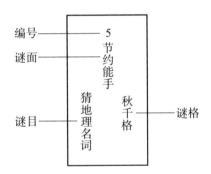

谜面、谜目、谜格写在谜笺上，如上图所示。

下面对谜面、谜目和谜底作简要的介绍和分析。

（一）谜面

谜面是灯谜的主要部分，是猜谜时以隐语的形式表达描绘对象的形象、性质、功能等特征，供人们猜射的说明文字。它是为了揭示谜底所给出的条件或提供的线索，是灯谜艺术的表现部分，也可以说是灯谜提出问题的部分。通常由精练而富于形象的诗词、警句、短语、词、字等组成。谜面文字要求简洁明了，通俗易懂。

还有一些灯谜的谜面不是文字，是由图形、实物、符号、数字、字母、印章、音像、动作等组成（本书也不专门介绍其他谜类）。不论谜面采用哪种形式，都应该简洁明了，隐喻得当，富于巧思。

（二）谜目

谜目是给谜底限定的范围。如"猜字一"，就是限定谜底只能是一个字，不能是别的东西，也不能多于一个字。即使猜别的东西也能扣合谜面，仍算没有猜中。例如："千里来相会"（猜字一），谜底是"重"字。这个谜面的谜底也可以是"重合"，但它不符合谜目要求；反之，如果这则灯谜的谜目是"猜数学名词一"，谜底就只能是"重合"了，猜"重"字就不算猜中。

有些灯谜有两个或两个以上的谜底，这些谜底一般是同类事物，有时也可以是两个或几个不同类型的事物。在这种情况下，谜目可以规定谜底是一个，也可以规定是两个或两个以上。总之，猜谜者只能按谜目规定的范围去猜射。例如，"春到人间草木知"（农业名词二），谜底是"越冬、返青"。又如，"骄兵必败"（猜秦人一、明人一），谜底是"陈胜、于谦"（"陈"解作述说，谜底连读）。

谜目的写法除前面几则那样写外，也可写作"猜一字""猜二刊物"等。因为大多灯谜是猜一个事物，所以有时人们把谜目中的"一"和"猜"字省去，如"猜成语一"简写成"成语一"或"成语"；遇到猜几个事物时，才具体标出是"二"还是"三"等。由于灯谜有猜、射、打等说法，谜目又可以写作"射字一"或"打一字"等。有时将一些谜目简写，如"五唐一"即为"五言唐诗一句"，"宋词一"即为"宋词一句"等。

标谜目时，应十分注意其范围。标的范围过大，猜射起来就太难；标得范围太小，猜射起来就容易。例如，"鼓上蚤上蹿下跳"（闽南语歌曲歌词一句），谜底是"有时起有时落"，如果把谜目改成"猜歌词一句"，难度就加大了许多。又如，"回眸一笑百媚生"（猜我国现代科学家一），谜底是"杨乐"，这样的谜目恰到好处。如果把谜目改成"猜我国数学家一"，就相对容易了许多。

（三）谜底

谜底是指谜面含蓄转折所指的要人猜射的事物本身，是灯谜隐藏在内的部分，也可以说是谜面所提问题的答案。谜底既要符合谜面的内在含义，又必须符合谜目所限定的范围，使人一见谜底就有"恍然大悟"之感。

谜底的字数一般很少，大多是一个字、词、词组或名称等，最多的也只是一两句诗词。如果谜底字数较多，制谜者就不容易制出好谜，猜谜者也不好猜中。

谜底可以别解，可以顿读、连读。例如，以"赔了夫人又折兵"猜物理名词"失重"，这里"重"字别解为"重复"的"重"。有些带格的灯谜，谜底可以谐音与谜面相扣，也可以分离、减少偏旁部首，还可以增减字数或变换谜底词句的排列顺序与谜面相扣，这些读者可以找其他谜书来学习。

有的灯谜的谜底与谜面互相调换后仍可成谜，称为"一谜互为底面"。例如，以"泵"猜成语"水落石出"；反过来，也可以用"水落石出"猜"泵"字。但在调换时要十分注意，如以"偓"猜成语"孤家寡人"，是一则可用之谜；反过来，以"孤家寡人"猜一字的话，谜底则可以是"偓""傢""佗"等字，造成一谜多底。

一般说来，灯谜的谜底应专一。一则好的灯谜，应该而且只能有一个谜底，不应该有两个或更多的谜底。例如，以"话说长江"作谜面，猜字一，谜底就可以是"泉""泊""训"等字，这样的谜就不算好谜。

二、灯谜的规则

长期以来，灯谜形成了一些约定俗成的标准和规则。目前看来，灯谜有以下几个规则：

（一）底不重字

谜底与谜面不允许任何一个字重复。也就是说，谜面和谜底中有相同的字出现，即通常所说的"露面"或"底面相犯"，在灯谜中是绝对不允许的。如：

例1 悬崖勒马。（国名一）　　　　　　　　　　　　　［危地马拉］

例2 万物生长靠太阳。（成语一）　　　　　　　　　　　　［来日方长］

例1的谜面和谜底都有一个"马"字，造成"底面相犯"，因此不能成谜。但国名不能改，故可把谜面改为"悬崖勒缰"就行了。例2的谜面和谜底都有一个"长"字，因此也不能成谜。可将谜面改为"万物生发靠太阳"就行了。根据这一点，在猜谜中，我们可以排除一些不正确的谜底，或者先发现谜底中的某些字。

（二）面要成文

谜面除一个字的以外，必须是能够表达一定意义的词汇、语句或符号。否则，虽能扣合，但毫无谜味，因而不能成为谜。如：

例3 言火火。（成语一）　　　　　　　　　　　　　　　［混为一谈］

例4 旦重分。（成语一）　　　　　　　　　　　　　　　［一日千里］

例3这条谜运用离合法，构思合理，但由于"言火火"三字不成文，所以不能成谜。例4这条谜，面和底倒可以扣合，但谜面"旦重分"不成文，难以捉摸，这在灯谜中也是不允许的。有的灯谜尽管构思巧妙，扣合贴切，但如果谜面不成文，也只能割爱。

当然也有例外，个别谜面虽然并不成文，却顺理成章，引人好奇，又不致使人无法猜射，也是可以成谜的。如"泳泳泳泳泳泳"猜宋代文学家"陆游"，便是一例。

（三）字宜规范

字不规范的现象在制谜中，较之语不成文现象更应引起重视，也更带有普遍性。如：

例5　车轮滚滚。（单位一）　　　　　　　　　　　　　　　［动物园］

例6　语言美。（字一）　　　　　　　　　　　　　　　　　［谁］

对于例5，动物园的"园"不是"圆"，所以此谜不成立。对于例6，谜作者将"言"与"佳（jiā）"组成"谁"。其实，"谁"是由"言"与"隹（zhuī）"组成，"隹"是一种短尾巴的鸟。"佳"与"隹"在文义上毫无共同之处，不可替代。为了纯洁祖国的文字，我们一定要纠正这一不讲文字规范的倾向。

不过，制谜高手有时可用巧妙手法解救这一现象。如"街中似有仙人迹"（猜字一），谜底为"催"，妙在一个"似有"，将偏旁部首"圭"与"主"的字形的相近关系作了交代，使底面的扣合无懈可击。

（四）事须符实

谜作者是否可以通过想象，虚构一些无据可查的故事情节入谜呢？一般说来，记事的谜面，应以事实作为依据。一条事不符实的谜面，会使猜射的条件和意义丧失，谜就不能成立。如：

例7　正月无初一。（字一）　　　　　　　　　　　　　　　［肯］

例8　日月头上长青草。（字一）　　　　　　　　　　　　　［萌］

例7这条谜面底可扣合（"正"无字头"一"画，为止字），面也读得通，但犯了事不符实的规则，因为不会有正月无初一的事。如果改成"正月初一出去"就能成立了。例8这条谜也犯了事不符实的规则，青草怎么长在太阳和月亮的头上呢？这是不可能的。

当然，引用一些现成的诗句以及剧目中的夸张、虚构的诗句与名称制成的谜是成立的，不能作事不符实论。如：

例9　力拔山兮。（宋人一）　　　　　　　　　　　　　　　［岳飞］

例10　关公战秦琼。（《水浒传》人名二）　　　　　　　［刘唐、时迁］

例9谜面取自项羽《垓下歌》中"力拔山兮气盖世"的前四字，这是夸张写法；例10是借用相声名"关公战秦琼"而制成的。灯谜中有以姓代朝代的惯例，关公是汉末时人，即以刘代汉，秦琼是唐人，即以秦代唐。谜底是说关公与秦琼是汉与唐在时代上的迁就。

（五）面无闲字

一条好的谜，应该是字字有着落，不应有"闲字"出现。

例11　桂林山水甲天下。（地名一）　　　　　　　　　　　［汕头］

例12　天生一个仙人洞。（字一）　　　　　　　　　　　　　［吴］

对于例11，本来以"山水甲天下"扣"汕头"已是一条完整的谜了，加了"桂林"，反成了"画蛇添足"。对于例12，谜底从字形的组合上，只能切合住谜面的"天生一个洞"（"口"字象形为洞），而"仙人"文义踏空，扣义残缺。

（六）面非注释

灯谜贵在别解，忌直露，直则无味。谜面如果是谜底的注释，猜射者没有回味的余地，也就失去了谜的意义。如：

例13　爱国华侨。（影片一）　　　　　　　　　　　　　［海外赤子］

例14　山上有山。（字一）　　　　　　　　　　　　　　　　［出］

这两条谜过于直解，因而不能算是谜。

（七）谜忌"倒吊"

小概念要放在谜面中，大概念则放在谜底中。否则就颠倒了关系，俗称"倒吊"。

也就是说，制谜时谜面和谜底用字头重脚轻，本来应该放在谜面上的字或词，放到谜底上去了，结果导致概念混乱，谜面扣不住谜底。如：

例15　上等木材。（船舶部位一）　　　　　　　　　　　［甲板］

例16　远征。（《木兰诗》句一）　　　　　　　　　　［万里赴戎机］

例15中木材是大概念，板是小概念。因为木材不一定是板，而板则属于木材。因此，此谜犯了"倒吊"的毛病了。例16的"远"不一定是"万里"，也可能是"千里"，或者"十万八千里"，所以这样的扣合也属于"倒吊"。将例16面底互换，谜目改为"歌唱演员一"，以"万里"扣"远"，就言之有据了。

（八）面有文采

谜面文字要优美，给人以美感，这也是制灯谜的一个原则。

例17　独自离家。（单据一）　　　　　　　　　　　　［出门单］

例18　醒时天微亮。（歌唱演员一）　　　　　　　　　［苏小明］

这两条谜虽无疵病，但总感觉谜面太乏味了，缺少文采。如果将例17的谜面改为"独在异乡为异客"（唐诗人王维诗句），将例18谜面改为"醒来但觉月朦胧"，就好得多了。

（九）面底和谐

灯谜制作必须注意谜面与谜底思想内容的一致，互相联系，互为补充，褒贬得宜，照应得当。否则，技巧再好，也难成为佳谜。如：

例19　热爱教学工作。（成语一）　　　　　　　　　　［好为人师］

例20　夸夸其谈。（名词一）　　　　　　　　　　　　［赞语］

例19面正底反，即谜面是褒义，谜底是贬义；而例20是面反底正，这二则谜都犯了"底面相冲"或"底面不投"的毛病，因而不宜采用。一般说来，谜面是褒义，谜底最好不要用贬义；反之，谜面为贬义，谜底也尽量避免用褒义。

（十）内容健康

猜谜之所以成为广大群众喜闻乐见的一项游艺活动，是因为它能寓教于乐，美化心灵，陶冶情操，增长才智。如果思想空虚，内容庸俗，这样的灯谜怎能达到宣传教育的目的呢？如：

例21　私人有钱不储蓄。（金融词一）　　　　　　［公积金］

例22　大家向钱看。（外国诗人一）　　　　　　　　［普希金］

这两条谜，虽然面底能够相扣，但谜面的思想性都不好。

三、谜语与灯谜

谜在以前叫作"谜语"，后来产生两个分支：一支为文义谜，即现在的灯谜；一支为事物谜，即现在的谜语。"谜语"浅显易猜，谜面形象生动，适宜少年儿童；"灯谜"规则较严，又需要一定的学识，猜射有一定的难度，小学中高年级可以开始尝试猜射。谜语侧重开发学生的右脑，灯谜侧重开发学生的左脑。

"谜语"和"灯谜"在性质上都是文字联想游戏。从广义角度讲，各种类型的谜，它们的总称叫作谜语。目前人们所谈论的"灯谜"和"谜语"大多都是从狭义方面讲的，因而二者在制作、猜射、结构等方面还是有区别的。

有人做了个比喻，说"谜语"好像民歌，而"灯谜"却是刻意求工的文章。我们不妨列一个表格，将灯谜和谜语从各个方面进行对照。

灯谜与谜语对照表

	灯 谜	谜 语
谜例	1. 劈山造田。（猜物一）　　［画］ 2. 木兰之子。（猜植物一）［花生］ 3. 清明前夜。（猜食品一）［元宵］	1. 远看山有色，近听水无声。春去花还在，人来鸟不惊。（猜物一）［画］ 2. 麻屋子，红帐子，里面睡个白胖子。（猜植物一）　　　　　［花生］ 3. 身上洁白如玉，心中花化绿绿。白沙滩上打滚，清水池中沐浴。（猜食品一）　　　　　　［元宵］
本质	多是"文义谜"，"事物谜"很少。	多是"事物谜"，偶然猜射一些字。
结构	有一套完整的谜体（包括谜面、谜格、谜目、谜底）。 提示少，常以一句话、一个词组甚至一个词或字为面。	由谜面、猜射范围和谜底组成。 启示多，常以民歌、童谣、顺口溜等诗句形式为面。
特点	底面扣合严密，不能有虚字，做到字字有着落。 谜面精练、成文。	底面不要求扣合贴切，要求有启发性，用比喻的方式，形象地表达猜射物。
猜谜形式	多以谜条形式供人猜射。	多以口诵形式供人猜射。
猜谜方法	抽象性。	形象性。
猜谜对象	以成年、青年为主。	以少年儿童为主。

　　从表中不难看出"灯谜"和"谜语"的区别所在。由于以上的区别，我们还可以看出，"灯谜"和"谜语"是两种不相同的猜谜类型，但它们都是文化娱乐园地中的一朵小花，它们各自有着不同的爱好者。

四、灯谜的别解

利用汉字音、形、义的变义和句子顿读而变义的特点，不按词句的原意解释而别作他解，从而使谜底扣合谜面，这是灯谜的基本法则之一，我们称之为"别解"。别解之谜，谜味盎然，人们常说"谜贵别解"就是这个意思。

例1　玲珑瑶阙未曾开。（名胜一）　　　　　　　　　　　　［玉门关］

谜底将"关口"的"关"别解为"关门"的"关"，一字别解，全句传神。

例2　爷爷当门卫。（单位一）　　　　　　　　　　　　　　［进出口公司］

底句三二顿读，"口""公""司"三字别解，谜味醇厚。

例3　不老实。（植物一）　　　　　　　　　　　　　　　　　［长生果］

对谜面断章取义，把"实"字别解为果实的"实"，以"长生"扣"不老"，构成谜底"长生果"。

例4　克服目前困难。（事一）　　　　　　　　　　　　　　［配眼镜］

灯谜以事作谜底的不多，此谜处理极巧妙。猜时仍用别解法，"目前"不作时间概念，应别解为"眼睛前面"，"目前困难"就成了"眼睛视物有困难"。克服的办法自然是配戴眼镜。

例5　溜冰切不可大意。（安全提示用语一）　　　　　　　　［小心地滑］

谜底原意是"要小心，地上会滑"，扣合时要顿读作"小心地 / 滑"，别解成"很小心地滑冰"来应合谜面。

我们再通过一条灯谜的评析，再次感受一下"谜贵别解"。

余震持续二旬

谜目：唐诗一　　　谜底：念天地之悠悠　　　作者：老夜游神　　　评析：刘二安

从谜面和谜底的语义中，我不禁想到了汶川大地震，想到大地震造成的巨大灾难，地震波似乎还在震撼着我的心灵，使人"念天地之悠悠，独怆然而涕下"。

本谜谜面是地震用语，别解全在谜底。谜底是唐代诗人陈子昂《登幽州台歌》中传诵千古的名句：前不见古人，后不见来者。念天地之悠悠，独怆然而涕下。原诗深刻表现了诗人怀才不遇、寂寞无聊的情绪，语言苍劲奔放，句式长短参差。底句在诗中读为：念\天地\之\悠悠，入谜则读为：念天\地之\悠悠，妙在将"天地"拆开，以"二旬"（20天，即廿天）扣"念（廿的大写）天"，将"念"由动词变化为数词，"天"由空间转换为时间；"余震持续"扣"地之悠悠"，"悠"本意为悠久、久远，这里别解为悠荡、摇晃，即地震时大地在摇荡，"悠悠"二字重叠，还体现了余震的持续。全谜扣合紧凑无余字，然而余意无穷，读诗读谜，诗之苍茫悲凉与谜之凄然悲怆浑然交织，令人遐思悠悠。

第二章 灯谜的猜制方法

每场谜会，我们总可以发现，不少猜众面对色彩斑斓的谜条，不知从何猜起，或者乱猜一通，屡射不中。他们常常发问："猜谜有方法吗？"回答是肯定的。灯谜是一种文字游戏，因而离不开音、形、义的变化。总的说来，我们可以把它分为会意体灯谜、增损离合体灯谜、象形象声体灯谜。针对不同的谜体，采用不同的猜法，所以猜谜是有一定的方法的。学会了猜谜，就等于给自己培养了一种学习能力、一种思维能力、一种娱乐能力和一种交流能力。猜谜有了一定的经验之后，就可以学制一些谜。学会了制谜，不仅能进一步培养上述四种能力和促进猜谜水平的提高，而且还为培养自己的组织能力创造了条件。

　　制作灯谜必须具备三个条件：一是要有广博的知识；二是要掌握灯谜的基本知识和一般规则；三是要学会几种具体的制谜方法。对于第一点，需要灯谜爱好者通过努力学习来丰富自己的知识；对于第二点，我们在第一章已经谈过；第三点将在本章中详细介绍。

　　制谜的顺序，主要是选择谜底和构思谜面，一般分为三步：选材、定目、配面。选材是指选取适合于制谜的素材，即择取一个好的谜底。由于并非任何事物都适合作谜底，所以择底时一定要考虑到能否设计出较好的谜面去与之扣合。比如以国名"澳大利亚"为底去配面，就相对不容易设计谜面。定目较容易，范围定得不宽不窄就可以了。三步中最关键、最难的是配制谜面。配面首先要确定谜体，一个谜底用不同的谜体可以制成多个谜面，要选择能使面底巧妙扣合、谜味最浓的谜体，然后从谜底发掘出某些特点，设计出贴切的谜面来。制谜一般是先有谜底，后有谜面。如我们看了电视剧《贝贝》之后，想编一条谜来猜剧名，用会意法配得谜面"珠联璧合"；用增损离合法配得谜面"丢失女婴"；用象形法配得谜面"人人选择突破口""两人被破格录取"。相比之下，用象形法配面的两条谜较好。但也有一些是先有谜面后有谜底，特别是以现成诗句或其他语句（成语、歌词、戏曲唱词、名句等）为谜面的灯谜。如以"一枝红杏出墙来"为谜面，若猜电影，则谜底为"春满人间"；若猜新词语，则谜底为"对外开放"；若猜法律用语，则谜底为"当庭释放"。

猜谜的方法和制谜的方法是互相对应的。制谜的顺序是"谜底—谜目—谜面"，猜谜的顺序正好相反，即"谜面—谜目—谜底"。制谜是根据某一字、词或物（谜底）的特点，运用一定的方法，构筑设计出贴切恰当的谜面，让人去猜射；猜谜则是根据谜面所提供的线索，运用一定的方法，经过多方思索，去分析寻找它所隐含的谜底。因此，掌握了制谜方法，就会进一步提高猜谜水平；善于猜谜，也就能逐步学会制谜。

下面我们举例说明猜制灯谜的 20 种方法，每种方法之后附有猜谜和制谜练习，答案附在本章末的附录中。为了提高读者的欣赏和研究水平，在每种方法之后，还有一则"佳谜赏析"，大家不妨细心品味。

一、增损法

增损法是利用笔画、部首、文字，通过增减离合之后重新组合而扣合的猜制方法。

例 1　千姿百态——开。（字一）　　　　　　　　　　　［伯］

解谜："千"与"百"都开掉"一"，合成"伯"。这是损字法。

例 2　者。（成语一）　　　　　　　　　　　　　　　［有目共睹］

解谜："者"字有"目"共在一起，就成了"睹"。这是增字法。

例 3　知难相逢叹别离。（字一）　　　　　　　　　　　［难］

解谜："知难"二字去其"叹"，再组合在一起即为"难"。这是损字法。

例 4 六一下加四，去八进一十。（字一） 　　　　［章］

解谜："六、一、四"去"八"再进"一十"就成了"章"字。这是增损法。

例 5 技术合作，不留一点，不留一手。（字一） 　　　　［枝］

解谜：先把"技术"二字合在一起，然后损去一"点"一"手"。这谜底就是"枝"。

例 6 禾中长草心不忙。（节气一） 　　　　［芒种］

解谜：谜面要顿读作"禾中／长草／心不忙"。"心不忙"是倒装句式，应别解为"心"字不要的"忙"。

◎用增损法猜谜

（1）君。（服装一）

（2）写景天已晚，画湖水又干。（乐器一）

（3）海水相隔心却连。（字一）

（4）各有风格。（字一）

（5）秦晋先后结盟。（民间文学形式一）

（6）游子方离母牵挂。（字一）

◎用增损法制谜

（1）＿＿＿＿＿＿＿（成语一） 　　　　［充耳不闻］

（2）＿＿＿＿＿＿＿（字一） 　　　　［达］

◎增损法佳谜赏析

一杯一杯不落空

谜目：食品名数一　　谜底：二两木耳　　作者：吴仁泰　　评析：赵首成

读题面，仿佛有一幅《将进酒》诗意图映入眼帘：李太白不惜以五花马千金裘，换一杯美酒，杯杯不落空，口到杯便干，俄尔诗兴大发，高声吟哦起"……会须一饮三百杯……将进酒，杯莫停……"。如此英爽豪迈之气概，淋漓酣畅之意境，极易引起你寻幽探胜，意欲领略醉乡风光的美好兴趣。

其实，谜面云云，无非作者精心布置的障眼术、迷魂阵而已。苟能匹马单枪，斩关破门而出，将会使你凭空沾濡一些灵气，增长一些睿智。

如是拆解，便知端倪：先将"不"字作谜眼，"落空"去"一杯一杯"四字中的"不"部，恰可知"一、木、一、木"。再以自行抵销后的面句对映底文，"一"与"一"，无论数字相加，抑或字形组合，皆切指"二"；"木与木"，自然是"两木"无疑。"两"本系量词，于此却指鹿为马，变异作数词；"耳"原乃状形之实词，这里偏李代桃僵，转化为语尾虚词。出句似元白之诗，通俗易懂而又流宕自然，应底如吴侬软语，宛转蕴藉且又轻灵裕如。全谜密藏机栝于锦匣，暗伏甲兵于绣帷，深得移星换斗而人不自觉之妙。读之使人齿颊生香，赏之令人击缺唾壶。道家有"百炼钢化为绕指柔"之语，我欲以此借喻斯谜技巧运用，精湛纯熟，几臻化境，不知你以为然否？

经过如上条分缕析，评品玩味，料想此时你已从"一杯一杯不落空"，以至酩酊沉酣于"中山千日酒"中醒过来了吧！

二、拆字法

拆字法是把谜底的字拆拼成几个部分或另外几个字来扣合的猜制方法。

例1　工人个个团结紧。（植物一）　　　　　　　　　　　［天竹］

解谜：谜底"天竹"二字可拆成"工人个个"四字。

例2　驱马辞远行，去之欲出谷。（世界货币一）　　　　　［欧元］

解谜："驱马辞"余"区"；"远行去之"（巧妙地连读，不得此窍门很难攻克）余"元"；"欲"出谷，余"欠"，谜底"欧元"就是这样组成的。

例3　残雨翻飞人眼来。（影片一）　　　　　　　　　　〔泪痕〕

解谜："残雨"扣合四点，"翻飞"扣合"彡"，"眼"字分拆成"目"和"艮"，组合起来就是"泪痕"了。

例4　纵横计不就。（成语一）　　　　　　　　　　〔言犹在耳〕

解谜：一纵·横，合而为"十"，"十"不就于"计"则存一"言"，底句中"耳"，为语末助词。

例5　彼此各一半。（字一）　　　　　　　　　　〔跛〕

解谜：把"彼""此""各"三字拆开，各取一半（"皮""止""口"）合成"跛"。

例6　分明颠倒隔扬州。（中医名词一）　　　　　　　　　　〔肝阳〕

解谜：将"明"分解后作位置颠倒，再植入扬州"邗"字中。

◎ 用拆字法猜谜

（1）带头改革旧貌变。（汽车品牌名一）

（2）大小一一俱全。（字一）

（3）杂。（俗语一）

（4）合二而一。（字一）

（5）人才重作安排。（字一）

（6）一人两名，交替使用。（首都名一）

◎ 用拆字法制谜

（1）_____（字一）　　　　　　　　　　〔全〕

（2）_____（礼貌用语一）　　　　　　　　　　〔明天见〕

◎ 拆字法佳谜赏析

残雨风中洒，落花山外飞

谜目：字一　　谜底：岜　　作者：邱春木　　评析：郑育斌

此谜我当时猜不中，但揭底后，至今还记忆犹新。一则灯谜，能让猜射者铭记，可见它具有一定的艺术魅力。

人们不难看出，此谜的创作过程是先有谜底，再构思谜面。作者选定字典里属"难检字表"中的生僻字进行艺术创作，首先让观者叹服。细细品味整个题面，"残雨风中洒，落花山外飞"，"落花"当是暮春时节，又有"雨、风、山"各种景致，可见作者立意是写暮春风雨的景象，境界开阔、优美，犹似一幅山水画卷。谜面言之有物，不但不会有为迎合谜底而生搬硬套的感觉，反而像是近体诗中的出句与对句，上下句词性对仗工整，"洒""飞"二字更是恰到好处，字助句活。作者造语天然贴切，虽字字锤炼，却又能不露斧凿的痕迹，好像是"满心而发，肆口而成"。

作者运用灯谜象形、增损离合的创作手法，上句"残雨"，以象形；"风中"取"乂"部；又以"洒"字加以强调渲染，即"残雨"（"氵"）"洒落"在"风中"（"乂"），扣"氺"，下句"落花"以"匕"字拟形；"山外"取"凵"部；"飞"字修饰"落花"，与上句"洒"字有异曲同工之妙。上下二句，组成"凼"（chàng）字，自然天成，无隙可击。"洒""飞"二字不但在句子中应用妥帖，在成谜上更是神来之笔。沈德潜的《说诗晬语》谓："古人不废炼字法，然以意胜，而不以字胜，故能平字见奇，常字见险，陈字见新，朴字见色。""洒""飞"二字在此平常朴素，却十分精彩，可见谜作者具有深厚的文学功力。

时谜会上，又以此谜底作为即席创作的题目，但不见有其他作品能出其右。就是今天来欣赏这则谜作，仍不失为一则佳制。是为评。

三、方位法

方位法是运用汉字结构的上下、左右、里外、前后、东南西北等部位相扣的猜制方法。

例1 岭前草木诱人来。(花名一) [山茶]

解谜：“岭”字之前为“山”，“草木诱人来”扣“茶”。

例2 人在画堂深处。(字一) [估]

解谜：“画堂深处”即“画堂”二字中间，“画”字中间是“十”，“堂”字中间是“口”，再加上一个“人”字，合成谜底“估”字。

例3 孔雀东南飞。(字一) [孙]

解谜：地理中有“上北下南左西右东”，“孔”字之东、“雀”字之南飞去，剩下“子”和“小”，合成谜底“孙”字。

例4 国外拾零。(歌唱演员一) [成方圆]

解谜：“国”字之外是“口”成为方形，“零”象形“圆”，故“成”为“方”和“圆”。

例5 俄尔。(成语一) [你中有我]

解谜：此谜须横行书写，“你”字中间放有一个“我”字就成为“俄尔”了。

例6 先复制，然后粘贴。(新词语一) [点赞]

解谜：“先复制”是提示重复取“先”，则得“先先”。“然”字后边是“灬”。“粘贴”是提示取“贝”与“占”。“占”与“灬”组成“点”，“先先”与“贝”组成“赞”。

◎ 用方位法猜谜

（1）旭日东升照窗头。(字一)

（2）只只玉兔戏林间。(植物一)

（3）于今国内换新貌。(字一)

（4）白头雄心向未来。(字一)

（5）冀中一片好收成。(《三国演义》人名一)

（6）离开城西赴垄上。(明星一)

◎ 用方位法制谜

（1）＿＿＿＿＿＿＿＿＿（字一) [白]

（2）＿＿＿＿＿＿＿＿＿（字一) [卉]

F

谜目：古诗一　　谜底：日出东南隅　　作者：王彭年　　评析：陆滋源

谜面是英文字母 F，这是作者系列外文字母谜中的一个。射谜底"日出东南隅"，颇见巧思。

凡一字为谜（包括字母），无论在底在面，终必伴之以增损离合；体例有增损，扣合讲离合，"谜"字首创，亦从此入手。然以其一字增损，文理难成，往往巧不见而拙现，故余韵不足，称佳亦难。然何者为佳？当以工巧为经，自然为纬织成之。本谜便具此特色。

"日出东南隅"意为"日"字出掉东南这一角，这不正好是"F"吗？而且 F 中一横笔略短，正好与"日"字中一横略短一样，巧中又巧。

谜底为《陌上桑》中第一句，不算僻句。一字为谜，本来只讲单方文意。此谜以其文意完整，既无"不足"，也无赘字，所谓"着手成春，妙造自然"，字谜至此，庶几可矣！

面为外文，底为古文，今人撮合之，合"古今中外"于六字中，融知识与趣味于一句内，谜之功力也。

四、分扣法

分扣法是把谜面和谜底分割成若干部分，然后分别扣合的猜制方法。

例 1 **鲁迅全集。（曲艺名称一）**　　　　　　　　　　[山东快书]

解谜：把谜面分割成"鲁""迅""全集"三部分，然后分别扣合："鲁"是山东省的简称；"迅"是快的意思；"全集"扣书字，连接起来为"山东快书"。

例2　重放的鲜花。（花名一）　　　　　　　　　　　［千里香］

解谜：把谜面分割成"重放"和"鲜花"两部分。"重"字放开成"千里"二字，"鲜花"扣"香"字，连在一起是"千里香"。

例3　人气高，能力强。（饮料名一）　　　　　　　　　　［红牛］

解谜："人气高"说明这个人正走红，故扣"红"；"能力强"说明这个人很牛，故扣"牛"。

例4　好看、方便、牢固。（国名一）　　　　　　　　　　［美利坚］

解谜：此谜巧妙地把同类题材组合在一起，分别一一扣之，体现了一种整齐美，这类谜材，较为难得，一般称它为"排扣"。

例5　闻姓惊初见，称名忆旧容。（春秋人一）　　　　　　　［赵衰］

解谜：谜面要求以五言唐诗二句猜人名。一句讲姓，一句讲名，已在面上点出。《百家姓》中"赵钱孙李"初见为"赵"；回忆起旧容，则此时此地，必衰老多矣，"衰"字也出来了。

例6　归宗访祖破古谜。（成语一）　　　　　　　　　　　［寻根究底］

解谜："归宗访祖"扣合"寻根"，"破古谜"扣合"究底"，分段会意扣合。

◎ 用分扣法猜谜

（1）独得一百分。（教学用语一）

（2）六一到，真开心。（饮料名一）

（3）既文静又粗野，既秘密又公开。（江名一）

（4）大漠孤烟直，长河落日圆。（成语一）

（5）一不要官，二不要钱。（选举名词一）

（6）孩子作业，父母包办。（成语一）

◎ 用分扣法制谜

（1）＿＿＿＿＿＿＿＿＿（饮料名一）　　　　　　　　　　［四季可乐］

（2）＿＿＿＿＿＿＿＿＿（俗语一）　　　　　　　　　　　［山不转水转］

◎ 分扣法佳谜赏析

山岩碎后归砂砾，米粉团来作饼糕

谜目：化学名词二　　　谜底：分解、合成　　　作者：林尚义　　　评析：柯国臻

题面自拟，两句平仄分明，对仗工整，出语通俗，不加修饰，都从自然中道来，谜底"分解、合成"也自成对，承受面句分扣。

面上的"碎"和"团"是句中之眼，谜里之神，可以说独能涵盖全底。其他之词都是从中虚于周旋，如"山岩""米粉"借物言之；"砂砾""饼糕"以形喻之。裂砂碎石极尽"解"释，糊粉搓饼足达"合"效，其文意互回，句意跌宕，迷离茫然，使人莫测，读此谜后，休怪制者舞文弄墨，当识其故作狡狯也。

五、反扣法

反扣法是通过对谜面进行反面（对面）联想会意而扣合谜底的猜制方法。这类谜中常常带有"不""非""莫""无"等词，以表示反义。

例1　快乐的单身汉。（《木兰诗》句一）　　　　　　　　　[惟闻女叹息]

解谜："汉"（男子）的反义词是"女"，"快乐"的反义词是"叹息"。谜面的反面会意是"只听到女子的叹息声"。

例2　内心松弛。（物理名词一）　　　　　　　　　　　　[表面张力]

解谜：内心是表面的反义词，松弛与紧张互为反义。

例3　处处只为他人谋。（六字常用语一）　　　　　　　[没有考虑余地]

解谜："处处"切"地"，其义了然；"考虑"应"谋"，契合无间；"余"字义变作"我"（自己），与"他人"互为反义，顿使全句有神。

例4　生产必须出正品。（成语一）　　　　　　　　　　　[不可造次]

解谜："正""次"为一对反义词，谜底解作"不可以造出次品"。

例5　方言。（六字成语一）　　　　　　　　　　　[不能自圆其说]

解谜："方"扣"不能自圆"属反扣，"言"扣"其说"。

例6　给爷爷让座。（《水浒传》人名一）　　　　　　　[孙立]

解谜：给爷爷让座的，自然是孙子。孙子让座后，肯定是站着的。利用"爷爷坐下"与"孙子站立"构成对应关系，反面扣合。

◎ 用反扣法猜谜

（1）打破大锅饭。（市招一）

（2）不要硬凑。（医学名词一）

（3）读新书，读好书。（成语一）

（4）此曲只应天上有。（成语一）

（5）挑嫩的取。（作家一）

（6）大都值得怀疑。（交流平台一）

◎ 用反扣法制谜

（1）＿＿＿＿＿＿＿＿（《水浒传》人名一）　　　　　　[白胜]

（2）＿＿＿＿＿＿＿＿（成语一）　　　　　　　　　　[后来居上]

◎ 反扣法佳谜赏析

是闲愁

谜目：六字俗语一　　谜底：忙得不亦乐乎

作者：郑百川　　评析：李保华

　　此谜若从正面相扣，不知要浪费多少笔墨，未必能中窍要。作者出奇制胜，反其道而行之，轻轻以"是闲愁"出之，读时初不在意，然掩卷遐思，品味再三，终于拍案叫绝。以"闲"对"忙"，以"愁"映"乐"，既云是因闲得没事干而发愁；忙，则必不亦乐乎也。映衬入理，反顾得趣。一个"是"字用得玲珑剔透，谜底"乎"字喜气洋溢。我谓此谜，功在利用对面映照之法，遂有一石三鸟，事半功倍之效。

六、夹击法

夹击法是既不从正面会意，也不从反面入扣，而是从旁推敲，从两边夹击中间，或突出中间侧击两旁（或周围）的猜制方法。这类谜的谜面上常有相应的衬托谜底的词。

例1 只有海空占有优势。（《三国演义》人名一） ［陆逊］

解谜："只有海空占有优势"可解作："陆"地"逊"色。

例2 不知地利与人和。（篆刻家一） ［单晓天］

解谜：天地人，三者也。"不知地利与人和"，则"单晓得天"，简为"单晓天"。

例3 东西峻岭北崎岖。（福建地名一） ［南平］

解谜：东西南北为方位，今"东西峻岭北崎岖"，故"南平"。

例4 是进亦忧，退亦忧。（成语一） ［乐在其中］

解谜：谜面为北宋范仲淹《岳阳楼记》中的一句，借用"进、退"去夹击"中"。谜面中的"忧"与谜底中的"乐"为反义词。

例5 坐也不是，站也不是。（铁路名词一） ［硬卧］

解谜：谜面通过夹击缩小了包围圈，既不能"坐"，又不能"站"，因此只能"卧"（或"睡""躺"等）。而这个"硬"字，在谜面排比句的强调语气下，一锤定音，恰到好处。

例6 中间一谜容易猜。（成语一） ［左右为难］

解谜：位置有左边、中间、右边三个之分，既然"中间"容易，"夹击"出"左右"有困难。

◎ 用夹击法猜谜

（1）小说天地。（交通用词一）

（2）上下不协调。（音乐名词一）

（3）始终不含糊。（历史用语一）

（4）你已冲出阵，他也突了围。（字一）

（5）左右皆曰不可。（古官名一）

（6）上有兄长，下有弟妹。（称谓一）

◎ 用夹击法制谜

（1）＿＿＿＿＿＿（德国地名一）　　　　　　　　［不来梅］

（2）＿＿＿＿＿＿（陕西地名一）　　　　　　　　［西安］

◎ 夹击法佳谜赏析

抢占中腹

谜目：成语一　　谜底：不着边际　　作者：姜满春　　评析：李平

　　棋谚云："金角银边草包腹"。在古代棋手看来：中腹最无价值。但现代棋手却认为：棋子着于中腹可筑成外势，有利于中盘作战，故常常于布局阶段即抢占中腹。拟题用棋语，颇见新颖，作者想必也是此中好手。觅底以成语，信手拈来，亦可谓轻车熟路。此谜采用"对面写照"法门，使"中腹"与"边际"成呼应之势。一"占"一"着"，非此即彼，作者乃取前者。用一个"抢"字，力争先手，可见其对于中腹的重视程度。谜底的原意为"没有涉及正题"，但一经与谜面结合，便成"不将棋子着于边际"之义。底面扣合自然，文理清晰，简明扼要。正如契诃夫所说："写得简洁，也就是写得有才气。"

七、包含法

谜面的字或义中都包含谜底的字，多用于猜制字谜。

例1　加劲劳动，个个有份。（字一）　　　　　　　　　［力］

解谜：前四字中，个个包含"力"学。

例2 左是山，右是山；上是山，下是山；山连山，山靠山；山咬山，不是山。（字一）　　　　　　　　　　　　　　　　　［田］

解谜：谜面反复在"山"字上做文章，但最后又说"不是山"，这就是借"山"字来附会谜底的字形。既然上、下、左、右都是"山"，而且互相"连""靠""咬"在一起，这就不难猜出是"田"字。

例3 赢有输也有，胜有败没有。（字一）　　　　　　　　　　［月］

解谜："赢""输""胜"三个字都有"月"，而"败"这个字没有"月"。

例4 谈论诗词谜。（成语一）　　　　　　　　　　　　　［有言在先］

解谜：谜面的五个字都有"言"在"先"（前面）。

例5 花荣、柴进、吕方、穆春、孙新。（影片一）　　　　　［小字辈］

解谜：谜面从《水浒传》中五人的绰号（小李广、小旋风、小温侯、小遮拦、小尉迟）里共同包含有"小"字，故谜底为"小字辈"。

例6 明有一个，暗有两个。（一）　　　　　　　　　　　　　［日］

解谜：谜面别义是指"明"这个字包含有一个"部件"，而"暗"这个字包含有两个同样的"部件"，显然这个"部件"是"日"。

◎ 用包含法猜谜

（1）垃圾堆里找得到。（字一）

（2）江淮河汉。（省名一）

（3）好妯娌、好姑嫂、好婆媳，处处可见。（字一）

（4）鼙鼓声声壮志存。（字一）

（5）巧了不空，空了不巧，既空又巧，办法真好。（字一）

（6）趋超赶赴般般有，骐骥骏骊处处同。（象棋用语一）

◎ 用包含法制谜

（1）＿＿＿＿＿＿＿＿（字一）　　　　　　　　　　　　　　　［王］

（2）＿＿＿＿＿＿＿＿（字一）　　　　　　　　　　　　　　　［米］

◎ 包含法佳谜赏析

唐虞有，尧舜无；商周有，汤武无

谜目：字一　　　谜底：口　　　作者：古谜　　　评析：蔡芳

迷面指出是"唐虞"和"商周"四个字中都含有的部件，这个部件是"口"。而"口"恰是"尧舜"和"汤武"四个字所没有的部件。"尧舜无"与"汤武无"起附加说明和映衬作用，增加谜面回互其辞的韵味。此谜以史为据，古色古香，实为巧构。

八、漏字法

漏字法是谜面借用某些有规律的词语，故意漏去一两个字，谜底即以漏掉的那个字配以适当的词汇相扣的猜制方法。这类谜常带有"遗""漏""无""少""缺""欠""落""掉""抛""舍""弃""丢""扔""忘""失"等表示没有、丢舍或遗弃的词，掌握了这一点，就容易猜制了。

例 1　泰衡恒嵩。(京剧一)　　　　　　　　　　　［少华山］

解谜：五岳漏掉了"华山"，此处"少"（ shào ）别读成"shǎo"来解释。

例 2　纲、目、科、属。(二字口语一)　　　　　　　［没门］

解谜：生物学中按"门、纲、目、科、属"进行分类的，显然谜面是有意漏掉"门"字，所以谜底是"没门"，别解为"谜面上没有'门'这个类目"。

例 3　根、茎、叶。(水果名一)　　　　　　　　　　［无花果］

解谜："根、茎、叶、花、果"是植物的五个组成部分，现在谜面上没有了"花"与"果"，谜底自然是"无花果"。

例4　焉哉乎也。（《论语》句一）　　　　　　　　　　[失之者鲜矣]

解谜：七个文言虚词"之乎者也焉哉矣"少了"之者矣"三字，谜底用"失""鲜"（少）相连，恰到好处。

例5　四五六八九。（俗语一）　　　　　　　　　[不管三七二十一]

解谜：一至十这十个数词，谜面上只写了五个，不管另外五个。

例6　跳马、架炮、提车、飞相、上仕、出帅。（成语一）[按兵不动]

解谜：象棋中的"七子"动了"六子"，惟有"兵"按着没动。

◎ 用漏字法猜谜

（1）石、升、合、勺、撮。（用具一）

（2）东西南北皆是。（国名一）

（3）二四六八十。（成语一）

（4）横、直、钩、撇、捺。（常用词一）

（5）壹、贰、叁、肆、伍、陆、柒、捌、玖。（古书名一）

（6）子、丑、寅、卯、辰、巳、午、未、申、亥。（成语一）

◎ 用漏字法制谜

（1）＿＿＿＿＿＿＿＿（成语一）　　　　　　　　[青黄不接]

（2）＿＿＿＿＿＿＿＿（字一）　　　　　　　　　　[轶]

◎ 漏字法佳谜赏析

八十五

谜目：电影名一　　谜底：月到中秋　　作者：张礼鹤　　评析：吴仁泰

制谜有"炼石补天"一法。此法从谜底中提取一个字或数字，由相应的动词作关联词，补入谜面，使面义起质的变化，生发新意，从而与底义遥遥呼应，互为补充。此谜题文本无韵致，今从底句中提出"月"字，通过"到"字关联入面，谜题则成"八月十五"，这使原来静止的自然数，顿显活泼灵动，而关合"中秋"，义无旁释，字字妥帖。一漏一补，参互错综，极山断云连之妙；亦静亦动，起伏抑扬，生柳暗花明之感。法师一笑（一笑老人，现代谜家，首创"漏补型"谜法），构思见妙，推为佳谜，读者之意如何？

九、会意法

会意法是根据谜面和谜底从字义、文义上相扣的猜制方法，是最常见的一种方法。

例1　逐项说明。（化学名词一）　　　　　　　　　　［分解］

解谜："逐项说明"就是分条解释，简称为"分解"。

例2　摄影记者。（成语一）　　　　　　　　　　　［相机行事］

解谜：谜底理解为"用照相机行事"。

例3　丸药。（五唐一）　　　　　　　　　　　　　［粒粒皆辛苦］

解谜："五唐"即"五言唐诗"，谜底中的辛作药味解。

例4　做对选择题，再做连线题。（俗语一）　　　　　［勾勾搭搭］

解谜：做选择题，常常在选项上"打钩"；做连线题，用线条"搭配"。

例5　一骑红尘妃子笑。（农药一）　　　　　　　　　［乐果］

解谜：谜面取自唐诗，讲的是杨贵妃见到荔枝送来而发出了笑声，她的"乐"是为了"果子"（荔枝）。

例6　热泪盈眶。（金鱼品种一）　　　　　　　　　　［水泡眼］

解谜：泪水含在眼眶里，浸泡着眼球，自然是"泪水泡着眼球"，简为"水泡眼"。

◎ 用会意法猜谜

（1）朝朝勤苦读。（高等学校一）

（2）你盼我来我盼你。（数学名词一）

（3）仰泳决赛。（成语一）

（4）挠痒要使劲。（三字常词一）

（5）启蒙教育。（学科一）

（6）打破砂锅问到底。（电脑名词一）

◎ 用会意法制谜

（1）＿＿＿＿＿＿＿（三字俗语一）　　　　　　　　［小心眼］

（2）＿＿＿＿＿＿＿（应用文体一）　　　　　　　　［通知］

◎ 会意法佳谜赏析

先天不足，后天有余

谜目：医界称呼名一　　谜底：大夫　　作者：任勇　　评谜：陈冰原

　　谜面的前句是成语，意为生物实体在孕育过程中由于缺乏某些成分，因而发育不够充分完善；引申为原来的基础不足，条件不够的意思。后句因承袭关联于前句而来，也渐成为现成语句，常为人们所使用。

　　制谜者以不同的断句方法曲折地暗示了谜底。"先""后"暗示这称呼有两个字，并以"天"字的字形作假寓对象，指出前者是"天"字的不足，后者是"天"字的有余。"天不足"缺一画是"大"，"天有余"天上伸出头则为"夫"，于是谜底"大夫"（"大"字读音同"带"）二字尽出矣。此谜的妙处就在于取材自然，底面贴切。

十、重合法

　　重合法是谜面由几个部分组成，每一部分都扣合谜底的猜制方法。多为猜制字谜。

例1　刘备闻之则悲，刘邦闻之则喜。（字一）　　　　　［翠］

解谜：谜面前后二句分别指关羽、项羽之死。

例2 日日有人至日本，日本有人日日来。（化学名词一） ［晶体］

解谜："日、日、人、日、本"和"日、本、人、日、日"组合起来都是"晶体"。

例3 画时圆，写时方；冬时短，夏时长。（字一） ［日］

解谜：谜面四句，句句扣"日"。

例4 一半多，一半少；合起来，还是少。（字一） ［歉］

解谜："兼"即"多"之意，"欠""歉"有"少"之意。

例5 虽则胜了又胜，却是慎之又慎。（字一） ［兢］

解谜："胜"扣"克"，"胜了又胜"为"兢"。"兢兢业业"意为"小心谨慎"。

例6 转载还得到春节。（天文名词一） ［回归年］

解谜："转载"会意扣合"回归年"；"还"（hái）异读作 huán，义变作"回还、回归"，"春节"是年关，义扣"年"。两次会意扣合"回归年"。

◎ 用重合法猜谜

（1）只因自大一点，惹得人人讨厌。（字一）

（2）断一半，接一半，接起来，还是断。（字一）

（3）自小在一起，目前少联系。（字一）

（4）一点一点大，人人都有它。（字一）

（5）山下出石灰，石灰堆成山。（字一）

（6）独经此道，唯精此道。（古代天文学家一）

◎ 用重合法制谜

（1）＿＿＿＿＿＿＿＿（字一） ［一］

（2）＿＿＿＿＿＿＿＿（字一） ［淹］

◎ 重合法佳谜赏析

著雨纷扬兮草长芳香，遭言毁谤兮心怀哀伤

谜目：字一　　谜底：非　　作者：邵婉婷（青非）　　评析：秋雨无声

灯谜之优劣品鉴，历来众口难调，各有各的理解和尺度。我之品谜，首重于意境感悟，或沉郁顿挫，或幽默风趣，或淋漓洒脱，重在一个情字。唱喜怒哀乐，赋悲欢离合，上下五千年，纵横九万里，寓之于笔端，打动自己，感染读者，这才称得上艺术。技法是基础，也是末节。技法是可以学到的，只要用心，都可以学会；而境界要感悟，用心灵去求索，道可道，非常道。不是笔墨可以写尽的。正如有人很勤勉地写了一辈子字，画了一辈子画，仍然是一个书匠画匠，何哉？未入道也。执迷于点画皴染技巧的人，永远无法修到大师的境界。同样，一些谜人也走入这样一个怪圈，技法愈熟练，作品愈匠气。就是因为只是执着于技法的运用，而忽略了境界的修炼，有皮有肉，但没了通灵的双眸，失了挺直的脊骨，还是一个鄙俗粗汉。

前几日见到此谜，听说是青非所作，且是平生发表的第一个谜作，几乎不敢相信，处女作居然能如此精致。

著雨纷杨兮，"非"和"雨"合并得"霏"，雨纷扬之意。

草长芳香，"非"和"艹"合并得"菲"，芳香之意。

遭言毁谤兮，"非"和"讠"合并得"诽"，毁谤之意。

心怀哀伤，"非"和"心"合并得"悲"，哀伤之意。

全谜四扣，手法相同，一气贯通，寓情于文字，寥寥数笔，写尽屈子一腔孤愤，而扣合精当，不着雕饰，如芳草般纯美，不觉为之动容。

屈子一生，天纵奇才，自比芳草，寄托高尚的情怀。

"纷吾既有此内美兮，又重之以修能。扈江离与辟芷兮，纫秋兰以为佩。"

屈子忧国忧民，孤忠愤节，虽满腔热血，徒叹报国之无门。

"长太息以掩涕兮，哀民生之多艰。余虽好修姱以鞿羁兮，謇朝谇而夕替。既替余以蕙纕兮，又申之以揽茝。亦余心之所善兮，虽九死其犹未悔。"

光阴苦短，早生华发，若美人之迟暮。屈子叹曰：

"汨余若将不及兮，恐年岁之不吾与。朝搴阰之木兰兮，夕揽洲之宿莽。日月忽其不淹兮，春与秋其代序。惟草木之零落兮，恐美人之迟暮。"

那逝去的光阴啊，不知我能不能伸手去挽留？人生的路坎坷多坚，但是天行健，君子自强不息！

"吾令羲和弭节兮，望崦嵫而勿迫。路曼曼其修远兮，吾将上下而求索。"

但是那些小人啊，如青蝇，嗡嗡于世，逐臭溷中，颠倒是非，致使大厦将倾！这无耻的毁谤啊，断送了屈原，也断送了家国！

"何桀纣之昌披兮，夫惟捷径以窘步。惟夫党人之偷乐兮，路幽昧以险隘。岂余身之殚殃兮，恐皇舆之败绩。忽奔走以先后兮，及前王之踵武。荃不查余之中情兮，反信谗而齌怒。余固知謇謇之为患兮，忍而不能舍也。"

就在那一年的五月初五，得悉白起攻克郢都的屈原，在纷纷的烟雨中，携着兰草的芬芳，怀着千古的诗思，投入了那滚滚东去的汨罗江。楚国灭亡了，无耻的毁谤者也消散在历史的烟云中；只有屈子的英名，像他笔下的香草一样万古流芳，那香气浸在了端午的粽叶里，浸在了那龙舟竞渡的号子里。

"著雨纷扬兮草长芳香，遭言毁谤兮心怀哀伤。"

感谢青非，让我又含着泪水读了一遍《离骚》，读了一遍屈原。

十一、问答法

问答法是以设问句作谜面，谜底为答词的猜制方法。当然，也有个别例外的情况，如下文例5。

例1 解析几何。（数量词一） [十八斤]

解谜：谜面意思是把"析"字解开是多少，"析"字拆成"十八斤"三字。

例2　八十万禁军谁掌管。（成语一）　　　　　　　［首当其冲］

解谜：《水浒传》中八十万禁军教头是林冲。谜底回答谜面提出的问题：八十万禁军的"首"领"当"是"其"林"冲"。

例3　烧饼怎样入炉。（成语一）　　　　　　　　　［俯首贴耳］

解谜：本谜答词中的"耳"字，本是名词，现为助词，实词虚用，使全句别解为："是低着头贴的啊！"形象地描写了烧饼入炉时的姿态。

例4　卖炭所得何所营。（中药名一）　　　　　　　［款冬花］

解谜：卖炭翁冒寒售炭于市，别无所求，所计唯腊月御寒果腹耳。"款"，自是卖炭所得之钱；"冬花"，别解为"冬天的花费"。

例5　春节三日有安排。（纺织品一）　　　　　　　［人字呢］

解谜：这种问答题的问句在谜底，而谜面也不是谜底问句的答案。谜面"节"作断开解，即"春"字节断分成"三""人""日"三个字，"三""日"两字有了安排，那么"人"字呢？"呢"字别解，妙趣天成。

例6　仙人在何方。（省名一）　　　　　　　　　　［山西］

解谜：谜面别解为："仙"字中的"人"（亻）部在什么方位。由于"亻"在"山"的左边，地理中有"上北下南左西右东"之说，所以谜底别解为：在"山"的西边。

◎ 用问答法猜谜

（1）兄弟情同什么。（字一）

（2）为何用秤。（成语一）

（3）尺子有何用途。（物理名词一）

（4）水帘洞外何所见。（成语一）

（5）"坏"字作何解。（四字俗语一）

（6）怎样熄灭酒精灯。（篮球用语一）

◎ 用问答法制谜

（1）_____（体育名词一）　　　　　　　　　［女子组］

（2）＿＿＿＿＿＿＿（交通名词一） ［打的］

◎ 问答法佳谜赏析

画师何足定妍媸

谜目：成语一 谜底：唯利是图 作者：张广发 评析：张志有

"汉主曾闻杀画师，画师何足定妍媸。宫中多少如花女，不嫁单于君不知。"清人刘献廷这首七绝《咏王昭君》，看来是同情画师的，但从史籍和戏剧中虽不尽相同的记载看，毛延寿等因王嫱不肯行贿，故丑画之，却是有据的。此谜即以题面的问句出之，引出谜底作答。底句之"图"，本为动词，有"企图"之义，拟谜则以名词使动用法，转名词"图画"为动词"画"，谳定（毛延寿等）画师画出美丑的标准"唯利"耳。作者从浩茫诗海中觅句，呼出底句，实为难得。只一"图"字，见刻画之惟妙，表里关合，见溢趣而传神，此实匠心出佳构也。

十二、用典法

用典法是运用历史典故或戏剧情节等为谜材而进行猜制的方法。

例1 愚公之居。（成语一） ［开门见山］

解谜：此谜以《列子·汤问》中"愚公移山"的寓言故事为面，把"开门见山"别解为开门出来就可以见到山。

例2 眼前有景道不得。（电影演员一） ［李默然］

解谜：谜面用的是李白的诗句。唐代诗人崔颢在黄鹤楼题了一首诗，李白看到以后十分推崇，于是写道："眼前有景道不得，崔颢题诗在上头。"谜底扣"李默然"，与谜面吻合无间，当时的情景跃然纸上。

例3 郗鉴选东床。（外国科学家一） ［爱因斯坦］

解谜:《晋书·王羲之传》记载，太尉郗鉴派人至王导家选婿，王家子弟都赶来了，只有王羲之好像全没听见，祖露着胸腹睡在东床上。太尉高兴地说:"这就是我喜爱的好女婿！"再扣住谜目联想，著名物理学家爱因斯坦的名字别解成"爱是因为这个（斯，即这）人豪放祖腹的缘故"，正与谜面切合。

例4 打起黄莺儿。（字一）　　　　　　　　　　　　　　[蹄]

解谜：唐代诗人金昌绪《春怨》诗云:"打起黄莺儿，莫教枝头啼。啼时惊妾梦，不得到辽西。"关键句是第二句：为不惊走好梦，树上的鸟儿要停止啼叫。"止""啼"二字相组合，就是"蹄"，这是用典结合拆字离合猜出谜底的。

例5 楚人求剑。（艺术品名一）　　　　　　　　　[水印木刻]

解谜：谜面指的是《吕氏春秋·察今》篇中"刻舟求剑"的寓言故事：一楚人涉江，剑掉落江里，他立即在落水的木船身上刻了记号，等船靠岸再去打捞，此时自然无法找到。谜底"水印木刻"作"水印木舟，刻以痕记"解析。

例6 打渔杀家。（成语一）　　　　　　　　　　[恩将仇报]

解谜:《打渔杀家》是著名的京剧剧目。说的是梁山老英雄萧恩带着女儿萧桂英在江边打渔为生，因天旱水浅，打不上鱼，欠了乡宦丁子燮的渔税，得罪了丁府。丁府与官衙勾结，拘捕萧恩并杖责四十。萧恩愤恨之下大发英雄神威，带着女儿夜入丁府，杀了渔霸全家。此谜据典扣合，"恩"借指人名萧恩，谜底别解为：萧恩把仇报了。

◎ 用用典法猜谜

（1）吕子明白衣渡江。（成语一）

（2）多多益善。（兵种一）

（3）伙伴皆惊忙。（四字常言一）

（4）孟母断机。（学科一）

（5）以铜为鉴，以古为鉴，以人为鉴。（宋词人一）

（6）魏武挥鞭话梅林。（卫生用语一）

◎ 用用典法制谜

（1）_____（体育名词一） ［弃权］

（2）_____（礼貌用语一） ［借光］

◎ 用典法佳谜赏析

融四岁，能让梨

谜目：歌曲一　　谜底：小小的我　　作者：张渭　　评析：张哲源

孔融年四岁，晓礼让，一日父命取梨，融取小者。父问故，融曰："儿年小，当取小者。"这是《汉书》上所载的故事，作者轻拈这一典故，以歌名《小小的我》嵌底，将谜面的"融"这一人名，从他称转为自称，使书中人孔融那"小小的梨子应该留给我自己"的谦逊达礼之神态跃然纸上。此谜纯属用典白描，谜面引用《三字经》句，文顺意明，底句统括得当，虽不事雕琢而见含蓄有致，作者系一谜坛少年新手，有此谜思，也属难得。

十三、借代法

借代法是以人名、生肖、地支、地名、时间、朝代、物名、数字、符号等作假借进行猜制的方法。

例1　黛玉大喜。（京剧一） ［快活林］

解谜：黛玉姓林，大喜就是快活，合在一起便是"快活林"。这是人名的"假借"。

例2　未入灯谜之门。（成语一） ［羊落虎口］

解谜：在十二生肖与十二地支中，"未"对应"羊"，"虎"代"灯谜"（灯谜又叫文虎）。（未）羊入（谜）虎（之门）口，即："羊落虎口"。

这是生肖地支的"假借"。

例3 儿童节放假。(中成药一) [六一散]

解谜:儿童节是六月一日。这是时间的"假借"。

例4 唐代瑰宝。(古代医学家一) [李时珍]

解谜:唐王朝是李家天下,因此可以"李"代"唐"。"瑰宝"即"珍宝"。谜面经假借后意会成"李氏时代的珍宝",故谜底为"李时珍"。这是朝代的"假借"。

例5 航空:昆明—上海。(京剧一) [飞云浦]

解谜:昆明为云南之地,上海有浦东国际机场,故谜底为"飞云浦"。这是地名的"假借"。

例6 一念之差。(字一) [艾]

解谜:谜面是一句成语,"二十"与"念"(二十的大写为"廿")互代,两个"十"即为"卄"。"差"意为差错,即"×"。"卄"与"×"组成谜底"艾"。

◎ 用借代法猜谜

(1)猪年过后鼠年到,巧逢年尾接年头。(字一)

(2)山东人聪明得很。(《水浒传》人名一)

(3)错把梅花当桃花。(成语一)

(4)电池两极装反了。(成语一)

(5)鲁迅诞生一世纪。(成语一)

(6)而立之年不小了。(字一)

◎ 用借代法制谜

(1)＿＿＿＿＿＿＿＿＿(字一) [臻]

(2)＿＿＿＿＿＿＿＿＿(元代戏剧家名一) [马致远]

◎ 借代法佳谜赏析

《西游记》作者遗像

谜目：猜五言唐诗一句　　谜底：承恩不在貌

作者：张国栋　　评析：李保华

《西游记》是明代吴承恩所著。底句诗出自唐杜荀鹤《春宫怨》："承恩不在貌，教妾若为容"。意谓"既然取得恩宠并不在于容貌，教我如何打扮是好呢？"诗句透露了诗人怀才不遇的怨愤。入谜后，谜作者摒弃原意，将"承受恩宠"之"承恩"解作《西游记》作者吴承恩之名，真乃狡狯之至，却又令人叹服。"不在貌"解作"亡故时的相貌"，即"遗像"，如此正与谜面璧合无间。

谜面平正通达，然极具巧思。谜底"承恩"别解未经人道。此谜虽以假借法和分扣法出之，但底面浑成，"不在"二字尤令人解颐。

十四、换算法

换算法是运用等同数量的变换和运算来扣合的猜制方法。

例 1　一鞠躬二鞠躬三鞠躬。（时令俗称一）　　　　［礼拜六］

解谜："鞠躬"扣"礼拜"，一二三相加为"六"，故扣"礼拜六"。这是加法。

例 2　三男邺城戍，二男新战死。（计划生育名词一）　　［只生一个］

解谜：谜面为杜甫《石壕吏》中的诗句。三减去二等于一，故扣"只生一个"。这是减法。

例 3　再三谦让。（《三国演义》人名一）　　　　　　　［陆逊］

解谜："再三"解作"二个三"，二三得六（陆）。这是乘法。

例4　三分之二。（成语一）　　　　　　　　　　［陆续不断］

解谜：2÷3=0.6，这是除法。

例5　1981.9.25（影片一）　　　　　　　　　　［咱们的牛百岁］

解谜：1981年9月25日是鲁迅先生诞辰100周年纪念日，巧借这一时间和"俯首甘为孺子牛"之名句得谜。一个"咱们"亲切感人，"牛"表示鲁迅是劳动人民大众的"牛"。

例6　成双成对去，接二连三来。（数学用语一）　　　　［四舍五入］

解谜："双"和"对"都是二，两个二就是"四"；"去"别解为"舍弃"，扣"舍"。"接二连三"是提示"二"与"三"相加得"五"；"来"别解为"进来"，扣"入"。

◎ 用换算法猜谜

（1）十二元。（扑克游戏一）

（2）三八二十四。（体育项目一）

（3）三山五岳。（名胜一）

（4）一年只有五天在家。（五字俗语一）

（5）十人征战一人还。（商业用语一）

（6）七嘴八舌不停口。（电视用语一）

◎ 用换算法制谜

（1）＿＿＿＿＿＿＿（成语一）　　　　　　　　　　［一日千里］

（2）＿＿＿＿＿＿＿（诗词体裁一）　　　　　　　　　　［五言绝句］

◎ 换算法佳谜赏析

几笔丹青几瓣雪

谜目：电脑用语一　　　谜底：486　　　作者：俺村俺最帅　　　评析：谜里喇嘛

几笔丹青，几行佳诗，几片飞花，几杯清酒。置身现代，难得有这般风花雪月的事了。

初看谜面，心中便生出一丝好感。那是几笔丹青信手挥毫的不经意，那是几瓣白雪飘落窗台的不经意。

作者似乎也不经意，谜面本是陈述语句，却在不经意之意变成了疑问语句：

"丹青"几笔？答曰：四笔和八笔。

"雪花"几瓣？又答："雪花独六出。"

谜底也就在不经意之间出来了。

俗以"计划"来计算笔画，谜作者另辟蹊径，是经意还是不经意？

用着眼前的奔腾4写着谜评，却不经意间想起了那台伴我度过许多时光的486来了。

十五、抵消法

抵消法是谜面中一些字词自我抵消或在谜底中添置一些字词再行抵消的猜制方法。

例 1　啤酒厂出酒。(字一)　　　　　　　　　[碑]

解谜："酒"字自行抵消，只剩下"啤""丿"二字合为"碑"字。

例 2　凤凰台上凤凰游。(数学名词一)　　　　[相似三角形]

解谜："凤凰"二字自形抵消，只剩下"台上"，"台"字上面为"厶"，不正是一个"相似"的"三角形"吗？此处别解数学中"相似"之意。

例 3　黄河远上白云间。(王安石诗句一)　　　[山水空流山自闲]

解谜：谜底"山"抵消后余"水空流"——"水向天空中流"照应谜面。

例 4　昨日之日不可留。(国名一)　　　　　　[乍得]

解谜：谜面里的"昨日"二字中的"日"由"日不可留"抵消去，只留得一个"乍"，故扣国名"乍得"。

例5　坥。（花名二）　　　　　　　　　　　　　［牡丹、牵牛］

解谜："牡丹"二字牵去"牛"字即成"坥"，这也是谜底抵消。

例6　看见大姐二姐小姐，没看见三姐。（字一）　　　　　［奈］

解谜："三姐"别解为三个"姐"字。谜面"没看见三姐"抵消掉前面的"看见"和三个"姐"，谜面只剩下"大二小"，合成谜底"奈"。

◎ 用抵消法猜谜

（1）进又进不得，退又退不得。（字一）

（2）多劳多得，少劳少得。（字一）

（3）吾日三省吾身。（化学名词一）

（4）《小芳》唱罢唱《小草》。（字一）

（5）终日望夫夫不归。（航空名词一）

（6）四月五日清明节。（围棋用语一）

◎ 用抵消法制谜

（1）_____（俗语一）　　　　　　　　　　　［白露身不露］

（2）_____（字一）　　　　　　　　　　　　　［共］

◎ 抵消法佳谜赏析

"梅香，泡茶。""晓得，去泡哉！"

谜目:《千家诗》一句　　谜底：春到人间草木知

作者：佚名　　评谜：金瓯

谜面似旧时江南一带家庭中主人款待客人时对女仆的使唤声和女仆的应答声。殊料在这生活气息浓郁的呼应中，却隐藏着宋代张栻《立春偶成》诗中的一句："春到人间草木知。"可谓出句平常，攀句高雅，雅俗妙合，交融一体。其特点有三：

一是分层相扣，脉络清晰。先以"梅香"曲折会意"春到"。宋代陈亮《梅花》诗谓："一朵忽先变，百花皆后香。"宋代王灼《丑奴儿》词曰："东风已有过来信，先返梅魂。"故有"寒梅著春"之说。继将"茶"字解开，恰成"人间草木"，玲珑别透，巧夺天工。再以"晓得"直接会意"知"，而"泡"字又来去分明，洵为字字落实，处处关照，无懈可击。

二是衍文自行抵消，使人难以察觉。谜面前句"梅香"和"茶"本不成句，作者用心良苦，设一"泡"字连文贯义。"泡"虽衍文，然而后句用了"去泡哉"三字，妙借梅香的应声脱口而出，在不经意中起了排除衍文的作用，毫无针线之痕。

三是运用多种手法成谜，或会意，或拆字，或自作抵消，各臻其妙。表里关映，极见浑脱。

综观此谜，构思新颖，谜味隽永，令人拍案叫绝，叹为妙制。

十六、象形法

象形法是利用汉字中象形文字或其他文字、符号结构上的形象特点来猜制灯谜的方法。有全部象形的，也有部分象形的。

例1　两行远树山倒影，一叶孤舟水横流。（字一）　　　　　［慧］

解谜：把"丰丰"比作两行远树，"彐"喻为"山倒影"，把"心"字的"乚"象形为"一叶孤舟"，把"心"字的三点描绘成"水横流"，构成"慧"字，生动形象，别有风味。

例2　儿女相逢泪双行。（字一）　　　　　　　　　　　　　［姚］

解谜：女儿凑在一起，加四点成"姚"字。"姚"字的四点宛如两行热泪，用"泪双行"加以描绘使之象形化，十分生动有趣。

例3　破格选人才。（字一）　　　　　　　　　　　　　　　［财］

解谜："破格"扣残缺的方框是很形象的，再选"人才"就成"财"字了。

例4　禾苗破土生。（字一）　　　　　　　　　　　　　　　［乘］

解谜："土"字从中间破开不正是"北"字吗？"禾""北"合成

"乘"。制谜者想象丰富，别出心裁。

例5　举杯邀明月，对影成三人。（字母四）　　　　　［YOWV］

解谜：Y为酒杯高举，O圆为明月，WV两字倒过来，不就是三个"人"字吗？

例6　支起炸药包，坦克来了。（餐饮用语一）　　　　　［早点］

解谜："早"字形状很像绑在支撑杆上的炸药包；"点"字很像坦克的造型。

◎ 用象形法猜谜

（1）分田分到王家湾。（字一）

（2）一弯斜月映三星。（字一）

（3）瓜儿离不开藤，藤儿离不开瓜。（网络社交平台一）

（4）驴高栏低。（字一）

（5）一川横贯，双峰倒映。（字一）

（6）破镜重圆。（化学分子式一）

◎ 用象形法制谜

（1）＿＿＿＿＿＿＿＿＿（字一）　　　　　　　　　　　［艺］

（2）＿＿＿＿＿＿＿＿＿（字一）　　　　　　　　　　　［鼎］

◎ 象形法佳谜赏析

桥前浮鸭衔鱼归

谜目：字一　　　谜底：杂　　　作者：黄惠中　　　评析：甘当牛

象形在谜中的运用，可谓为谜增色不少。但不是所有的象形都用得不错，或者说，有些谜中的象形人云亦云，缺少新意。

有些谜虽也象形逼真，但因常见而显得平淡无奇。象形，顾名思义是想象中的形状。因而，同一样东西，会因观者的学识、想象力之不同而不同。在谜中，象形也要有个"度"。这"度"，即是说不能太过离奇、似是而非。应用得当，可为谜增色，应用不当，反不如不用。正所谓要能引起大家的共鸣，从而达成共识，并不是作者一个人在激动。

观此谜，象形逼真而生动，手法新颖而出奇，真可谓功夫到处见新奇。请看扣合："桥前"意为"桥"字之前部，为"木"；"浮鸭"会意象形为"乙"，"衔鱼归"中"鱼"象形为"丿"，"衔"意为衔接，与"乙"连接，可得"九"，"归"为连缀词。将"桥前"和"九"相组合，即可得"杂"。全谜拆拼曲折而合理，扣合流畅而稳妥，尤其两个象形，活灵活现，十分有趣。可见作者谜艺之高，非同一般。赏之，由不得人不为之叫好。

十七、谐声法

谐声法是利用汉字或其他符号的读音巧妙地融合于谜面谜底之中来猜制灯谜的方法。由于各地方言不同，所以谐声法是有区域性的。

例1 看看像妈妈，听听像爸爸。（字一）　　　　　　　　　　［毋］

解谜：谜底"毋"看形状与"母"相似，念起来却与"父"字声音相近。

例2 去掉一只眼睛，就变成一个鼻子。（英文单词一）　　　［noise］

解谜：眼睛 eye 与 i 同音，noise 去掉 i，成为 nose，即鼻子。外文同样可以利用谐音而产生别意。

例3 33（成语一）　　　　　　　　　　　　　　　　　［靡靡之音］

解谜：把阿拉伯数字与音阶联系起来，"33"即"靡（mi）靡（mi）"之音。

例4 犬声穿户出。（字一）　　　　　　　　　　　　　　　　［润］

解谜："汪"（狗叫声）字的三点水"氵"从"门"字里破门而出，巧成一"润"字，既闻其声，又见其形。

例5 朝来初听马蹄声。（俗语一）　　　　　　　　　　　　［天晓得］

解谜："朝来"扣"天晓"，"得得"乃"马蹄声"，而"初听"则仅一个"得"。

例6　声声鼓乐起东西。（字一）　　　　　　　　　　[胡]

解谜："胡"字拆开为"古""月"，声同"鼓""乐"，"东西"表示方位。

◎ 用谐声法猜谜

（1）瞧是母鸡蛋，听是公鸡叫。（字母一）

（2）古城墙头听蛙声。（字一）

（3）古韵钟声东方来。（字一）

（4）蟋蟀叫。（《木兰诗》句一）

（5）几声清淅沥。（电信名词一）

（6）读英语书，说表态话。（成语一）

◎ 用谐声法制谜

（1）_____（外国作家一）　　　　　　　[果戈理]

（2）_____（字一）　　　　　　　　　　[戈]

◎ 谐声法佳谜赏析

那英说好像听到鸡喔喔地叫

谜目：英语单词一　　谜底：GOOD　　作者：李清川　　评析：张顺社

　　网络灯谜，如雨后春笋，层出不穷，佳作不断，创新不断，令传统谜人大开眼界，为谜坛注入了新的活力。更多的传统谜人将随时间的推移和条件的改观，逐步加入到网络谜圈中来，利用网络这一快捷媒体，发布自己的得意作品。

　　福建晋江青年谜人李清川"十二月水"（拆"清"字入谜）为网站发布的"GOOD"谜获得佳评，带给我们耳目一新的感受，真是美妙无比。此谜好在运用拟音象声法成谜，巧在借用歌坛明星名以障目。倘若那英女士上网听到"机"中传来"喔喔地"叫声，不醒也该醒了，并为之叫好称绝。底材英语单词"GOOD"是表示"好"的意思，是由四个字母组成的单词。那些英国人说"好"，用汉语拟音译为"古得"，就少了些许谜味。如何出新，酿造佳味，十二月水给出了最佳答案。既然"清"都可以拆为"十二月水"，那么"GOOD"不也可拆吗？好了，只需将这四个英文字母分开念一念，真的像在听到"鸡喔喔地"叫。原来，"鸡"是G、"喔"是O、"地"是D的译音。有了好的谜材，还要有好的设计师、建筑师来完成建设，谜作者就是那设计师和建筑师。"鸡喔喔地"四个汉字好像是在念四个英文字母；常用语"好像"是连贯词，入谜又被谜人玩了一把，将之断开读"好，像"。这不，谜趣谜味更加浓烈了！"好"是英文单词"GOOD"的意思，这是正宗的会意手法；"鸡喔喔地"是英文字母拟音，用的是象声手法。更巧的是在人们耳熟能详的明星中搬来大救星"那英"入谜，巧妙地别解作那"英"，语中指代"英国""英语""英国人"。顿读、别解、谐声三法齐用，撰面自然，抹去痕迹，光洁清新，十分吊人胃口。谜获佳评，自是情理中的事了。

十八、承启法

承启法是利用名人诗（文）一句，或其他具有上下文连贯含义的现成句子作面，使人看了面句立即产生联想，引出上（下）句，从而扣合谜底的猜制方法。猜制时联想到其上句含义的方法称为承上法，联想到其下句含义的方法称为启下法。

例1　笑问客从何处来。（五唐一）　　　　　　　　［生小不相识］

解谜：谜底由上句"儿童相见不相识"推得。这是承上法。

例2　桃花潭水深千尺。（成语一）　　　　　　　　［无与伦比］

解谜：谜底由下句"不及汪伦送我情"推得，"伦"指汪伦，意思是"（任何人的友情都）无（法）与（汪）伦（相）比"。这是启下法。

例3 老大徒伤悲。（词牌一） ［少年游］

解谜：谜底承上句"少壮不努力"而来。

例4 山中无老虎。（茶叶品种一） ［猴魁］

解谜：谜底由下句"猴子称霸王"而来。

例5 士别三日。（杂志一） ［新观察］

解谜：语出《三国志·吕蒙传》。全句为"士别三日，即更目相待"，后人改为"刮目相看"，面为上句，底为下句的转意。

例6 千淘万漉虽辛苦。（体育用语一） ［沙排获金］

解谜：语出刘禹锡《浪淘沙·其八》的后两句："千淘万漉虽辛苦，吹尽狂沙始到金。"用启下法猜之，"沙排获金"别解为"排尽泥沙才能获得金子"。

◎ 用承启法猜谜

（1）问君能有几多愁。（成语一）

（2）为伊消得人憔悴。（电信名词一）

（3）但使龙城飞将在。（四字俗语一）

（4）家祭无忘告乃翁。（报纸一）

（5）恐惊天上人。（物理名词一）

（6）人间四月芳菲尽。（北京名胜一）

◎ 用承启法制谜

（1）＿＿＿＿＿＿（中国名作家一） ［谢冰心］

（2）＿＿＿＿＿＿（电工器材一） ［绝缘棒］

◎ 承启法佳谜赏析

留取丹心照汗青

谜目：电影名一　　谜底：人尽名流　　作者：吴龙云　　评析：吴仁泰

宋代文天祥《过零丁洋》诗有"人生自古谁无死，留取丹心照汗青"句。这首诗，以歌当哭，正气凛然，淋漓大笔，千古高音。制谜者引得后一句作面，读之令人生无限激励之心。谜底"人尽名流"，分解得体。"人尽"是从上一句诗"人生自古谁无死"之意境中来，"尽"是同归于尽之"尽"，承接自然；"名流"则与"留取丹心照汗青"一句之诗意相呼应，"流"为流芳百世之"流"，关合熨帖。全谜喻义生动活泼，首尾相接如环。古辞今韵，映照生辉；名臣明星，交织成趣。不假雕琢，是表里结构之天成；竟成妙制，乃写来意切而情真。

十九、顿读法

顿读法是改变谜面谜底原有意义、停顿位置和音节的读法而进行扣合的猜谜方法。谜一经顿读，原意随之改变，新意顿出。

例1　向国庆献礼。（报刊二）　　　　　　　［解放日报、收获］

解谜：此谜谜底应顿读作"解放日／报收获"，巧移一字，全句传神。

例2　他结巴你身高我体肥。（七字口语一）　　［一口吃个大胖子］

解谜：谜底顿读为"一口吃／个大／胖子"。汉语之变化多端，从雕虫小技之灯谜，已能透视了。

例3　春色满园关不住。（化妆品一）　　　　　　［各色花露］

解谜：谜面出自宋叶绍翁《游园不值》诗，下句为"一枝红杏出墙来"，故谜底应顿读作"各色花／露"。

例4　第13师。（体育用词一）　　　　　　　　　［冠军］

解谜：此谜谜面顿读作"第1/3师"，"第1"为"冠"，"3（个）师"为一个"军"。

例5　一月上映小刀会。（字一）　　　　　　　　［削］

解谜：此谜谜面顿读作"一月／上映小／刀会"，即一个"月"字上映"小"再与"刀（刂）"相会。

例6　本人看来，获益匪浅。（五字口语一）　　　［我见得多了］

解谜："本人看来"扣合"我见"；"获益匪浅"扣合"得多了"。谜底顿读作"我见 / 得多了"。

◎ 用顿读法猜谜

（1）谢绝参观。（四字常用语一）

（2）坦白须及时。（市招一）

（3）攻书莫畏难。（学科一）

（4）暖气设备。（服装用词一）

（5）春蚕到死丝方尽。（企业名词一）

（6）晴空一色海水清。（字一）

◎ 用顿读法制谜

（1）_____（电视剧一）　　　　　　［光明的天使］

（2）_____（警示用语一）　　　　　　［小心地滑］

◎ 顿读法佳谜赏析

祁奚举午不避亲

谜目：物理名词一　　谜底：原子能　　作者：刘凤俦　　评析：黄树基

谜面取自《成语考》文句："祁奚举午不避亲，皆因子肖。"典出《左传》，祁奚告老辞官了，晋侯问他："谁能继承你的位置呢？"他说："祁午可以。"晋侯说："这不是你的儿子吗？"祁奚回答说："你问我谁可以继承我的位置，并无问是否是我的儿子。"这就是举贤不避亲的故事。在这故事之前，还有举贤不避仇的情节。实践证明，祁奚有用人唯贤，大公无私的精神。连孔子也称赞他："外举不避仇，内举不避子，祁黄羊可谓公矣。"

谜底顿读作：原 / 子能。原：原因，因为；子能：其子有德才，能够胜任。既可以从历史典故中的典意去理解，亦可以从《成语考》文句中作启下法扣之。

此谜底直透面意，切合无痕，不失为传统运典佳作。更难得的是此谜寓意深刻，有着现实的教育意义。

二十、综合法

综合运用上述方法中的若干方法进行猜制灯谜的方法，称之为综合法。事实上，我们常见的大多数灯谜，都是运用综合法而制成的。

例1　谁为将旗鼓，一为取龙城。（电影编剧一）　　　[李广会]

解谜：此谜综合了问答、用典、别解等诸法，谜面系唐沈佺期《杂诗》的末两句，以试问出题："谁能够执军旗持战鼓，一举拿下被匈奴侵扰的龙城？"本谜别开原诗意境，取它同唐王昌龄《出塞》诗中"但使龙城飞将在，不教胡马度阴山"的文义吻合。这"龙城飞将"便指李广，故底答面所问"李广会"。一个"会"字别解，全句百味俱兴，雄浑有力。

例2　二人同时卧倒。（礼貌用语一）　　　[对不起]

解谜：此谜运用了会意、别解、分扣三法。"二人"扣"对"（一对），"卧倒"扣"不起"，谜底"对不起"别解作"一对儿都不起来"。

例3　情急无心垂钓钩。（字一）　　　[静]

解谜：此谜运用了增损、象形二法。"情急无心"已成"青""刍"，再"垂钓钩"（亅），不就成了"静"字吗？

例4　英勇善战，又上前沿。（地名一）　　　[武汉]

解谜：此谜运用分扣、会意、增损、方位四法。前后四字分别扣合"武""汉"；前四字会意成"武"，"又"字添上"前沿"（氵）为"汉"字。

例5　1982三月九星聚会。（字一）　　　[蕊]

解谜：借用当时天文现象作谜面，以"1982"合为"廿"，以勾为月，以点为星，融拆字、象形、离合、换算诸法为一体，甚是巧妙。

例6　格格听到伐木声。（饮料名一）　　　[可可]

解谜：此谜运用用典、象形、谐声三法。《诗经·小雅·伐木》中有："伐木丁丁，鸟鸣嘤嘤。出自幽谷，迁于乔木"之句。"格格"象形扣合"口口"，"听到伐木声"谐声扣合"丁丁"，组合成"可可"。

◎ 用综合法猜谜

（1）二十当头，将显才华。（歌唱演员一）

（2）道中受阻。（病名一）

（3）灯谜有格我不知。（成语一）

（4）站桥头，听远方，箫声琴韵，依旧相对吐心声。（字一）

（5）夕夕缘何梦不成。（歌曲名一）

（6）熟读唐诗三百首。（军衔俗称一）

◎ 用综合法制谜

（1）＿＿＿＿＿＿＿＿（杂志一）　　　　　　　　　［小说林］

（2）＿＿＿＿＿＿＿＿（字一）　　　　　　　　　　［笃］

◎ 综合法佳谜赏析

转眼外出二十载，梓里清苦牵客心

谜目：食品一　　谜底：萝卜条　　作者：孙国光　　评析：王铁云

客居异地的游子，总是对故乡产生无限的眷恋和思念之情。"乡心正无限，一雁度南楼。"唐诗人赵嘏见雁思秋，因秋临而愁生。"维桑与梓，必恭敬止。"这是《诗经》对家乡情感的描述。当游子心中积蓄的愁情受外界抵触时，乡愁更沉闷，惆怅更严重，乡情更浓郁。谜面好像在叙述一外出廿载的归客，看到乡人生活的清苦，触目惊心，愁情满怀。试想，旅外归乡，村民们倘若还停留在类似"咬萝卜条喝稀饭"般的清苦生活，怎不教人心酸？

谜面两句，俨然成诗，寥寥十数字，情感跃然。"时地人事"四大要素一下子交代清楚，犹如超微型的记叙文。但非诗文，乃是佳谜！

"转眼"一词，将"眼"字同义互换，变成"目"字再移位；"二十"

即二个"十"，下栽成"艹"；"苦"与"辛"近义互替，在"梓"字中被清除后剩下"木"；"心"即中部，方位示形指明"客心"为"夂"。尤其一"外"字，分开两处就像游子与家人一样拆离两地，恰到好处。面句有两字活用得妙，"清"似减号，"牵"像加号，在加与减这个变化过程中，六个字素应运而生，有机组合，拼成底词。

　　细观此谜，在会意和别解的基础上，又运用了移位、减损、方位、借代、离合诸多法门。离合自然，拆拼得法；情感无限好，谜味无穷尽；法多而理不乱，底散而扣合精！

附录 本章猜谜谜底与制谜参考谜面

猜谜谜底

一、增损法:(1)连衣裙;(2)京胡;(3)悔;(4)枫;(5)春联;(6)海。

二、拆字法:(1)丰田;(2)奈;(3)八九不离十;(4)面;(5)禾;(6)多哈。

三、方位法:(1)究;(2)柳树;(3)玲;(4)祥;(5)田丰;(6)成龙。

四、分扣法:(1)单元;(2)七喜;(3)雅鲁藏布;(4)风平浪静;(5)弃权票;(6)小题大做。

五、反扣法:(1)小吃;(2)软组织;(3)不念旧恶;(4)不同凡响;(5)老舍;(6)微信。

六、夹击法:(1)人行大道;(2)中音和;(3)明末清初;(4)圙;(5)中允;(6)空姐。

七、包含法:(1)土;(2)四川;(3)女;(4)士;(5)窍;(6)走马。

八、漏字法:(1)漏斗;(2)中非;(3)无独有偶;(4)缺点;(5)拾遗记;(6)鸡犬不留。

九、会意法:(1)复旦大学;(2)相等;(3)背水一战;(4)抓重点;(5)人才学;(6)硬盘。

十、重合法:(1)臭;(2)折;(3)省;(4)头;(5)碳;(6)一行。

十一、问答法:(1)捉;(2)不知轻重;(3)能量;(4)口若悬河;(5)不好意思;(6)盖帽。

十二、用典法:(1)蒙混过关;(2)通信兵;(3)花样翻新;(4)质子力学；（5）李清照；（6）不喝生水。

十三、借代法：（1）孩；（2）鲁智深；（3）指鹿为马；（4）以一当十；（5）百年树人；（6）奔。

十四、换算法：（1）打百分；（2）女子双打；（3）八达岭；（4）三百六十五行；（5）打九折；（6）十五频道。

十五、抵消法：（1）双；（2）罗；（3）晶体；（4）方；（5）全天候；（6）九段。

十六、象形法：（1）噩；（2）心；（3）QQ；（4）骗；（5）带；（6）CO_2。

十七、谐声法：（1）O；（2）凹；（3）主；（4）唧唧复唧唧；（5）114；（6）不可言状。

十八、承启法：（1）对答如流；（2）宽带；（3）不许胡来；（4）宁夏日报；（5）声压；（6）香山寺。

十九、顿读法：（1）不同意见；（2）供应早点；（3）应用力学；（4）冬令时装；（5）生产线；（6）晦。

二十、综合法：（1）蒋大为；（2）白内障；（3）虎口余生；（4）新；（5）少林少林；（6）两杠四星。

制谜谜面

给出谜底，要求制作谜面，在灯谜中又叫作"与虎谋皮"。由于一个底，可以"谋"出许多个不同的面，这里对于每一个底，我们只给出一个谜面，供读者参考。根据条件读者还可以制出其他更好的谜面。

一、增损法：（1）龙；（2）选出先进一人。

二、拆字法：（1）大干变了样；（2）大胆改革。

三、方位法：（1）昂首向前；（2）离开北方到华南。

四、分扣法：（1）一年到头笑哈哈；（2）青峰巍然，黄河九曲。

五、反扣法：（1）黑方告负；（2）先是住在楼下。

六、夹击法：（1）岁寒唯见松与竹；（2）东南烽火，北地狼烟。

七、包含法：（1）琵琶琴瑟各成双；（2）精粮粗糠全都有。

八、漏字法：（1）赤橙绿蓝紫；（2）将士象马炮卒。

九、会意法：（1）注意保护视力；（2）家喻户晓。

十、重合法：（1）人有它大，天没它大；（2）水大多发电，水电要大上。

十一、问答法：（1）如何是好；（2）脸上何来"五指山"。

十二、用典法：（1）青梅煮酒论英雄；（2）匡衡凿壁。

十三、借代法：（1）到达西安；（2）赤兔走千里。

十四、换算法：（1）十天跑完长城；（2）三番两次讲断交。

十五、抵消法：（1）冰肌玉骨；（2）不退洪水不罢休。

十六、象形法：（1）草下藏着一只鸭；（2）两把靠背椅，一扇百叶窗。

十七、谐声法：（1）鸡啼；（2）我去之前歌声响。

十八、承启法：（1）洛阳亲友如相问；（2）打得鸳鸯各一方。

十九、顿读法：（1）太阳灶；（2）溜冰需谨慎。

二十、综合法：（1）童话木偶；（2）篱前系马扣柴门。

第三章　中小学生与灯谜

一、灯谜的教育功能

灯谜，是我国传统文化的瑰宝，也是中学生非常喜爱的一项文化娱乐活动。近年来，学校谜社相继崛起，遍及大江南北；学校灯谜活动方兴未艾，谜潮一浪高过一浪；校园灯谜作为一门校本课程被开发，灯谜发挥了它应有的作用。

正如谜家所言："灯谜一旦被引进青少年学生课余生活的乐园，让他们在扑朔迷离的迷宫中求知，在轻松活泼的活动中觅趣，在欢悦祥和的氛围中怡神，无论对于陶冶他们的道德情操，还是开发他们的智力；无论对于培养他们的审美意趣，还是促进他们的身心健康，无疑都是大有裨益的。"的确，灯谜形体短小，是"微型文学"，是"艺术微雕"，但其内涵丰富深刻。

小小之灯谜，任课教师利用它，能激活课堂，引发学生学习兴趣，增知启智，融洽师生关系；班主任利用它，能充实主题班会和课外活动内容，增添班集体的生活情趣，借以协调人际关系和心理氛围；社团组织利用它，能寓教于乐，活跃节假日活动的气氛，有助于培养"智慧型"的学生干部；学生家长利用它，有助于融洽亲子关系，营造家庭学习氛围，促进学习型家庭建设；学生有了它，则能育德、增知、启智、激趣、促美、创新。

"寓教于谜，谜以助教。"下面我们举例来说明灯谜的教育之功。

（一）谜能育德

寓教育于娱乐之中，增知识于谈笑之间，长智慧于课堂之外，这是灯谜的宗旨。灯谜是融思想性、艺术性、知识性、教育性、趣味性于一炉的健康有益的文化娱乐活动，它是中华艺术百花园中的一株奇葩，几千年来一直深受广大群众喜爱。近几年，灯谜之风吹进校园，深受师生的喜爱。若将灯谜与校园文化教育结合起来，则其良性效应不可低估。

例1 成绩不好怎么办？（学科一） [应用力学]

解谜：成绩不好，就"应"该"用力"学。

评注：似有"书山有路勤为径，学海无涯苦作舟"之功效。

例2 考试不作弊。（数学名词一） [真分数]

解谜：考试不作弊，分数才真实。

评注：笔者曾在考试前让学生猜此谜，学生猜中后，笔者又出一谜"考试作弊（数学名词一）"，全班学生异口同声"假分数"。仅仅猜了两条谜，胜过一节考前教育课。

例3 只愿一生为人正。（字一） [企]

解谜："一"不"生"为"人止"，合为"企"。

评注：教育学生，做人要一生正直。

例4 若要人不知，除非己莫为。（浙江名胜一） [一行遗迹]

解谜：此谜不只好在谜面，更好在对底句的别解巧妙。本是一处名胜，却被别解为：人们只要"一"有"行（动）"，总会"遗"留下蛛丝马"迹"，从而印证谜面之言。

评注：谜面通俗，耳熟能详。人们常以此语劝说做坏事者，切莫心存侥幸。亦如陈毅诗云："手莫伸，伸手必被捉。"此谜具有警示作用，堪称"寓教于谜"。

例5 "到自己的土地上走一走，看一看"。（地名一） [张家港]

解谜：这条谜面撷取电视台播放的有关邓小平接见某香港企业家的资料片中的一句话。

此谜用大拢意法，谜底解作"张望自家的香港"。"家"字为关键所在，家字的汉语原意为家庭或某一方面有作为的人，而在许多地方的方言中含有"家中""自己的"等意思，这更能代表邓公当时的话意——乃是咱自家的香港。

评注：融思想性、艺术性于一体的灯谜，往往能收到正规教育所不及之功效。

例6 从上至下，广为团结。（字一） ［座］

解谜：以"从上至下"（"至下"为"土"）扣"坐"，"广"与"坐"团结得惟妙惟肖而为"座"。

评注：此谜首先是思想性好，宣传了安定团结的政策。其次是艺术构思好，运用拆字离合手法成谜。这则谜能达到思想内容和艺术技巧两者的高度统一，确实不可多得。

例7 灵犀一点怀中国。（字一） ［蝈］

解谜："灵犀"以象形扣"丿"，"一点"为"、"，将"丿""、"怀藏于"中国"之中，合成一"蝈"字。

评注：通过谜面的字里行间，可以从中看到生活在海外的炎黄子孙，都有一颗"我的中国心"，此谜构思新颖，也是一则思想性和艺术性较高的谜作。

例8 融四岁，能让梨。（医学名词一） ［少儿推拿］

解谜：孔融少儿时即知推让梨之大者与诸兄，故底"推拿"堪作"推让拿取"别解。

评注："孔融让梨"是大家耳熟能详的典故，经此谜一猜，将孔融"推让大梨"之谦逊达礼之神态跃然纸上。

例9 有一点机会，就让给大家。（本班同学一） ［杭为人］

解谜："一点"为"亠"与"机"会和，便为"杭"；"就让给大家"泛扣"为人"，故谜底为"杭为人"。

评注：首先，谜面很有教育意义。其次，"杭为人"是我97届教过的一位学生，曾有一段时间因我批评他骄傲而对我略有意见，我一直想找机会和他沟通。一日突发灵感，将他的名字编成谜，在班级里让大家猜，没几分钟杭为人抢答说："谜底是我"，全班同学赞其思维敏捷并报以热烈的掌声，我借机夸赞了他，师生隔阂"一笑而解"。

例10 燃放鞭炮，危害不少。（交通用语一） ［事故多发点］

解谜："危害不少"别解扣"事故多发"，"燃放鞭炮"为"点"（"放鞭炮"也说"点鞭炮"），"事故多发"源于"点"（鞭炮）。

评注："燃放鞭炮"，的确"危害不少"，近年来，各地"禁放""限放"政策相继出台，但偷放者、不以为然者也不少，此谜形象生动地描述了"点鞭炮"之"危害"。运用得好，其效果不亚于一则"禁放令"。

（二）谜能增知

走进文化休闲场所，我们常常看到，五颜六色的谜条以它们独特的形式和强烈的魅力吸引着兴致勃勃的人群。人们时而望谜思索，时而相互议论，时而竞相猜射。猜谜不仅给人快乐，给人知识，而且通过思考使人的智力得到锻炼。

灯谜的增知作用是不言而喻的。谜道虽小，一滴水可见太阳。其涉之广，天上地下、宇宙万物、历史地理、政治经济、科学文化无所不包，堪称人类的"百科全书""万有文库"。中华灯谜，是跨学科的综合性的边缘科学。要想在谜海中多获得一点自由，任何方面的知识和修养都会给猜谜、制谜带来意想不到的益处。

例1　闲敲棋子落灯花。（成语一）　　　　　　　　［等而下之］

解谜：谜面取宋代赵师秀的七绝诗《约客》："黄梅时节家家雨，青草池塘处处蛙。有约不来过夜半，闲敲棋子落灯花。"本谜将全诗的末句用来射"等而下之"，从而把"等级"的"等"和"低下"的"下"分别别解为"等待"的"等"和"下棋"的"下"。

评注：灯谜应当具有浓郁的文学色彩，灯谜的文学性为人们增长知识奠定了基础。

例2　暮去春来颜色故。（童话人物一）　　　　　　　　［时间老人］

解谜：谜面取流传甚广的《琵琶行》中的一句诗，"暮去春来"踏实"时间"，"颜色故"关映"老人"。谜眼在一个"老"字，一字词变全谜义转，有点石成金之巧、出神入化之妙。

评注：谜者诗之体，诗者谜之源。谜借助诗来表现，得到了诗的意境；诗借助于谜来传播，得到了谜的情趣。人们在猜谜过程中，不知不觉读了许多诗，掌握了许多诗的知识。

例3　辕门射戟。（首都名一）　　　　　　　　　　［布拉格］

解谜：谜面故事见自《三国演义》第十六回"吕奉先射戟辕门"。此谜用典准确，正面会意。"布"，吕奉先之名也；"格"，格斗也。谜底三字解为"吕布拉开格斗"，把一个外国城市的译名，形象地再现为一段三国故事。

评注：灯谜与文学作品一直存在着互相依赖、互相补充来表现各自内容的必然现象。谜猜久了，似乎文学作品也"读"多了。

例4　上弦新月照柴扉。（足球术语一）　　　　　　［倒钩射门］

解谜：两头"倒钩"是上弦新月形象特征的写照，妙在抓住特点，从形似写出，神韵酷肖；"射门"被别解为"（月光）照射门扇"，反衬谜面"照柴扉"，写意自然，尤见灵巧。

评注：猜罢此谜，好像又温习了一节天文课。诗情画意，天上新月，人间小屋，球场绝技，在脑海中轮转。

例5　世界第二大洲。（常用语一）　　　　　　　　［是非之地］

解谜：谜面是地理用语，世界第二大洲是非洲，但谜底的"是非之地"，原意并不是指非洲，而是指有摩擦、起矛盾的地方。"是非"乃对与不对之意，而谜底则别解成"是非洲之地了"。

评注：该谜好像地理老师在提问，学生又一次巩固了知识。"非"字之变，牵动全局；"非"意之变，面貌全非。可见，灯谜之功用，不可谓不大；灯谜之知识，不可谓不博。

例6　吕子明白衣渡江。（成语一）　　　　　　　　［蒙混过关］

解谜：谜面为《三国演义》第七十五回回目。东吴孙权欲夺荆州，任吕蒙（字子明）为大都督，统领江东各路军马。吕蒙假装患病，按兵不动。信息传到荆州，关羽信以为真，麻痹轻敌，疏于防范。不料吕蒙暗暗调兵遣将，白衣白甲，偷渡过江，轻取了荆州。编谜者机心巧运，据典成谜，谜底段读，成为"蒙／混过／关"。这里"蒙"是专指吕蒙，"关"则专指关羽，全句解作"吕蒙混过了关羽"之意。

评注：此谜"蒙""关"一变，全谜字字皆活。刻画当时情境，形象生动；照应谜面文义，情态逼真。值得一提的是，笔者初当班主任时，历史老师来告状，说我班学生不太重视历史学科，我择机出了此谜让学生猜，学生一脸茫然，不知从何处入手，我说："你们不学好历史知识，竟然连谜面都读不懂。"猜完此谜，学生才知自己"知识浅薄"，不学好历史是不行的。

例7 髀肉复生犹感叹。（著名作家一） [刘心武]

解谜：《三国演义》第三十四回"蔡夫人隔屏听密语，刘皇叔跃马过檀溪"叙述："玄德长叹曰：'备往常身不离鞍，髀肉皆散；今久不骑，髀里肉生。日月蹉跎，老将至矣，而功业不建，是以悲耳！'"后人有诗赞玄德曰："曹公屈指从头数，天下英雄独使君。髀肉复生犹感叹，争教寰宇不三分？"

制谜者借"髀肉复生犹感叹"这一诗句作谜面，取历史典实扣底。感叹髀肉复生的对象是玄德（刘备字玄德），呼出"刘"字顺理成章；感叹髀肉复生的原因是"今久不骑"。换言之，刘备当时心里想的是要上马挥戈，并不是请客吃饭，简言之就是"心武"。

评注：刘心武，当代著名作家。好一个"刘心武"把当时情境描述得栩栩如生。猜此谜，需回忆知识，需逻辑推理，更需别解融合。

例8 时空隧道。（五言唐诗一） [往来成古今]

解谜："时空隧道"本是神奇的科学幻想，又是近年科学家热衷探索的一种超自然现象。根据科学家提出的理论假设说，"时空隧道"虽然是物质的，但看不见、摸不着，对人类生活的物质世界，它既关闭，又不绝对关闭——偶尔开放。"时空隧道"和人类世界不是一个时间体系，进入它，有可能回到过去，或来到遥远的未来。在"时空隧道"里，时间具有方向性和可逆性，它可以正转，也可以倒转，还可以相对静止。目前对"时空隧道"众说纷纭，莫衷一是，还未能提供令人信服的科学依据，是个尚待探索的自然之谜。

谜底出自孟浩然《与诸子登岘山》诗："人事有代谢，往来成古今。

江山留胜迹，我辈复登临。"谜作根据"时空隧道"中时间可逆性的特征，即穿越它便经历了从古到今的变化，因而推演出谜底"往来成古今"。

评注：我们是在猜谜吗？是！好像又不是。我们既是在猜谜，又是在接受科学知识的"偶然学习"。人们的很多知识，并不都是从正规学习中获得的，常常是通过与正规学习相区别的另一种学习形式——"偶然学习"中获得的。猜谜，是一种很好的偶然学习的机会。

例9　吾不如子房。（六字常言一）　　　[自我感觉良好]

解谜："夫运筹策帷帐之中，决胜于千里之外，吾不如子房。"此句出自《史记·高祖本纪》。子房，张良字。谜底别解"良"为张良的名。如果猜者不知道这些历史知识，就无法破谜。

评注：猜谜制谜，可以拓宽知识面，学到课堂上学不到的知识。

例10　仄声。（电视剧《济公》唱词一）　　　[哪里不平哪有我]

解谜：我国旧体诗，必遵平、上、去、入四声，其中上声、去声、入声总称为"仄声"，诗歌有平仄协调、音韵和谐之说。以"仄声"扣"哪里不平哪有我"，底句当解作"哪里的声调不是平声，那么，哪里就有我仄声"。

评注：猜此一谜，诗歌音韵知识更深刻地映入脑中。学生初学诗歌知识时，若猜此谜，记识效果更佳。

（三）谜能启智

智力，简单地说包含观察、记忆、想象和思维能力。猜谜，便是培养这些能力的极好方法。灯谜的本质是一种独特的智力活动，是一项使人聪明的艺术。猜谜，并不全是对字词的简单理解和解释，也不完全是对问题的直接回答，而是要经过一系列复杂的智力活动去探究谜底。所以，猜谜能激活大脑，克服思维定势，对智力提升大有裨益。

例1　回顾建党那一年，多少前程在心中。（雅典奥运会成绩一）

[12秒91]

解谜：中国共产党于 1921 年建立，"回顾"则为"1291"，"前程"为"禾"，"少前程"为"秒"，"多"了一个"秒"放在"心中"。

评注：灯谜发掘你的记忆功能，建党时间为 1921 年。制谜者心思之精巧，手段之老到，令人钦佩！

例 2　昔先后三顾，遂令天下成三分。（三字陆游词句一） ［莫莫莫］

解谜：认真观察，"昔先"为"艹"，"昔后"为"日"，"天下"为"大"。"令成三分"，"莫莫莫"跃然纸上。

评注：灯谜之观察，是精细之观察，是巧妙之观察，是超越于常人之观察。

例 3　闺中少妇不知愁，春日凝妆上翠楼。忽见陌头杨柳色，悔教夫婿觅封侯。（字一） ［彤］

解谜：把"彤"的左边想象成一座楼，楼台上有一个人探出头来。看着外面的春风杨柳。把"彤"的右边想像成春风吹拂的柳丝。真是大胆构思。诗意盎然，巧夺天工！

评注：想象是重要的智力因素之一，象形文字给人丰富的想象空间。想象入谜，创意无限。

例 4　闻过则喜。（带量饮料一） ［一听可乐］

解谜：先寻找突破口——喜，找出它的同义词：快、兴、爱、欢乐等；又占领制高点——与饮料有关的只有"乐"，即"可乐"；再选择基准面——"闻"后才"可乐"。寻到"闻"的同义词"听"，谜底"一听可乐"则跃然而出。

评注：思维是智力的核心，而猜谜的思维过程基本是：寻找突破—占制高点—选基准面。试一试，一定见效！

例 5　牧童遥示杏花村。（人体部位一） ［小手指］

解谜：这里的谜面本是成句"牧童遥指杏花村"，只改了一个"指"字为"示"字。很明显谜底中必有一个"指"字，而判断出人体部位含有"指"且符合常理的，只有"手指"了。

评注：所谓谜眼，就是指谜面中起着关键作用的字或词。它是成谜的机关所在，是射中谜底的突破口。往往猜射时找到了谜眼，全谜即可迎刃而解。本则谜中，这"示"字就是谜眼。

例6 唯将终夜长开眼。（生物名词一）　　　　　　　　［休眠状态］

解谜："休"是休歇停顿的意思，此谜利用"休"字的"莫（不要）"别义，使底意变成"不睡的状态"。

评注：如果我们以"休眠状态"为谜底，让学生去编拟谜面，则有利于训练学生的发散思维，学生有可能以"共君今夜不须睡"（贾岛）、或以"持枪依枕到天明"（陈毅）、或以"唠嚷了一宵"（六才）、或以"求之不得，辗转反侧"（《诗经》）为谜面成谜，"休眠""状态"各有侧重，而元稹的这句"唯将终夜长开眼"，将"休眠"和"状态"都顾及到了，更见匠心。

例7 脱帽露顶争呼叫。（航天名词一）　　　　　　　　［发现号］

解谜："脱帽露顶"，头"发"显"现"；"呼叫"声中，"号"字出焉。

评注："发现"别解，已让人眼前一亮；"号"字又别解，令人再次击掌。灯谜就是这样，让猜者在一次次"震惊"中，思维活跃起来！

例8 竹丛深处藏叶尖。（字一）　　　　　　　　　　　　［噤］

解谜：题面描写出一幅修篁耸翠、寒梢密叶、青影浓荫的画面。笔简形备，显示出特有的景物之美。谜文一开头，即抓"竹"与"丛"两个字不放，"深处"明是形容词，实指"竹丛"二字的中间；"藏叶尖"三字断读谬解，作隐藏着"叶"的尖处（即隐蔽着叶右部上端竖笔"｜"，象形针），存下"口丁"状。"竹""丛"中间，嵌入"口丁"，谜底"噤"字，就昭然若揭。

评注：用《景德传灯录》中之言："巧匠施工，不露斧斤。"虽寥寥两语，正是可用于评价此谜。猜者若无洞见眼光，大胆想象，细思妙构，则难以猜出。

例9 终生念伊减姿容。（字一）　　　　　　　　　　　　［一］

解谜："终生"以字形扣，"生"字末笔是"一"；"念伊"以字音扣，"一"字的姿容（形状）就像个"减"号。

评注：一个"一"字，我们从形从音从数学角度扣合，一波三折，"变化多端"，令人思维一时转不过弯来。有人赞此谜：一字一画数之始，一生一念情何似？一式一招变化多，一样一谜偏爱此。

例10　计取川中，为酬三顾谋王业；由来曲折，二表六出尽历辛。（笔画一）　　　　　　　　　　　　　　　　　　　　　　　　　［丨］

解谜：此谜每句一扣，句句扣底。引经据典盛赞诸葛亮之功业，营造会意扣合之假象，实藏离合之玄机。山重水复，峰回路转，简单笔画演绎得如此丰富多彩，疑是神来之笔。

评注：细观此谜，离合自然，拆拼得法。猜此一谜，考人智商。

（四）谜能激趣

灯谜是结构最简单、篇幅最短小的文艺形式之一。它之所以能长盛不衰，其生命力在于一个"趣"字。这种趣味既产生于猜谜时的推理探索，更得之于谜底揭开之后的茅塞顿开。猜谜活动既是文学艺术欣赏，也是精神生活享受。初看谜时，山重水复疑无路；缘溪而上，芳草鲜美，落英缤纷，自得一番情趣；一入洞口，豁然开朗，柳暗花明，心中怡然自得；事过境迁，仍能余音绕梁，回味无穷。趣是谜的灵魂、谜的核心，也是灯谜魅力之所在。

"趣中索趣大千世界凭君长知识，谜里解谜三百度篇任我娱身心。"这是在一次大型谜会上挂出的长联。寥寥数语，把灯谜的趣味性说得甚透。

例1　林冲大怒道："量你是个落地穷儒，胸中又没文学，怎做得山寨之主！"（成语一）　　　　　　　　　　　　　　　　　［语无伦次］

解谜：谜面为《水浒传》第十九回"林冲水寨大并火"的一段话，谜底作"言语中没有你王伦的位次"之意。

评注：从名著中大段择录人物的说话来挂面，不仅谜味浓，而且更能体现出灯谜中的一个"趣"字来。话中有谜，扣合贴切。

例2　灯谜小品：老师上台表扬一位考试中的夺魁者，请他马上去领

赏；紧接着批评一位成绩末尾者，令他立即去写检讨。（比赛用语一）

[去掉一个最高分，去掉一个最低分]

解谜："夺魁者"为"最高分"，"末尾者"为"最低分"，都"去掉"了。

评注：谜底一经道破，众皆捧腹大笑。

例3　双胞胎忘了做记号。（晋文一句）　　　[先生不知何许人也]

解谜：生活中确有这种现象，双胞胎生下时忘了做记号，不知道谁先出生，分不清"老大老二"。"先生"别解为"先出生"，"不知何许人也"意虽未变，插进"先生"，谜趣顿生。

评注：灯谜来自生活，反映生活。妙趣灯谜，就在身边。

例4　黛玉扣门不开，疑是宝玉恼她，竟自悲咽起来。（电影插曲一）

[妹妹找哥泪花流]

解谜：趣味谜，可以给人以强烈的艺术美的享受，使人在幽默诙谐中得到最大限度的娱乐休息，同时受到精神上的陶冶。

评注：谐趣之谜。

例5　半圆形巨厦。（外国著名建筑一）　　　[五角大楼]

解谜："巨厦"直解为大楼，而"半圆"这个词，只有谙识灯谜之技法者，才能从它的内涵别意中，找出其玄机所在。如果"半圆"再从形体上解释，那就没啥意思了。从它的数量来解则使人忍俊不禁，敢情美国的五角大楼成了五毛钱的大楼啦！这可是滑天下之大稽！灯谜这个乐子猜中之后，其乐无穷，其乐有文，其乐有雅，其乐有智，其乐有识，其乐有思。

评注：乐趣之谜。

例6　闲来嗜好装泥像。（成语一）　　　[凭空捏造]

解谜："闲来"扣"凭空"，"嗜好装泥像"扣"捏造"。

评注：浓郁的谜味、制谜的机智与幽默顿时显现出来，使灯谜的意趣让人忍俊不禁。

例7　家家泉水，户户垂柳。（成语一）　　　[井井有条]

解谜："家家泉水"——家家都有水井；"户户垂柳"——户户都见到柳条。

评注：此谜通俗浅显，小学生也能猜中。凡猜中此谜者，无不乐道谜的平中见巧、谐中见趣。

例 8　望梅止渴。（卫生宣传用语一）　　　　　　　[不喝生水]

解谜："望梅止渴"是一个较为常用的典故成语，说的是曹操"使诈"之事：某年酷夏，曹操带着部队出征，为抢战机，必须急行军几百里。在烈日下行军，士卒们很快就口干舌燥起来。到了中午，士卒们又渴又累，行进的速度明显慢了下来。曹操心里十分着急，问向导附近有没有水源，向导说最近的水源也在几十里外。曹操听了，知道绕道是不可能的，只有继续向前走了，但看到部队越走越慢，如果不想个办法，速度是无法快起来的，到时候还会贻误战机。他灵机一动，于是有了一个主意，便大声对士卒说："大家加把劲，再走几里路，有一个大梅林，有很多又酸又甜的梅子，正是成熟的季节，到了那里，大家就饱吃一顿吧！"士卒们听了，顿时满口生津，不知不觉涌出了口水，一时忘记了干渴，不由得加快了步子。曹操见自己的办法起了作用，就令人赶到前边去找水源。随后，大队人马喝足了水，如期赶到了目的地。此谜即以此典为依托，用会意拢扣之法扣得谜底：由于士卒们听说前边有梅林，顿时像喝了水一般满口生津——不用喝水而口中生出口水。

评注："生水"二字由名词转为动词和名词，"生"字"动感十足"，你说奇不奇，你说趣不趣？

例 9　思郎思绝粒，蹙损两眉间。（七字俗语一） [好汉不吃眼前亏]

解谜："好汉"之好，原度 hǎo，义"美、善"，此处改读 hào，转义为"喜爱"。这样，"思郎"与"好汉"就扣合了；"绝粒"当然是"不吃"。"眼前"者，"眉"也，以"蹙损两眉间"来形容"眼前"的容"亏"貌瘦，的确惟妙惟肖。

评注：谜面明白易懂，但诙谐、机巧之趣充溢于底面之间，谑而不虐，使人猜后不禁发出善意而会心的微笑。

例 10　先写了一撇，后写了一画。(字一)　　　　　[孕]

解谜：谜面共十个字，除去"先写""后写"作动词辅助外，其余六字无一闲置，特别是两个"了"字，分别置于"孕"字之上下部。

评注：这是一则脍炙人口，流传甚广的字谜，我在儿时就猜过此谜，当时仅从"一撇""一画"入手，自然破谜无门。当大人说出谜底"孕"字并笑话我"你没考虑两个'了'"时，我惊呼"上当"！苦笑着、乐颠乐颠地将这条谜让伙伴们猜，让更多的小朋友也"上当"。

（五）谜能促美

说到灯谜之美，谜人认为：灯谜是一门艺术，它的标准是真、善、美。述理正确，构思严谨，运典必实，自然浑成，此谓"真"。内容健康，积极向上，欲隐而显，诚意为难，此谓"善"。讲究文采，注重意境，传神含蓄，隐秀空灵，此谓"美"。灯谜以丰美的形式"娱人"，以完美的内容"感人"，以无穷无尽的巧趣"化人"，它是一门具有个性的美的艺术。从这个意义上讲，谜人是美的艺术的创造者，美的生活的开拓者，美的情操的传播者。

灯谜之美，是语言朦胧的模糊美，是构谜艺术的境界美，是幽默滑稽的谐趣美，是合乎逻辑的义理美。

例 1　城门失火。(食品名一)　　　　　[烧带鱼]

解谜："城门失火，殃及池鱼。"这句成语在古文中有两说。一出《百家书》：宋国城门失火，人们取池中之水以救之，池水空竭，鱼则因水涸而死。一出《广韵》：有名为池仲鱼者，人称池鱼，家住宋国城边，一日城门失火，延烧其家，仲鱼惨遭烧死。作者制谜，似取后一典故，以"承上启下"之法扣底。底文"带"字传神，由名词转为动词，而成"连带"之带；"鱼"字巧妙，从水产名变作人名，则为"仲鱼"之鱼。底面措词天然，不琢不雕，见构思有性灵；关合神理俱到，不泥不梗，显运法之谨严。

评注：灯谜的艺术魅力，在于谜底回味无穷，具有较强的艺术性，给人以艺术美的享受。

  例2 竹西佳处。（歌曲名一）   [有一个美丽的地方]

  解谜：宋代姜夔的《扬州慢》起笔即云："淮左名都。竹西佳处，解鞍少驻初程。"竹西，指扬州城东禅智寺侧的竹西亭；那一带环境清幽，景色宜人。谜拈姜夔词句为面，实取"竹"字西边的"个"字，"竹西"正合"有一'个'"；而"佳处"之意，岂非"美丽的地方"。

  评注：灯谜本天成，妙手偶得之。一条"美"的灯谜，给人"美"的享受。

  例3 万户捣衣声。（成语一）   [打成一片]

  解谜：制谜取李白《子夜吴歌》一句，古时以砧杵捣衣，砧是垫石，杵是槌棒，此谜之"捣衣"，以其捶敲之状扣"打"，"万户"之"声"以此起彼落之音响而扣"成一片"。可谓声情并茂，映照有术。

  评注：罗丹说，"美是到处都有的。对于我们的眼睛，不是缺少美，而是缺少发现"。让我们用慧眼不断发现灯谜之美吧！

  例4 还是索取。（地理名词一）   [回归线]

  解谜：谜面中的"还"本义为连词，猜射时需将它活用为"动词"（"回归"之意），方可扣合谜底。

  评注：初学谜者，会因这词性的变化美滋滋地"会心一笑"。

  例5 千里护嫂人不离。（字一）   [委]

  解谜：东汉建安五年，曹操东征徐州，关羽下邳兵败，在曹操同意他的三个约定后，关羽曾在许昌暂居达一年有余。在此期间，关羽忠诚护嫂"屏烛夜读春秋"，留下了千古美名；当关羽得到了刘备的消息，便护着两个皇嫂离开许昌，千里寻兄而去。关羽"千里护嫂"，千古流传，脍炙人口。

  此谜以此事为题，用析形法扣合，条理分明，交代清楚。"嫂"扣"女"是一个关键，"嫂"是"女"很有逻辑。加上一个"护"，"千"下有个"女"，构筑起"护嫂"的主体结构，再来个"人不离"，最终组成美轮美奂的谜底——"委"。

评注：此谜用典之妙，组建之巧，推力之当，融合成一幢颇具美学欣赏价值的精致的灯谜艺术建筑。

例6　宛转蛾眉马前死。（五字常用语一）　　　　　　［一环扣一环］

解谜：谜面是白居易《长恨歌》中的诗句。作者巧借这一历史悲剧成谜，自然贴切。谜底中的"环"字一意化二：前"一环"为缢杀贵妃之绳环；后"一环"专指杨玉环。"扣"释为"套住"。

评注：此谜运典准确，构思新奇，具有浓厚的伤感之美。

例7　一水暂相隔，今后必三通。（字一）　　　　　　　　　［承］

解谜：这是前几年的一条灯谜，此谜有三个特点，一是面句锤炼得好。首句讲述了海峡两岸的现状，是一水相隔，隔海相望。下句则展望了大陆和宝岛的未来。用词精当、掷地有声，意义积极向上，体现了两岸人民的共同心声。二是底字结构拆分得巧。"承"字本没有明显的字形结构，制谜者将其巧妙地分成"水、乛、三"三部分，隐藏在谜面中。有的直接切入，如"水"和"三"两部分，通过"一水"和"三通"表现出来。有的则采用隐身之术，融合在其他字中，如"乛"部分，则通过方位法，将"今"字取其后半部分而得到。三是串联用词得当。为了使谜底的拆分要素在谜面中有机地结合起来，串联词是必不可少的。此谜中"一水"的"一"字，并不作为要素入底，但是却提示了"水"字的数量，而且在面中也形象地描述了两岸的现实。"暂相隔"由两岸的暂时分离延伸到谜中则变成了"水"字在"承"字中被分隔开的事实，恰如其分。"必三通"由三通的必然性，引申入谜，则变成了"水"字"必"靠"三"字来相"通"。

评注：正是通过如此艺术地处理，使面中的三部分要素隐而不显晦涩，露而不显直白，表现得准确生动，给人带来一种美的享受。

例8　太阳出来喜洋洋。（礼貌用语一）　　　　　　　　［生日快乐］

解谜：以"太阳出来"扣"生日"，新颖独特，颇见妙思；以"喜洋洋"扣"快乐"，贴切自然，明快流畅。

评注：谜面取自流传甚广的重庆民歌《太阳出来喜洋洋》首句，为人们所熟知。此谜无需用典，于朴实无华中别具一股幽默趣味，貌似平淡却能唤起猜谜者和观赏者的美感。我曾经在一个朋友生日当天"太阳升起时"发去"太阳出来喜洋洋"短信，朋友浑然不知，到了晚上朋友发来短信说："任哥，忙啊，贵人多忘事啊。"我知朋友是说我因忙而忘了给他发个"生日快乐"的短信，我说一大早就发了，当朋友得知我一大早发给他的短信就是"生日快乐"时，乐不可支。好长一段时间，朋友一想起此谜就乐颠颠的。

例9 设计悬浮列车。（成语一） 　　　　　　〔图谋不轨〕

解谜：谜面具有鲜明的时代气息，令人耳目一新。"设计悬浮列车"，首先要绘制图纸。设计"图"纸的目的是为了"谋"求列车"不"在"轨"道上行驶。也可以解作：设计悬浮列车，就是企"图谋"求列车"不"在铁"轨"上行驶。

评注："图谋不轨"的原意是阴谋策划超出法度的坏事，在这里舍其本义，用其歧义，避实就虚，出奇制胜。虽在意料之外，却在情理之中。一旦揭底，谐趣环生，达到一种完美的境界。

例10 东一榔头西一棒。（行业一） 　　　　　　　　〔IT〕

解谜：谜底东边的"T"像榔头，西边的"I"像棒。

评注：谜面"通俗"，谜底"易懂"。猜中此谜，形象也好，想象也罢，皆成美境。

（六）谜能创新

灯谜在创新中发展，在创新中提高，在创新中前进，灯谜在不断创新中日趋丰富而流传至今并走向未来。谜界认为，灯谜应突出一个"新"字，不受前人条条框框的约束，走出一条自己的新路子。要让灯谜跳动时代的脉搏，不断增加新的信息和创作素材，增添新的谜趣，用创新超群来领导灯谜"新潮流"。

灯谜的这种创新，让猜谜者受益无穷。在我看来，制谜者的每一个创新之举，猜谜者将受到十倍创新之益。因为你不知此谜是否有创新，你不知此谜在何处创新，你更不知此谜用何种手法创新。

例1　禾苗破土生。（字一）　　　　　　　　　　　［乘］

解谜：制谜者突发奇想，将"土"从中破开得"北"，手法不可谓不新奇。

评注：大胆想象，手法新颖，不随大流，别出心裁。

例2　横杆垂钓小方塘。（字一）　　　　　　　　　　［电］

解谜：将"口"象形为"小方塘"，似无先例。

评注：制谜是创新的天地，"制需有法，制无定法；大法必依，小法必活；鼓励求异，贵在创新。"

例3　异地犹存故国心。（字一）　　　　　　　　　　［域］

解谜：将"故国"巧妙地别解为旧时的"国"，亦即"国"字的繁体字"國"。

评注：此举可谓开了繁体字与简化字相互照应同时入谜之先河。此法一出，后人纷纷效尤。

例4　儿子五个都没了。（商标一）　　　　　　　　　［三元］

解谜：将"子"中的"了"消去扣"一"，共有五个"一"。

评注：这是谜人"飘零叶"的一条"了"字谜，再看他的另几条"了"字谜：为"二月二"编制谜面"了了几笔，心中折服"，用"了"的笔画扣"二"；为"日晖"编制谜面"晕头转向昏了头"，将"了"作动词使用，取"消除"之意思；为"赵子曰"编制谜面"交叉走了一百下"，将"子"拆分为"了"和"一"。一个"了"字，如此出新，怎么得"了"。

例5　望之似虎，射之无声，点火来近，中在石头。（字一）　［烛］

解谜：观此题面，大有"广出猎，见草中石，以为虎而射之，中石没矢，视之，石也"（《汉书·李广苏建传》）和"林暗草惊风，将军夜引弓，平明寻白羽，没在石棱中"（卢纶《和张仆射塞下曲》其二）之意境。谜作者自撰题面苦心创意，精妙地描绘出一幅出猎图：某人夜里出猎，望见一似虎之物，遂拉弓发箭射之，却听不到虎的叫声，于是点火近前看个究竟，只见到箭镞射中石头。谜题写人叙事，语约意丰，而其扣底用意则需透过一层，从字形、字音的描述上着眼，方能理解。

唐诗人卢廷让有诗名《苦吟》，反复推敲斟酌后方炼就一字之语："吟安一个字，捻断数茎须。"赋诗如此，创作字谜亦然，盖因字谜易猜难制，欲成自然工切无讹之巧构，更是谈何容易。试以本谜题面的结构论之：首句总体扣合，底字"烛"若左右两部分开，望之则宛若"大虫"二字，而"大虫"恰好是"虎"也；次句训音，点明底字射"之无"声，即汉语拼音 zhú，乃为"烛"也；末两句增损离合分部扣合，"点（、）"火来近在"中"与"石头（一）"，四部合形则为"烛"字。

作者能有此总扣、分扣兼容，形扣、音扣并举之佳构，真不知费了"多少工夫织得成"。如是训音能解，拆合尤巧的谜作，称之为"形音兼扣双解"之法，誉为谜之神品。套用一句七言唐诗，改动一字赞斯作曰："此'之无声'胜有声！"（此"烛"字谜致胜而有名声。）

评注：有人说一则佳谜，猜前"耐人寻味"，猜时"发人体味"，猜后"令人回味"。读者不妨从此谜的猜射过程，细品这"谜之三味"。

例 6　披星戴月荷锄归。(纪年缩写一)　　　['07]

解谜：此谜纯用形象法来扣合，"'"为星，"0"为月，"7"为锄，整体意境明快。

批注：灯谜猜"纪年缩写"的很少，猜此谜的人多有眼前一亮之感，面底清新脱俗，与众不同。猜毕此谜，不禁让人想起《乡间的小路》这首耳熟能详的老歌。

例 7　熟读唐诗三百首。(军衔俗称一)　　　[两杠四星]

解谜："熟读唐诗三百"六字首个笔画分别是"、、、、一一"，犹如两条"横杠"和四颗"星星"。谜底虽为大众熟知，但此前尚未有人用过，谜底与扣合都让人感到耳目一新。

评注：灯谜创作，也须创新，才能佳作不断，才能为谜坛注入新的活力，才能带给人们耳目一新的感受。

例 8　八面张弓，八方会合，只听打声一片。（歌词一）

〔DADADADADADADADA〕

解谜：谜有象形之法，即以现成字形，象物之形，如"丰"像远树，"厶"像远山，等等，但以字母"D"像弓者，实属罕见却获众人认可。而以"方"为"口"，乃字义附形，将"口"会而成"合"者，"A"也，则属审辨字形。两处用"八"，使"DA"会成八次，凑成谜底，而以之释面则尚需使用字母拼音，"DA"拼作"打"声，以之完成全谜之扣合。

评注：运法灵活，造面成文，字母变通入谜，讨巧创新之作。

例 9　雅韵昆声，数点雨漏。（武器名一）　　　　　〔AK47〕

解谜："雅"的韵母为 A，"昆"的声母为 K，数"雨漏"两字中的"点"，各有 4、7 个。

评注：声母韵母入谜，比较多见，但"数点"入谜，则是创新之举。

例 10　电视前传来乒乓声。（网站一）　　　　　　〔PPTV〕

解谜：此谜编制手法采用英文名词借代互扣谐声法，"电视"扣英文缩写"TV"，谐声"乒乓"二字拼音的声母为"PP"。改变了纯文字扣合的老套，给人新颖之感。

评注：综观此谜，构思新颖，叹为妙制。

二、灯谜与偶然学习

人们获得的很多知识，甚至是很重要的知识，并不都是从正规学习中学来的，而是通过与正规学习相区别的另一种学习形式——偶然学习获得的。所谓偶然学习，指不是从正规教育来的，也不属正规教育专门讲授的，而是在一种比较无计划的日常生活环境中，学习者事先难以预料的、偶然的、有时甚至是无意识进行的一种学习。灯谜，从它的内容来看，涉及百科知识，进行猜制灯谜的人，可以从中学到不少知识；从它的猜制方法看，思路变化多端，常常出人意料，又在情理之中，这些特点决定了猜制灯谜是一种很好的偶然学习的机会。因此，灯谜活动的组织者要充分利用灯谜给人们创造偶然学习的机会，通过偶然学习来提高广大人民群众的文化素质。广大人民群众也要善于利用灯谜来丰富知识，培养能力，甚至意想不到地在创造发明方面取得成功。

一要广泛宣传猜谜益处，吸引人们参加猜谜活动。偶然学习对每个人来说都是均等的，关键是如何利用它，促进正规学习的升华。灯谜活动的组织者就应当通过报刊、广播、电视、墙报等形式广为宣传猜谜的益处，使更多的人了解灯谜，喜爱灯谜，不轻易放过从灯谜这种活动中能学到的东西和受到的训练。

二要扩大猜谜范围，让更多的人参加猜谜活动。偶然学习具有动态的开放结构，社会生活的任何场景，都为各种不同需要的人提供了偶然学习的机会。猜谜活动的组织者就要想方设法不断扩大猜谜范围，为更多人提供偶然学习的机会。譬如，将灯谜登在报刊上，在电视上播放灯谜竞猜节目，举办大型谜会，谜组下乡、下厂、下校、下连队开展活动等都是很好的形式。

三要利用灯谜的趣味性，吸引人们参加猜谜活动。偶然学习大都出于学习兴趣、好奇和某种需要引起大脑皮层的兴奋而诱发产生的，其间带有很大的自由度和选择度，人们自愿自觉地接收信息，不需要有意控制，不易引起大脑疲劳，往往能自觉不自觉地影响他们的行动。因此，这种学习有时同样可以起到教师和教科书的作用，在某种情况下，甚至为正规教育所不及。由于灯谜具有浓厚的趣味性和独特的魅力，往往比一般文娱活动有更强烈的吸引力，常常使人们在娱乐中无意地学到许多知识。

四要利用灯谜中的智力因素，启迪人们的思维，开阔人们的视野。偶然学习通俗来说是在学习甲事物的活动中，意外地学到了乙事物，它既不用花费专门的时间，也不需要请专人讲授。阿基米德从洗澡盆里得到了测量皇冠的浮力定律，牛顿从苹果落地悟出了万有引力定律等，这些都是他们通过长期努力探索和充分利用偶然学习获得的结果。猜谜益智，毋庸置疑；而有意识地发掘灯谜中的智力因素，还不为灯谜活动组织者所认识。因此，灯谜的发展方向之一，就是要充分利用灯谜中的智力因素，使人们通过猜谜，开阔视野，启迪思维，产生顿悟灵感，解决一些百思不得其解的问题。

五要扬长避短，克服灯谜的负面效应。客观事实表明，世界上的一切事物都包含着矛盾的两个方面，灯谜也不例外。一则好谜，能使人受到教育，不断上进；一则不健康的谜（或一条不通的谜），则可能产生负面效应，使人精神不振（或产生厌谜心理）。这一点是需要灯谜活动组织者特别注意的。

总之，猜谜活动是一种很好的偶然学习的机会，让我们充分利用灯谜，广泛地开展猜谜活动，让灯谜发挥出更大的作用。

三、中小学生怎样组织猜谜活动

中小学生怎样才能组织好猜谜活动，使猜谜活动达到预期的效果呢？这里介绍一些组织猜谜活动的具体做法和几种特殊的猜谜活动方式。

（一）组织猜谜活动的几个步骤

● 灯谜的选择

第一，内容要健康。在选谜时，要注意选择有教育意义、内容健康的灯谜，废除一些带有封建色彩、迷信色彩和格调低下的灯谜。当然，不可能要求每一条灯谜都有教育意义，有的起娱乐作用，有的起益智作用，但只要内容健康就可以了。

第二，知识面要广。选谜时，在内容上要取材全面，防止枯燥、单一；在形式上要花色多样，以正体谜类为主，其他谜类为辅，以点缀谜场，活跃气氛。

第三，所选的谜要难易恰当。选谜时，要考虑到猜射者的年级特点、知识水平。内容太深，难度大，屡猜不中就会失去兴趣；内容太浅，一目了然，也就味同嚼蜡。一般猜中率在 70% ~ 80% 左右为宜。这样既有利于灯谜的普及，又有利于增加猜射者的兴趣。

第四，要突出重点。选谜时，还要考虑到猜射者的知识结构、猜谜时间以及猜谜时的国内外形势等。如中学生猜谜，应选以中学生所学各科知识为主要内容的灯谜；在国庆节、元旦、春节、青年节、教师节时举办谜会时，可选一些有关建设成就、文化历史、革命传统、尊师重教等方面的灯谜。

● 灯谜的来源

灯谜的来源，有以下几条渠道：

一是由主办部门根据谜会的特点组织人员自己制谜，这是最好的方法。当然，这要求主办部门里有制谜能手并热心灯谜事业。自己制谜的好处是灯谜新颖，能够较好地结合谜会的性质。

二是从各种报刊、谜书中选择灯谜，对不具备编制灯谜能力的主办部门来说，这也是一种方法。因为从报刊、谜书中选谜，可能有些谜已被人们猜过，为了减少这种弊端，在选谜时应注意从多种不同的（尤其是本地不易见到的）报刊、谜书中选取。

三是事先向外地灯谜组织征谜。在征谜时，要向所征谜组织说明灯谜的内容范围、难易程度、数量等，主办单位再从中选一部分供谜会使用。对选中的谜，则酌情给予谜作者适当的奖励（或纪念品），以资鼓励。

选好灯谜后，谜底要保密，如果事先泄露谜底，猜射者不动脑筋便可猜中，既影响多数同学的兴趣，又使谜会失去意义，造成不良影响。一般说来，一个中小型的谜会，准备 200 ~ 400 条灯谜，就可供百来人猜射两个小时左右。

- 灯谜的抄写

书写灯谜的谜条，多用彩色纸。谜条一般长 60 厘米，宽 14 厘米。书写时，谜条上方留 4 厘米空白，作为悬挂在绳索上的折边。然后再写好编号、谜面、谜格、谜目，同时在另一张纸上写好相应的编号和谜底。谜条的编号与谜底的编号要一致。

书写时，文字要安排得体，既不能太上，也不能太下，最好距条头 10 厘米左右。字体大小要由字数多少而定。书写要整齐，切忌错别字。最好能请书法较好的人写，这样谜面美观，效果会更好。用投影展示的谜条，可以事先做好相关课件，届时播放。

- 谜场的布置

谜会会场应根据具体环境、具体情况而定。中小型谜会，可借用礼堂前后厅、大一些的休息室、食堂、会议室、教室或其他较大的房间。如果是白天举行谜会，在天气冷热适宜且无风雨时，也可在室外进行。总之，谜场大小要与参加的人数相适应。太小了，过分拥挤，秩序不好；太大了，空空荡荡，显得不热闹。

谜场确定后便可悬挂谜条。谜条应按编号粘或穿在结实的绳子或细铁丝上，然后交叉（多为"米"字形）悬挂在谜场中心，也可以平行悬挂几排，但中间距离不要太近，这样可以容纳更多的人猜谜。规格较小的谜会，谜条可以直接贴在谜场四周的墙壁上，或粘在绳子上，再悬挂在墙上。谜条不要悬挂得太高，以略高于普通人的头部为宜；场内灯光要明亮，以便于猜射者看清谜条上的字。谜条可以一次挂出，也可以分批增补。此外，还应将非正体谜类的灯谜（花色谜）设置好。

谜场的布置关系到整个活动的气氛。谜会要有我国民间特色，特别是节日更应挂些灯笼、花篮和彩条，以增加气氛，给人以轻松愉快的感觉。

谜场入口处，可以张贴《猜谜须知》，室内墙上则可简单介绍一些灯谜知识，以普及灯谜知识，提高猜谜者的兴趣和水平。

在一场谜会中，可设置"谜王"。"谜王"也就是"特等谜"，它是谜会上编制最精湛，面底扣合最巧妙，猜射难度较大，奖品等级最高的灯谜。"谜王"应用大字书写在大红纸上，悬挂在谜场醒目之处。"谜王"一般一次挂出一个，待这个被猜中后，再挂出另一个。若一般的灯谜都被猜中了，最后只剩下"谜王"仍然"颠扑不破"，主持者则应揭晓谜底，以此来结束谜会。

- 开猜的方法

谜会的开猜方法很多，到底采用哪种，可根据具体情况而定。下面介绍三种常见的开猜方法：

一是发猜谜券法。事前设计一种"猜谜券"（如下表）发给猜射者，猜谜者将自己认为猜中的谜条按"猜谜券"要求填写，送往"对谜底处"核对。如果猜中了，便发放"领奖证"或直接分发奖品；接着主持人便在已被猜中的这张谜条上粘上"猜谜券"（当然，粘上事先写好的谜底也可）。这样既可以保持谜场整洁，又告诉别人这条谜已被谁猜中，还可以让大家通观谜面、谜目和谜底，推敲制谜之匠心，揣摩猜谜之思路，增长才智，品评斧正。

猜谜券	编　号	谜　底	猜谜者姓名

当然，也可简便一些，用统一规格的白纸条代替"猜谜券"。

二是举手口答法。这种方法一般是在百人以内的谜会上使用。房间一边设置谜台，一边安放若干排座位，室内不悬挂谜条。谜台上有两三位主持人，当场投影播放谜条（也可以在一块木板上用图钉钉上预先准备好的谜条）。猜谜者坐在谜台前的座位上举手口答，先猜中者有奖。这种方法的好处是主持人可以根据情况，特别是出现冷场现象时，随时做好启发诱导工作，必要时还可以对某些谜面进行一些有限度的解释和提示；谜条被猜得快时，适当增加一些难度较大的灯谜；猜得慢时，可以多出示一些难度较小的灯谜，随时调节谜场的气氛。在猜谜的同时，穿插介绍有关灯谜知识和猜谜方法，对那些较为曲折、人们一时难以理解的灯谜进行剖析，可提高参加谜会者、特别是尚未完全入门的猜谜者对灯谜的兴趣。

采用这种方法时，为了活跃气氛，还可在谜台旁设置锣鼓。有人猜中时，敲小锣三下，表示"对、对、对"！没猜中时，敲鼓三下，表示"不通、不通、不通"！

三是分区猜射法。这是综合前两种方法的一种开猜方法。可根据猜谜对象，进行分区；也可根据灯谜的难度，分为一等奖区、二等奖区、三等奖区等；可根据灯谜的品种，分为文字谜区、花色谜区等；可根据谜目范围，分为政治类谜区、语文类谜区、数理化类谜区、史地生类谜区、图音体类谜区等；可以按谜条编号，每50条谜分为一个区等。在每一区里安排一至二个主持人，主持人应对谜底非常熟悉，能较快判断猜谜者所猜的谜是否正确，对猜中者当即发放奖票（凭奖票领奖）。这样，可以使不同年龄、水平的猜谜爱好者都能猜到谜，节约猜谜者核对谜底的时间，往往可收到较好的效果。

● 奖品的发放

猜谜一般要有奖品，适当的奖品可以增加猜谜者的兴趣。奖品应根据主办谜会单位的经济情况和谜会规模来购置。青少年参加的谜会，一般选用书籍、文具用品、文体用具、玩具及小工艺品等有纪念意义的东西。若在奖品上盖上"猜谜纪念"字样，那就更有意义了。

奖品的发放办法一般有两种。一种是根据谜条难度分成数等，按等发奖；一种是谜不分等，而奖品分等，按奖票多少领奖。猜谜者猜中的多，奖票也多，就可以根据自己的喜好领奖。一般大的联欢会同时举办各种游戏，用这种办法为佳。

● 举办谜会应注意的事项

第一，谜场除设置"领猜谜卷处""对谜底处""领奖处"外，还应设立"服务台"，负责维护谜场秩序和为猜谜者解答有关的疑难问题。

第二，猜谜会的时间不宜过长（大型谜会除外），最多不超过三个小时。对最后无人猜中的谜条，可作一定的提示，当90%以上的谜条被猜中，只剩下少量谜条未破时，就要及时收场，使猜谜者在回家的路上，甚至回到家中以后，仍有回味的余地，让谜会在人们的心中留下美好的印象。

第三，谜场的布置、奖品的购买和发放，要因地制宜，因陋就简，注意节约。既要有一定的物质奖励，又不要过分追求排场，更不可滥发奖品，挥霍浪费。

第四，参加谜会的每个人，都要自觉遵守、维护谜场的纪律，协助主办者维护好秩序；不要大声喧哗；注意保持谜场卫生，不要乱扔果皮、纸屑；发现谜条上有不妥或错误之处后，应本着互相探讨、共同提高的态度，向主持者提出，切不可讥讽吵闹；不要在谜条上乱涂乱画，更不要随便撕扯谜条；不要上网去搜索查询谜底，那将失去猜谜的意义了。

第五，一些尚未完全入门的灯谜爱好者，在参加谜会时，不妨带一本《成语词典》或其他有关的工具书和参考书；一时猜不中时，可与内行的人研究切磋，虚心请教，以提高自己的识谜、猜谜水平；还可事后总结经验教训，以便在下次猜谜时能提高猜中率。

第六，谜会结束后，主办者应将能够保存的谜场设施及用具尽量妥善保管，以备下次再用（既可节约开支，又可节省时间）。同时，还应对本次谜会进行小结，总结经验，找出不足，以便把下次谜会办得更好，让人们在猜谜中度过美好的时光。

（二）几种特殊的猜谜形式

● 专题谜会

专题谜会指的是灯谜的内容围绕一个主题，或结合学校的具体活动，或配合宣传中心工作，抑或配合某一重大的节日活动举办的谜会。如配合宣传中心工作，举办"我和我的祖国专题谜会"；配合课堂教学，举办"中学生语文课目灯谜会猜"；配合科技活动，举办"中学生科技灯谜会猜"；配合文体活动，举办"文艺（或体育）专题谜会"；配合节日活动，举办"六一儿童节灯谜会猜"，在教师节举办"尊师爱生专题谜会"等。专题谜会谜题集中，内容新颖，同时又常同其他活动一起进行，既寓教于乐，又广结善缘，还能增进思想感情与文化的交流。

- 猜谜竞赛

猜谜竞赛更是人们喜爱的活动，可以搞集体比赛，也可以搞个人比赛。猜谜竞赛的形式和一般智力竞赛的形式差不多，可以像考试一样进行笔答，也可以口头抢答等。下面以年级举办猜谜竞赛为例来说明。第一步，由各班先自行进行灯谜竞赛，挑选猜谜能手3～4名组成班级队；第二步，各班代表集中进行笔答（即将谜题印在纸上发给学生），本班几个猜谜能手可以互相讨论（当然，也可以规定互相之间不能讨论）；第三步，进行抢答，方法是台前放一块会转动的三合板（或纤维板），轮换贴谜条显示（有条件的学校也可用电控竞猜）。猜谜竞赛要定出竞赛规则和评分标准，一般灯谜要多备一些，以便出现并列分数时，可再加赛决出胜负。

- 灯谜函猜

灯谜函猜是目前比较流行的一种举办灯谜活动的方法。灯谜函猜就是由举办学校向全国（或全省、全市）灯谜组织或个人征谜，应征者将抄好的谜条寄到主办单位，这样主办单位就有了充足的谜条，而且各地色彩斑斓的谜条也会给谜会增添不少情趣。也有几个学校互相函寄灯谜进行会猜的，如福建省每年都举办一次全省各市灯谜会猜活动。会猜后主办单位一般是将应征来的灯谜选编成册回赠作者和支持单位。

- 报纸、杂志、电台、电视台举办的猜谜

随着灯谜活动的不断普及，我们经常可以看到报刊、电台、电视台举办的各种猜谜活动。这类活动，一般是先将灯谜登在报刊上或通过电台广播、电视播放，读者或听众、观众按规定作答寄给主办单位。

- 每日灯谜

一般以学校为主，通过网络每天推送一条灯谜。一般低年级的推送给家长，让家长带着孩子猜，高年级的可以直接推送给学生。每日灯谜的谜底，在第二天推送灯谜时给出谜底，必要时作一些"解谜"。这种形式是一种"长效机制"，每天的"滴灌"是"润物细无声"，长期坚持下去，学生就在猜谜中灵性生长了。

本书的第四章备齐了中小学"每日一谜"的谜条，可供学校选用。开展这项活动，要得到家长的积极支持，下面附上一份活动说明，供学校参考。

××学校关于开展灯谜活动的说明

各位家长：

灯谜，是我国传统文化的瑰宝，也是中小学生非常喜爱的一项文化娱乐活动。近年来，学校谜社相继崛起，遍及大江南北；学校灯谜活动方兴未艾，谜潮一浪高过一浪；校园灯谜作为一门校本课程被开发，灯谜发挥了它应有的作用。

灯谜一旦被引进青少年学生课余生活的乐园，让他们在扑朔迷离的迷宫中求知，在轻松活泼的活动中觅趣，在欢悦祥和的氛围中怡神，无论对于陶冶他们的道德情操，还是开发他们的智力；无论对于培养他们的审美意趣，还是促进他们的身心健康，无疑都是大有裨益的。的确，灯谜形体短小，是微型文学，是艺术微雕，但其内涵丰富深刻。

小小之灯谜，任课教师利用它，能激活课堂，引发学生学习兴趣，增知启智，融洽师生关系；班主任利用它，能充实主题班会和课外活动内容，增添班集体的生活情趣，借以协调人际关系和心理氛围；社团组织利用它，能寓教于乐，活跃节假日活动的气氛，有助于培养"智慧型"的学生干部；学生家长利用它，有助于融洽亲子关系，营造家庭学习氛围，促进学习型家庭的建设；学生有了它，则能育德、增知、启智、激趣、促美、创新。

谜在以前叫作"谜语"，后来产生两个分支：一支为文义谜，即现在的灯谜；一支为事物谜，即现在的谜语。"谜语"浅显易猜，谜面形象生动，适宜少年儿童；"灯谜"规则较严，又需要一定的学识，猜射有一定的难度，小学中高年级可以开始尝试猜射。谜语侧重开发学生的右脑，灯谜侧重开发学生的左脑。

我校从本学期开始，将在各年级开始推行"每日一谜"活动，请家长积极配合，共同推进这项让孩子灵性生长的活动。

1. 通过学校平台，一般在傍晚放学前，推送灯谜给家长或学生；

2. 请家长在晚上接孩子回家后，将灯谜拿给孩子猜；

3. 高年级的学生和住校的学生由生管教师传达给学生猜，请家长放心；

4. 尽量让孩子自己猜，当孩子确实没思路时，家长可以和孩子一起猜；

5. 家长不宜在网络上搜索答案告诉孩子，家长也不宜在群里寻求答案告诉孩子；

6. 家长不宜将灯谜传播出去，学校收集和编创灯谜不容易，这些灯谜每年要供新生使用，传播出去，新生知道了谜底再来猜射，就会失去开发智力的功效；

7. 当天灯谜的谜底，在下一次推出灯谜时公布；

8. 不是所有的灯谜都尽善尽美，有瑕疵的灯谜，不宜在网上争辩，可以反映到班主任那里，由班主任转达给灯谜课题组成员，以便合理处置；

9. 有灯谜专长的家长，可以将收集和编创的灯谜发送给学校灯谜课题组，若入选"每日一谜"，会在该谜条下方显示"本条灯谜由某某家长提供"；

10. 学校将不定期举办班级、年级或学校灯谜竞猜活动，为获奖者颁发奖状或奖品。

四、中小学生灯谜欣赏与评析

（一）时代特色，大放异彩

灯谜既有悠久的历史，又有鲜明的时代性。灯谜的时代性，表现在它反映了当前的社会生活、人民的心声，以及人们的文化素质和审美情趣。

例1　开拓前进，廉为首要；一除弊端，重点先抓。（字一）　　［拼］

赏析：谜面体现反腐倡廉主题，制谜使用增损法和重合法。提示词"前进""首要""一除""先抓"为"反腐倡廉"主题造势，颇有力度。

例2　现在暂时不聚集，将来重逢倍珍惜。（春晚节目一）

［明天会更好］

赏析：这是谜人郭少敏为2021年央视元宵晚会编制的灯谜，全谜描写了抗疫必胜的决心。谜面两句押韵，谜底别解为"明天聚会，情谊更好。"

（二）意境高远，寓教于乐

灯谜如能与思想品德教育、时事宣传相结合，赞颂社会主义新事物、新面貌、新成果，意境高远，寓教于乐，是灯谜成为佳谜趣谜的一个重要条件。

例1　宅家！宅家！宅家！（中华老字号一）　　［六必居］

赏析：抗疫期间，"宅家！宅家！宅家！"应时刻谨记。好的谜作往往会在非常时期随灵感应运而生，妙手偶得。言简意赅的佳构，看似平白无奇，却彰显其深厚寓意。

例2　黑土绿浪黄金海，好一个中华大粮仓。（深圳著名雕塑一）

［拓荒牛］

赏析：这是歌曲《中华大粮仓》中的两句歌词，歌颂十万官兵"心贴北大荒，血为你滚烫，情系北大荒，汗为你流淌"的拓荒牛精神。谜面体现开发和建设北大荒的胜利成果，谜底一是体现北大荒人的"老黄牛"形象，二是体现北大荒建设奇迹之"牛"。

（三）别解传神，佳作纷呈

灯谜别解，趣味益然，佳作纷呈。谜之别解，使人回味无穷，意料之外又情理之中。谜之所以有灵有气有智趣，贵在别解。谜的别解反映了谜家的睿智和幽默。

例1　夫妻都想读夜大。（歌词一）　　　　　　［你也思念，我也思念］

赏析：谜底是《十五的月亮》中的一句歌词，猜此谜有声情并茂之感。谜面中的"夫妻"分扣"你""我"，"想读夜大"扣"思念（念书）"。有趣的是谜底连用两个"也"字，来加深别解的程度和明确别解的对象。一个"念"字别解，全句传神。

例2　美的晚照。（长篇小说一）　　　　　　　　　［东方欲晓］

赏析：谜面写出了夕阳西下的美丽景色，颇有诗情画意。乍一看谜面和谜底似乎风马牛不相及，殊不知"别解"谜意思距离越远谜味越浓。作者把"美"别解为"美洲或美国"，在"美"的晚照时，正是我东方欲晓之际。可谓意境传神，谜味益然。

（四）即兴佳作，妙趣横生

根据当时的时间、地点、形势、活动内容等制出的即兴谜，常常获得意外的好评，成为迷趣。

例1　猜谜者，不要说话，不要走，且站在一边，对着细想。（字一）

［粗］

赏析：此谜制面犹如"猜谜须知"，即兴感强。前四句用增损离合法已成"粗"，最后来一个"对着细想"，"粗"与"细"形成对照，制谜之巧，实不多见。谜家评此谜：是白话语言之杰作，为雅俗共赏之妙品。

例2　今年大变样。（影片一）　　　　　　　　　　　　　［人生］

赏析：这里的"今年"是指"2021年（牛年）"，一个"牛"，一个"大"，"变样"为"人生"。此谜巧用牛年，富有时代感；好一个"变样"，令此句变幻莫测。顿悟之时，谜趣横生，令人拍手称好。

（五）运典得当，浑然天成

典故在灯谜中运用很广。谜面需要精练，运典则是很经济的制谜途径。用典故制谜，不但可以美化谜面的文字，同时可以美化整条灯谜，倍增谜趣。

例1　程门立雪。（歌词一）　　　　　　　　　　［冰封大地的时候］

赏析：谜面是宋代杨时、游酢拜见理学大师程颐的故事。典源出自《宋史·杨时传》：有一天，杨时和游酢去拜见老师程颐，适逢他坐着小睡。他们俩怕惊动老师，就站在门外等候。待程颐醒来，门外雪已下得有一尺多深。此谜古为今用，对尊师重道很有教益。

底句属名词性偏正短语，读成"冰封大地的/时候"。作者运思独具匠心，把其裁成动词性偏正短语，读作"冰封大地的时/候"，以此关映面意。"冰封大地的时"，表特定环境中的特定时令，照应"程门雪"，时空并举，既合典故意蕴，又生灵动浑脱之趣。"候"，从"时候"一词中游离而出，独立为动词，作"等待"义解，关合"立"字，一语破的，统摄面句精髓，不仅诠释恰当，而且情真意切，形神毕现。

此谜用典不僻，意脉畅通，情趣盎然。底句轻轻一顿，尤见神工。

例2　叶公见之，弃而远走，失其魂魄，五色无主。（古代生物一）

　　　　　　　　　　　　　　　　　　　　　　　　　　　［恐龙］

赏析：谜面出自叶公好龙之典故，叶公声称很喜好龙，可真正的龙来了，却害怕得要命，赶紧逃跑。据此典，可知叶公其实是很"恐"惧"龙"的。

（六）雅俗共赏，庄谐并蓄

谜家认为：天地都是谜，雅俗皆谜材。雅固高尚，俗非低级。雅不是掉书袋，俗不能江湖腔。雅能通俗，俗不伤雅。雅不晦涩，俗不肤浅。雅俗共赏，亦庄亦谐，才能使灯谜受到广大猜众的喜爱。

例1 不要人随只独行。（唐·刘湾五言诗一句） ［来往一万里］

赏析：谜面为宋代诗人杨万里《春晴怀故园海棠》中的一句，"不要人随只独行"，"行"前加一"独"字，让我们清晰地看到：出来时，往回时，都只有杨万里孤身一人。制谜造化神工，艺术韵味浓郁，情境跃然纸上。

例2 林冲误入白虎堂。（五字常言一） ［人往高处走］

赏析：作者以林冲被高俅设计陷害误入白虎堂的故事入谜，以"人往高处走"应景，其中"人往"借"林冲误入"来提示，虽然平淡，但抓住"高处"大做文章，将其化解为高俅的住所，从而使谜顿显神采，实在是高！

（七）拆合奇巧，错落有致

灯谜是文字游戏，根据汉字的结构进行拆合，可变化出多种新的字形。拆字是制谜的基本方法，字一经拆合，谜趣谜味俱出，令人耳目一新。

例1 群山环抱树参差。（字一） ［棵］

赏析：谜面意境不俗，好像一幅挂着的山林画。"群山环抱"合成一个"田"字，用"参差"两字将"木"字高低上下不齐的态势勾勒出来，错落有致，恰到好处。

例2 奢。（影片一） ［大独裁者］

赏析：单字挂面，拆字颇多。谜底顿读为"大独裁/者"，别解意为："独裁去大字，者也。"此谜给人以简洁、明快、奇巧之感。

（八）增损得法，天衣无缝

随着时代变迁，灯谜创作日新月异。增损离合体灯谜向含义新、扣字紧、纤巧含蓄、自然传神变化。

例1　断错一案丢乌纱。（字一） 　　　　　　　　　　［妹］

赏析："断"为分段切割，"错"乃交错混杂；"案"字断开为"安木"，"一"与"木"交错组成"未"，"安"丢掉了象形的乌纱帽（宀）余下"女"，"女"与"未"合成"妹"，见闪展腾挪之功，得增损离合之巧。

例2　不见伊人来。（服装名一） 　　　　　　　　　［进口连衣裙］

赏析：谜面谜底，相距甚远。既有古今之差，又有人物之别，何以索解？原来作者故布疑阵，功在增损得法。不见"伊"中的"人"来，仅余"尹"，此乃损；"尹"字下方补进一个"口"字，再于前方连以一个"衣（衤）"字，则"裙"字出矣，此乃增。面底前呼后应，一气呵成，颇见功力。

（九）顿挫有致，新意频出

中国语言之妙，顿读当占一席。诗文也罢，灯谜也好，一经顿读，谜趣顿生。

例1　松绑之后发展快。（物理名词二） 　　　　　［自由能、加速度］

赏析：谜文歌颂当今改革取得成效的一个方面，时代感强。底句两个词重新组合，读作"自由/能加速度"，以应谜面之意。"松绑之后"，解除束缚，"自由"有保证；松开手脚，步履轻便，"能加速度"，也就"发展快"了。成谜新在意境，妙在顿读，令人回味。

例2　浪里白条水斗黑旋风。（电影演员二） 　　　［张顺胜、铁牛］

赏析：题文故事见《水浒传》第三十八回。张顺谙熟水性，人称"浪里白条"，李逵力大如牛，人唤"铁牛"。谜底顿读作"张顺/胜/铁牛"。运典熟而不僻，底句顿挫有致，扣合贴切明了。

（十）描形逼真，惟妙惟肖

利用汉字结构、笔画的形态制成的灯谜，变化多端，形象生动，别具情趣，逗人喜爱。

例1　三人踢球，一人跌倒。（字一）　　　　　　　［似］

赏析：一幅紧张夺球的场面跃然纸上，三人踢球（以点喻球），真有一人倒下。谜中有画，静中见动，格调清新，传神写意。

例2　双山倒影，楚楚动人。（日本影片一）　　　　　［W的悲剧］

赏析：乍观此谜颇觉扑朔迷离，细细咀嚼，谜味谜趣渐出。两座青山倒映在绿水之中，湖光山色浑然一体。"W"为双山之倒影，神韵酷似；"楚楚"原意为娇美可爱，此处意曲别解为"凄楚"，扣合"悲"，神态宛然；"剧"为悲楚之切，由"动人"点出。此谜融象形、别解于一体，相映成趣。

（十一）依声托借，谬解得趣

谐声类谜取同音或近音谐字的歧义而再生别意，谬解得趣。猜谜者循"声"而入，细听静想，谜底不难中鹄。

例1　柳下闲聊说斯文。（字一）　　　　　　　　　［闻］

赏析：柳荫下，围坐着一圈人，谈天说地，说古道今，虽七嘴八舌，谈吐却也斯文，并无鄙俗之词。谜面为我们描绘了一幅纯朴的风俗画。然而，谜作者还在其中暗藏层层玄机，第一层——"柳下闲聊"，请注意字形，不可等"闲"视之！"闲"字中间之"木"，"聊"字右边之"卯"，恰好合成"柳"字，于是，"柳下"别解成将"柳"字删节"下"来，剩下之"门"和"耳"，又恰好合成"闻"字。作者犹感不足，又以第二层——"说斯文"，以字音来进一步说明谜底。说话听音，柳下闲聊之"闻"，"闻"乃与"文"谐音也。耳得之而为声，目遇之而成色，至此，一则有声有色的佳谜就呈现在了我们面前，不禁令人为之叫好。

例2　怒目横眉发厉声。（字一）　　　　　　　　　［丽］

赏析："怒目、横眉、厉声"是发怒者形象而真实的写照。我们虽未见其人，但通过谜作者的描述，一个声色俱厉的发怒者早已活灵活现于面前。回过头来再看成谜手法，更令人为之拍案。"怒目""横眉"以象形扣之，似是山重水复疑无路；"发厉声"用谐音提示，恰如柳暗花明又一村。此谜扣形、提声连贯自然，不落俗套。尤其是该谜象形合情合理，提声天造地设，评为形声双佳，实不为过。

（十二）假借入妙，谜味醇厚

假借入谜，有着丰富意蕴和无尽内涵，常能创作出神韵隽永，耐人寻味的妙隐趣谜。

例1　陕西山西亚克西。（成语一）　　　　　　　　[秦晋之好]

赏析：陕西：秦；山西：晋。地名借代。亚克西：新疆语"好"。谜面三个词词尾连用相同音节，读来音韵饶有节奏感，扣合语顺而义畅。

例2　阿英日记。（古书名一）　　　　　　　　　　[三国志]

赏析：阿英即现代作家、文史家钱杏邨，生平著述颇多。拟"阿英日记"为面不觉无中生有，但作者的真意却是将前三字"阿、英、日"借假为国名扣"三国"，"记"扣"志"。此谜惑人之处，惊人之处，全在"日"字别解。

（十三）反面会意，出奇制胜

正难则反，是猜谜制谜的常用手法。反扣制谜，常常出人意料。若面择佳句，扣合不露痕迹，亦成妙趣。

例1　朽木不可雕也。（成语一）　　　　　　　　[刻意求新]

赏析：谜面出于《论语·公冶长》，因孔子的弟子宰予白天睡大觉，不勤苦攻读，孔子气愤说："朽木不可雕也！粪土之墙不可圬也！于予与何诛！"此话的意思是说："腐朽的木头不堪雕刻，粪土的墙面不堪涂抹，我又何必去责备他呢！"谜面用"朽木不可雕也"。谜底"刻意求新"却用反扣作答，说：要刻字，意图必须求新材。这条谜要算很有弹力之作，谜底原意是对事物进行设计，想方设法要求新颖，此谜关键在于"刻"字别解，故顿生情趣，不失为佳谜。

例2　老大意转拙。（俗语一）　　　　　　　　　　　［小聪明］

赏析：谜面择杜甫诗句，以"老大"反扣"小"，"意拙"反衬托出"聪明"。谜家认为，此谜妙在"转"字。着一"转"字，透出"小"时之"聪明"。赖此一"转"，全谜缜密无懈；仗此一"转"，全谜灵动生姿。

（十四）不似问答，胜似问答

用设问作谜面，若与底句衔接自然，于呼应中传出谜味，常使人兴趣益然。此类灯谜，不似问答，胜似问答，个中妙趣，猜射中自能领略。

例1　随地吐痰有何害处。（成语一）　　　　　　　　［感人肺腑］

赏析：全谜立意新颖，有教育意义。"感"字别解，饶有谜味，前呼后应，过渡自然。此谜提问平平，答之别致，似是而非，虽非犹是，意料之外出奇，情理之中蕴趣。

例2　奈何只存其二。（四字俗语一）　　　　　　　　［没大没小］

赏析：本条谜面并不是疑问句，要别解后才是疑问句，这种情况很容易蒙蔽人。谜面应当别解为"奈字为何只剩下其中的'二'"。显然是没有了"大"字，也没有了"小"字。化无疑为有疑，然后再答疑，这种"暗答"，一旦点悟，"此时无疑胜有疑"。

（十五）承上启下，相映成趣

承上启下法就谜面与谜底的呼应来说，与"问答法"有异曲同工之妙。融会贯通，灵活运用，承上合情，启下得法，变化蕴巧，相映成趣。

例1　但使龙城飞将在。（口语一）　　　　　　　　　［不许胡来］

赏析：面取唐·王昌龄《出塞》诗句，谜底由下句"不教胡马度阴山"推得。"胡"在底句中原为"胡乱"之意，今则别解为"胡兵"。底句意为"不许胡兵来侵犯"。呼应铿锵有力，气壮山河。

例2　秀才不出门。(鲁迅作品一)　　　　　　　　　　　[知了世界]

赏析:"秀才不出门,能知天下事。"这是一句大家熟知的俗语。作者巧用启下法,轻轻推出"知了世界"。信手拈来,却多妙趣。

(十六) 形义混扣,交织成趣

在实际的猜谜活动中,往往拆字、会意、象形、象声兼容交叉,综合出现。成谜曲径通幽,自然融合,相得益彰,交织成趣。

例1　三十上下模样,恰似花儿一般。(字一)　　　　　[卉]

赏析:此迷集象形、拆字、会意于一体,底面相扣巧妙含蓄。依照"三十上下"的点拨,三个"十"上下鼎足而列。考虑到"卉"字的下半部并非两个"十"字,作者用"模样"二字表示形似;而下一句"恰似花儿一般",点明"卉"的含义,进而达到神似。一谜形神兼备,平中见趣,实不多见。

例2　维他命O(运动器具一)　　　　　　　　　　　[救生圈]

赏析:谜面是西药名,给人以新鲜感。此谜以会意、象形入扣。"维他命"者,取其中文意"维护那个命"也;O不读音,以象形似圆"圈"也。谜底解作"救活的就是那个圈",形义融为一体,妙手偶得,扣法合情理之道。

第四章 中小学每日一谜

一、一年级每日谜语

1. 千条线，万条线，落到水里都不见。（打一自然物）　　　　〔雨〕

2. 全身都是宝，爱吃百样草，吃饱就睡觉，走路哼哼叫。（打一动物）　　　　〔猪〕

3. 解落三秋叶，能开二月花。过江千尺浪，入竹万竿斜。（打一自然物）　　　　〔风〕

4. 胡子不多两边翘，开口总说妙妙妙，黑夜巡逻眼似灯，厨房粮库它放哨。（打一动物）　　　　〔猫〕

5. 上边毛，下边毛，中间一颗黑葡萄。（打一身体器官）〔眼睛〕

6. 身上穿皮袄，站没坐着高。忠诚护家院，来人嗷嗷叫。（打一动物）　　　　〔狗〕

7. 有时像圆盘，有时像镰刀。有时挂山腰，有时落树梢。（打一天体）　　　　〔月亮〕

8. 一物像人又像狗，爬竿上树是能手，擅长模仿人动作，家里没有山中有。（打一动物）　　　　〔猴〕

9. 麻屋子，红帐子，里面住个白胖子。（打一食品）〔花生〕

10. 一副墨镜天天戴，一身颜色黑与白。爱吃新鲜箭竹笋，人人爱它称国宝。（打一动物）　　　　〔熊猫〕

11. 小小人儿细又长，五颜六色花衣裳，写字画画它都会，老师最爱把它用。（打一教具）　　　　〔粉笔〕

12. 耳朵长尾巴短，红眼睛白毛衫，三瓣嘴儿胆子小，蹦蹦跳跳人喜欢。（打一动物）　　　　〔白兔〕

13. 三餐总到场，兄弟双双体瘦长，吃菜不尝汤。（打一日常用品）　　　　〔筷子〕

14. 鼻子粗又长，两牙赛门杠，双耳如蒲扇，身子似面墙。（打一动物）　　　　　　　　　　　　　　　　　　　　　　［大象］

15. 身体有圆也有方，常在铅笔盒里装。要是写错一个字，它会马上来帮忙。（打一文具）　　　　　　　　　　　　　　　　　　　　［橡皮擦］

16. 两撇小胡子，尖嘴尖牙齿，贼头又贼脑，夜晚干坏事。（打一动物）　　　　　　　　　　　　　　　　　　　　　　　　　　　　［老鼠］

17. 屋子方方，有门没窗。屋外热烘，屋里冷霜。（打一家用电器）　　　　　　　　　　　　　　　　　　　　　　　　　　　　　　　［冰箱］

18. 头戴大红帽，身披五彩衣，好像小闹钟，清早催人起。（打一动物）　　　　　　　　　　　　　　　　　　　　　　　　　　　　［公鸡］

19. 有位警察站路中，身上镶着黄绿红。行人车辆穿流过，他来指挥要服从。（打一交通设施）　　　　　　　　　　　　　　　　［红绿灯］

20. 一位游泳家，说话呱呱呱，小时有尾没有脚，大时有脚没尾巴。（打一动物）　　　　　　　　　　　　　　　　　　　　　　　　［青蛙］

21. 有它人们都在忙，没它人们入梦乡。有它万物可生长，没它世界没有亮。（打一天体）　　　　　　　　　　　　　　　　　　　［太阳］

22. 身穿皮袄黄又黄，呼啸一声万兽慌。虽然没率兵和将，也称山中一大王。（打一动物）　　　　　　　　　　　　　　　　　　［老虎］

23. 是花不是花，开时白花花。不是地上栽，天上飘下来。（打一自然物）　　　　　　　　　　　　　　　　　　　　　　　　　　　［雪］

24. 嘴像小铲子，脚像小扇子，走路左右摆，不是摆架子。（打一动物）　　　　　　　　　　　　　　　　　　　　　　　　　　　［鸭子］

25. 白嫩小宝宝，洗澡吹泡泡。洗洗身体小，再洗不见了。（打一生活用品）　　　　　　　　　　　　　　　　　　　　　　　　　［香皂］

26. 无穷力大性温良，不吃佳肴草作粮。拉货耕田它积极，不猜驴马不猜羊。（打一动物）　　　　　　　　　　　　　　　　　　　　［牛］

27. 有圆也有方，生平爱照相。照了无数次，底片没一张。（打一生活用品）　　　　　　　　　　　　　　　　　　　　　　　　　［镜子］

28. 年纪不大，胡子一把，喜吃青草，爱叫妈妈。（打一动物）〔羊〕

29. 十弟兄都能耍，个个头上顶块瓦。（打一人体部位）〔手指〕

30. 身穿白袍子，头戴红帽子，走路像公子，说话高嗓子。（打一动物）〔鹅〕

31. 天际任它游，似虎如龙也像牛，风刮自难留。（打一自然物）〔云〕

32. 不能沙土走，只会水中游。最怕人罗网，也惊吞钓钩。（打一水底生物）〔鱼〕

33. 小小一只花公鸡，不吃米来不叫啼。被人踢来又踢去，锻炼身体数第一。（打一娱乐活动）〔踢毽子〕

34. 穿件硬壳袍，缩头又缩脑，水面四脚划，岸上慢慢跑。（打一动物）〔乌龟〕

35. 又圆又扁肚里空，里面有水才能用，谁要用它都低头，摸脸搓手又鞠躬。（打一日常用品）〔脸盆〕

36. 长相俊俏，爱舞爱跳，春花一开，它就来到。（打一动物）〔蝴蝶〕

37. 一个小姑娘，生在水中央。身穿粉红衫，坐在绿船上。（打一植物）〔荷花〕

38. 翅膀一展亮晶晶，整天飞舞花丛中，手足不闲爱劳动，酿造蜜糖好过冬。（打一动物）〔蜜蜂〕

39. 我的胃口非常好，多少硬币吃不饱。送来爱心我收藏，孩子把我当个宝。（打一用物）〔储钱罐〕

40. 尖尖嘴，细细腿，狡猾多疑，拖只大尾。（打一动物）〔狐狸〕

41. 一物生来妙，样子似荷叶。雨天不湿身，全赖它帮忙。阳光太强烈，也能来阻挡。（打一生活用品）〔伞〕

42. 弯腰老公公，胡须蓬松松。活着水里游，落锅一身红。（打一动物）〔虾〕

43. 三角四棱穿绿装，传统美味里面藏。淡淡清香惹人爱，端午时节共分享。（打一食品）〔粽子〕

44. 八只脚，抬面鼓，两把剪刀鼓前舞。生来横行又霸道，嘴里常把

泡沫吐。(打一动物)　　　　　　　　　　　　　　　　[螃蟹]

45. 一个绿巨人，浑身都是针。你若去碰它，让你直喊疼。(打一植物)　　　　　　　　　　　　　　　　　　　　　　[仙人掌]

46. 一个英雄汉，设下天罗网，整天打埋伏，专捉飞来将。(打一动物)　　　　　　　　　　　　　　　　　　　　　　[蜘蛛]

47. 颜色白如雪，身子硬如铁，一日洗三遍，夜晚柜中歇。(打一生活用品)　　　　　　　　　　　　　　　　　　　　[碗]

48. 身体花绿，走路弯曲，洞里进出，开口恶毒。(打一动物)　[蛇]

49. 一只燕子大无比，腾空浮云翔万里。纳容游人四方走，捍卫空权拒顽敌。(打一空中物件)　　　　　　　　　　　　[飞机]

50. 身穿黑缎袍，尾巴像剪刀，冬天向南去，春天回来早。(打一动物)　　　　　　　　　　　　　　　　　　　　　　[燕子]

51. 辫子万千条，河岸随风来回飘，似把路人招。(打一植物)　[柳树]

52. 形状像耗子，生活像猴子，爬在树枝上，忙着摘果子。(打一动物)　　　　　　　　　　　　　　　　　　　　　　[松鼠]

53. 黑黑一堵墙，形状长又方，老师讲课它帮助，演算写画真便当。(打一教具)　　　　　　　　　　　　　　　　　　[黑板]

54. 说鸟不是鸟，躲在树上叫，自称啥都知，其实全不晓。(打一动物)　　　　　　　　　　　　　　　　　　　[知了/蝉]

55. 弯弯树，弯弯藤，藤上挂着水晶铃。(打一水果)　　　[葡萄]

56. 身体半球形，背上七颗星，棉花喜爱它，捕虫最著名。(打一动物)　　　　　　　　　　　　　　　　　　　　[七星瓢虫]

57. 池里一只船，大水盛不满，小雨纷纷落上头，好似珍珠一串串。(打一植物)　　　　　　　　　　　　　　　　　　[荷叶]

58. 远看是颗星，近看像灯笼，到底是什么，原来是只虫。(打一动物)　　　　　　　　　　　　　　　　　　　　[萤火虫]

59. 一个白娃娃，爱在泥里钻。天生心眼多，掰开扯丝线。(打一蔬菜)　　　　　　　　　　　　　　　　　　　　　　[藕]

60. 林海之中一医生，保护树木立大功，不打针来不给药，一口叼出肚里虫。（打一动物） ［啄木鸟］

61. 一个黑孩，从不开口。要是开口，掉出舌头。（打一食品） ［瓜子］

62. 空中排队飞行，组织纪律严明，初春来到北方，深秋南方过冬。（打一动物） ［雁］

63. 小喇叭，吹不响；颜色好，气味香。（打一花卉） ［牵牛花］

64. 一个姑娘，实在荒唐，造间房子，不留门窗。（打一动物） ［蚕］

65. 弟兄七八个，围着柱子坐。大家一分手，衣服都扯破。（打一蔬菜） ［大蒜］

66. 皮黑肉儿白，肚里墨样黑，从不偷东西，硬说它是贼。（打一动物） ［乌贼］

67. 天，万里无云夜色妍，银盘外，点点亮圆圆。（打一自然物） ［星星］

68. 身子像个小逗点，摇着一根小尾巴，从小就会吃孑孓，长大吃虫叫哇哇。（打一水生动物） ［蝌蚪］

69. 千只脚，万只脚，站不住，靠墙角。（打一用具） ［扫把］

70. 身体虽不大，钢针满身插，遇敌蜷一团，老虎也无法。（打一动物） ［刺猬］

71. 四四方方像块砖，里面布满黑芝麻。芝麻虽小学问大，一生一世要读它。（打一文化用品） ［书］

72. 坐下像只猫，飞起像只鸟，夜间捉田鼠，眼亮嗅觉高。（打一动物） ［猫头鹰］

73. 青竹竿绿竹竿，种在地里一片片。砍下竹竿咬一口，流出汁液甜又甜。（打一植物） ［甘蔗］

74. 一只鸟儿真奇怪，不会飞来跑得快，遇事总把脑袋藏，却把屁股露在外。（打一动物） ［鸵鸟］

75. 红口袋，绿口袋，有人害怕有人爱。（打一植物） ［辣椒］

76. 身披一件大皮袄，山坡上面吃青草，为了别人穿得暖，甘心脱下

自己毛。（打一动物） 　　　　　　　　　　　　　　　　　　　　　　［绵羊］

77. 长长一大扎，粗粗一大把。外面皮一扒，珍珠上面长头发。（打一植物） 　　　　　　　　　　　　　　　　　　　　　　　　　［玉米］

78. 一物生来真奇怪，肚下长个皮口袋，孩子袋里吃和睡，跑得不快跳得快。（打一动物） 　　　　　　　　　　　　　　　　　　　［袋鼠］

79. 有方有圆两头空，墙内开花墙外红。白天用它做装饰，晚上靠它路全通。（打一物） 　　　　　　　　　　　　　　　　　　　［灯笼］

80. 叫鱼不是鱼，终生海里居，远看像喷泉，近看似岛屿。（打一动物） 　　　　　　　　　　　　　　　　　　　　　　　　　　　［鲸鱼］

81. 一把伞，两把伞，雨后树下一片片。能做菜来味道鲜，兔子一见笑开颜。（打一植物） 　　　　　　　　　　　　　　　　　　　［蘑菇］

82. 身穿梅花袍，头上顶双角，穿山又越岭，全身都是宝。（打一动物） 　　　　　　　　　　　　　　　　　　　　　　　　　　　　［鹿］

83. 老头真可爱，模样有些呆。用手扳它卧，手松立起来。（打一玩具） 　　　　　　　　　　　　　　　　　　　　　　　　　［不倒翁］

84. 前有毒夹，后有尾巴，全身二十一节，中药铺要它。（打一动物） 　　　　　　　　　　　　　　　　　　　　　　　　　　　［蜈蚣］

85. 味道好似薄荷糖，不可吃来只能尝。每天早晚少不了，口气清新它帮忙。（打一日常用品） 　　　　　　　　　　　　　　　　　［牙膏］

86. 有种动物长得棒，拉车善走有力量，一辈不生儿和女，不像爹来不像娘。（打一动物） 　　　　　　　　　　　　　　　　　　　［骡］

87. 头顶戴绿色帽子，身上穿白色衣服。人人叫它小人参，冬来吃它能清热。（打一蔬菜） 　　　　　　　　　　　　　　　　　　　［萝卜］

88. 沙漠一只船，船上载着山，远看像笔架，近看一身毡。（打一动物） 　　　　　　　　　　　　　　　　　　　　　　　　　　［骆驼］

89. 胖娃娃，没手脚，红尖嘴，一身毛，背上一道沟，肚里好味道。（打一水果） 　　　　　　　　　　　　　　　　　　　　　　　［桃子］

90. 体型像狗样，喜欢山里藏，耳小尾巴大，常把人畜伤。（打

一动物） 〔狼〕

91. 一只没脚鸡，立着从不啼。吃水不吃米，客来敬个礼。（打一日
常用品） 〔茶壶〕

92. 黑褂子，白前襟，站在枝头报喜讯。（打一动物） 〔喜鹊〕

93. 黄皮包着红珍珠，颗颗珍珠有骨头，不能穿来不能戴，甜滋滋来
酸溜溜。（打一水果） 〔石榴〕

94. 脖子长长似吊塔，穿着一身花斑褂，跑起路来有本领，奔驰赛过
千里马。（打一动物） 〔长颈鹿〕

95. 蓬蓬松松一团棉，不做被褥不纺线。孩子见了好高兴，吃到嘴里
丝丝甜。（打一食品） 〔棉花糖〕

96. 一把梯子宽又长，日夜放在马路上，男女老少梯上走，交通安全
有保障。（打一交通用语） 〔斑马线〕

97. 两只小船一样长，十客分坐在两旁。白日满载来回忙，晚上休息
靠拢床。（打一用物） 〔鞋〕

98. 从来衣服只穿红，仓库商场去打工。一旦周围灾难起，喷射白沫
立大功。（打一物） 〔灭火器〕

99. 细圆腰杆身修长，戴绿穿红披彩裳，一旦彩衣被扯掉，显出本性
露黑肠。（打一文具） 〔铅笔〕

100. 头戴红缨帽，身穿绿罗袍，背上生双翅，爱脏腿长毛。（打一
昆虫） 〔苍蝇〕

101. 两条小腿细又长，两只眼睛明亮亮。一心只往高处爬，蹬着鼻
子上脸来。（打一生活用品） 〔眼镜〕

102. 红树枝，结绿桃，开了花，长了毛。（打一植物） 〔棉花〕

103. 身材不高且清瘦，一生正直热情高。乐于助人挺自豪，老人个
个喜欢它。（打一物） 〔拐杖〕

104. 小小木房站路旁，两边开着活门窗。要使街道干又净，果皮纸
屑往里装。（打一日常用品） 〔垃圾箱〕

105. 皮肤白皙身细长，光棍一条又何妨。专同黑暗来作对，热心为

人送光芒。（打一日常用品）　　　　　　　　　　　　　　［日光灯］

106. 一只铁驴没脾气，东南西北任你骑。手握龙头用脚蹬，节能环保创奇迹。（打一交通工具）　　　　　　　　　　　　　　［自行车］

107. 生根不落地，有叶不开花，街上有人卖，园里不种它。（打一植物）　　　　　　　　　　　　　　　　　　　　　　　［豆芽菜］

108. 红衣裹体小身材，一点芳心还未开。霹雳声中身粉碎，玉身断送实堪哀。（打一物）　　　　　　　　　　　　　　　　　［鞭炮］

109. 一只小鸟两边飞，两只拍子把鸟追。抽抽吊吊特惊险，观众惊呆直张嘴。（打一体育比赛项目）　　　　　　　　　　　　［羽毛球］

110. 有马不吃草，有田不种稻。放炮没有火，大象不过河。（打一物）　　　　　　　　　　　　　　　　　　　　　　　　　　［象棋］

111. 小小画儿真漂亮，不贴墙上贴信上。它给信儿当翅膀，带着信儿去四方。（打一邮政用品）　　　　　　　　　　　　　　［邮票］

112. 远看如同黑豆豆，近看尾巴拖在后。摇摇摆摆水中游，长大捉虫是能手。（打一动物）　　　　　　　　　　　　　　　　［蝌蚪］

113. 模样有点像鱼刺，又像一排长牙齿。一生只做一种事，乐于当个美发师。（打一生活用品）　　　　　　　　　　　　　　［梳子］

114. 像盐又不咸，像糖又不甜。撒向黄土地，喜获丰收年。（打一农用品）　　　　　　　　　　　　　　　　　　　　　　　［化肥］

115. 开口一笑，露出黑牙。谁敢亲它，叫谁肉麻。（打一调味品）

　　　　　　　　　　　　　　　　　　　　　　　　　　　［花椒］

116. 蹬鼻子上脸，压耳朵遮眼。不调远与近，能改明和暗。（打一生活用品）　　　　　　　　　　　　　　　　　　　　　　　［墨镜］

117. 一幅画片真神奇，黑白两色一般齐。用时拿来扫一扫，商品流通显威力。（打一信息表达符号）　　　　　　　　　　　　［条形码］

118. 无土无石一怪岛，深海之中四处漂。上有机场与跑道，时见神鹰冲云霄。（打一军事装备）　　　　　　　　　　　　　　［航空母舰］

119. 两座绣楼真稀奇，地板做成斜滑梯。里面住着十丫头，常年穿

着薄纱衣。（打一生活用品） 〔高跟鞋〕

120. 洁白细嫩一块砖，饮者助酒饥者餐。前生出自农夫手，磨旋成浆石膏拌。（打一食品） 〔豆腐〕

121. 暗道飞驰一条龙，连接南北和西东。来来往往真方便，肚量好大容万众。（打一交通设施） 〔地铁〕

122. 一辆电车真怪异，乘客暴走热汗滴。虽说走了几十里，人却始终在原地。（打一健身器材） 〔跑步机〕

123. 大大方方像个窗，一朵花儿里边装。吞云吐雾转得欢，除烟排污有担当。（打一电器） 〔换气扇〕

124. 五颜六色一圈环，不戴手脚戴腰间。用时屁股扭一扭，减肥瘦身效果显。（打一健身用品） 〔呼啦圈〕

125. 都是圈里人，个个口齿灵。凡事有门道，遇卡能通行。（打一日常用品） 〔钥匙串〕

126. 墙上开着六扇窗，六个娃娃爬窗上。娃娃一起来指路，要把书信送四方。（打一通信符号） 〔邮政编码〕

127. 肚皮起皱怪样子，就像一只皮箱子。里面装满好曲子，伴你跳舞明歌子。（打一乐器名） 〔手风琴〕

128. 一条直直小河流，浪静风平不系舟。水位跟随天气变，冷寒下降暖高浮。（打一医疗器械） 〔温度计〕

129. 将军家住在山坡，惯战能征故事多。褐色锦袍双凤翅，交锋获胜就飙歌。（打一昆虫） 〔蟋蟀〕

130. 听名字磨磨蹭蹭，干活儿认认真真。耕种收割兼运输，不断加油向前奔。（打一农具） 〔拖拉机〕

131. 人眼惊奇景，长天现彩披，我知仙女晾仙衣，雨霁云开红日欲临时。（打一自然现象） 〔虹〕

132. 一个光棍惹人怜，常在佳人掌握间。唾沫浇头浑不顾，哎哟声声喊破天。（打一演艺用品） 〔话筒〕

133. 五十四人赴前线，整顿队伍勤操练。不用真枪和实弹，勇擒大

王小王归。（打一娱乐行为）　　　　　　　　　　　　　　　　［打扑克］

134. 大葵花，家中栽。瓣一转，凉气来。（打一日常用品）　［风扇］

135. 此物齿牙多，总是天天头上过，毛发自娑娑。（打一日常用品）

　　　　　　　　　　　　　　　　　　　　　　　　　　　　　［梳子］

136. 花头花腿花脊梁，黑白条纹披身上。神态好像千里驹，非洲草原是家乡。（打一动物）　　　　　　　　　　　　　　　　［斑马］

137. 出山中身材苗条，立水畔骨节坚韧。抛诱饵伶牙俐齿，放长线能屈能伸。（打一物）　　　　　　　　　　　　　　　　　［钓竿］

138. 像球不是球，纤绳一甩转难休，天生爱找抽。（打一玩具）

　　　　　　　　　　　　　　　　　　　　　　　　　　　　　［陀螺］

139. 光棍汉，头发乱。倒立着，蹭地面。（打一日常用品）　［拖把］

140. 四四方方一座城，城内埋伏百万兵。出城故意头撞墙，刺啦一声放光明。（打一物）　　　　　　　　　　　　　　　　　［火柴］

141. 袋子随身背，威风不等闲。战时轰堡垒，平日可开山。（打一武器）　　　　　　　　　　　　　　　　　　　　　　　　［炸药包］

142. 两艘橡皮船，晴天难觅踪。不惧用水浸，常伴主人行。（打一物）

　　　　　　　　　　　　　　　　　　　　　　　　　　　　　［雨靴］

143. 你越用力拉扯，我就越想飞舞。看似命悬一线，实则向往蓝天。（打一物）　　　　　　　　　　　　　　　　　　　　　　［风筝］

144. 一张纸上密密麻，上面像是山水画。江河道路省市县，走遍全国不离它。（打一文化用品）　　　　　　　　　　　　　　　［地图］

145. 此书三百多张，共有十二篇章。每天只看一页，年底才能看完。（打一物）　　　　　　　　　　　　　　　　　　　　　　［日历］

146. 开箱就见墙，白砖镶黑砖。手指轻轻按，和谐声奏响。（打一西洋乐器）　　　　　　　　　　　　　　　　　　　　　　　［钢琴］

147. 我笑他也笑，胜似模仿秀。相看两不厌，只有左右变。（打一日常行为）　　　　　　　　　　　　　　　　　　　　　　　［照镜子］

148. 永远前进，不会后退。千金难买，十分宝贵。（打一自然规律）

[时间]

149. 兵马将士，听从调遣，种种布局，各有路数，越界杀敌，只为擒首，胜负两分，不过游戏。（打一智力游戏） [中国象棋]

150. 挟雷掣电行太空，倒海翻江任升腾。兴云致雨威风大，唬得叶公丢魂灵。（打一属相） [龙]

151. 红红白白分上下，文人捉笔来挥洒；厅堂寺庙寻常见，婚丧年节多用它；若问此物啥特性，好事成双爱喧哗。（打一传统文化瑰宝）

[对联]

152. 白秆子，开红花，蜜蜂从不陪它耍。花儿晚上放光华，燃烧自己照大家。（打一日常用品） [蜡烛]

153. 皮黄肉白味甘汁，孔融让我幼年时。（打一水果） [梨]

154. 各色缤纷轮子轻，孩儿淑女共心倾。闲来摆动腰肌力，健体强身获好评。（打一运动器械） [呼啦圈]

155. 身像圆盘地上放，人们踏在我身上。是胖是瘦自己瞧，该增该减看重量。（打一日常用品） [秤]

156. 平日空闲爱靠墙，不穿不吃不张扬。勇挑重物行千里，工作艰辛也不妨。（打一农具） [扁担]

157. 初开红似火，团簇满枝头。谢红结白绒，随风飞空中。丝丝如蚕纱，入被好暖和。（打一植物） [木棉花]

158. 像彩旗来似彩纸，赤橙黄绿青蓝紫。问题一一写上面，供人研商讨欢喜。（打一文化用品） [谜条]

159. 姓名堪比百兽王，天生最喜爬上墙。神奇尾巴节节活，捕捉蚊虫整日忙。（打一动物） [壁虎]

160. 有红有绿不是花，有枝有叶不是树，五颜六色居水中，原是海底一动物。（打一海底生物） [珊瑚]

161. 我虽小小轻薄身，"哔哔"一吹似神灵。赛场健儿听我令，鏖战正酣立马停。（打一体育用品） [哨子]

162. 亭亭玉立街两旁，白天休息晚上忙。风吹雨打何所惧，洒向人间都是光。（打一城市设施）
　　　　　　　　　　　　　　　　　　　　　　［路灯］

163. 一根短小玻璃管，浑身刻线有长短。三十六七可安全，接近四十有危险。（打一医疗用品）
　　　　　　　　　　　　　　　　　　　　　　［体温计］

164. 两排串珠分上下，使用起来响噼啪。加减乘除赛电脑，中华瑰宝一枝花。（打一文具）
　　　　　　　　　　　　　　　　　　　　　　［算盘］

165. 有个大立柜，装在房子里，人若按键对，随即送出钱。（打一银行设施）
　　　　　　　　　　　　　　　　　　　　　　［自动提款机］

166. 一个大西瓜，挖个洞儿将土遮，脚踩就开花。（打一武器）
　　　　　　　　　　　　　　　　　　　　　　［地雷］

167. 钻缝藏洞夜间行，黑褐衣裳步履轻。久负偷油婆绰号，人人喊打不欢迎。（打一动物）
　　　　　　　　　　　　　　　　　　　　　　［蟑螂］

168. 貌似集装箱，立身在大堂。有门人进出，升降可相商。（打一公共设施）
　　　　　　　　　　　　　　　　　　　　　　［电梯］

169. 一块玻璃很奇妙，中间厚来边上薄。看物费劲若嫌小，用它再看变样了。（打一光学用具）
　　　　　　　　　　　　　　　　　　　　　　［放大镜］

170. 一排小风箱，个个开着窗。一阵风吹过，欢快曲悠扬。（打一乐器名）
　　　　　　　　　　　　　　　　　　　　　　［口琴］

171. 密密层层一座城，城门关上拒飞兵。任凭敌贼外城叫，城里安眠不用惊。（打一日常用品）
　　　　　　　　　　　　　　　　　　　　　　［蚊帐］

172. 没脚走天涯，小画周边有齿牙，音讯传千家。（打一文化用品）
　　　　　　　　　　　　　　　　　　　　　　［邮票］

173. 一物生得拇指大，肚中却藏万千话。若要看清真面目，请君对准电脑插。（打一电脑产品）
　　　　　　　　　　　　　　　　　　　　　　［优盘/U盘］

174. 形似分开大鸭梨，四根弦子韵高低。芳名好像甜佳果，抱弹妙音听者迷。（打一乐器）
　　　　　　　　　　　　　　　　　　　　　　［琵琶］

175. 穴内栖身如石榴，佳人微露似含羞。山珍海味它先嚼，老迈时来多不行。（打一人体部位）
　　　　　　　　　　　　　　　　　　　　　　［牙齿］

176. 冠子红红白练衣，长长脖脚有仙姿。成群结队水边逛，虽在鸡群一望知。（打一动物）　　　　　　　　　　　　　　　　［丹顶鹤］

177. 这厮脸扁牙尖，鸡鸭鱼肉尝遍。被人抓住把柄，一生与案牵连。（打一厨具）　　　　　　　　　　　　　　　　　　　［菜刀］

178. 早生白发老成乌，擅写文书擅绘图。一旦忙时将帽脱，功夫能细也能粗。（打一文具）　　　　　　　　　　　　　　　［毛笔］

179. 强光临夜色，地势可看清。不具杀伤力，也称武器名。（打一武器）　　　　　　　　　　　　　　　　　　　　　　　［照明弹］

180. 形似书刊自保藏，内存片段好时光。青春岁月夕阳景，每遇空闲细品尝。（打一文化用品）　　　　　　　　　　　　　［影集］

181. 笔下蕴深情，远隔云山情愫倾，闻语不闻声。（打一文化用品）
　　　　　　　　　　　　　　　　　　　　　　　　　　　　　［信件］

182. 小小孩儿真漂亮，五颜六色身细长，山水花鸟它能绘，表里如一有文章。（打一文具）　　　　　　　　　　　　　　　［彩色蜡笔］

183. 小小珍珠真可爱，旅游商店不销售。早晨叶面花间见，一出太阳难自留。（打一自然物）　　　　　　　　　　　　　　　［露］

184. 稀奇老鼠会飞翔，薄薄天生两翅长。发出声波能引导，夜间觅食也无妨。（打一动物）　　　　　　　　　　　　　　　［蝙蝠］

185. 圆圈密布似莲蓬，握在手中言语通。演讲唱歌都可用，声音扩大显奇功。（打一音乐器械）　　　　　　　　　　　　　［麦克风］

186. 生长粤闽里，红皮鳞状起。苏东坡爱吃，杨贵妃更喜。（打一水果）　　　　　　　　　　　　　　　　　　　　　　　［荔枝］

187. 短称五里十称长，常见路边垂柳扬。官建民捐今古有，行人避雨也乘凉。（打一建筑）　　　　　　　　　　　　　　　　［凉亭］

188. 天生爱啃泥，嘴巴能吃百斤泥，吐吞不执泥。（打一建筑机械）
　　　　　　　　　　　　　　　　　　　　　　　　　　　　［推土机］

189. 成熟皮黄肉亦黄，汁多味好任君尝。当年陆绩怀中物，孝道之风百代扬。（打一水果）　　　　　　　　　　　　　　　　［橘］

190. 高山草一丛，飘逸自葱茏。月月都须割，时来又变丰。（打一人体部位）
[头发]

191. 无病住医院，急病就转院。来回跑医院，助人如心愿。（打一医院用物）
[救护车]

192. 这瓜蹊跷，弹性真好。拍打没事，不能动脚。两家争抢，到手就抛。装进篮子，价码提高。（打一体育用品）
[篮球]

193. 小小独轮车，轮子上面搁，它要走一步，需用手推着。（打一电脑配件）
[鼠标]

194. 形如小盒身边带，虽有门窗常不开。若是欣逢风景好。银光一闪请前来。（打一日常用品）
[照相机]

195. 状如五指宽，红遍满山峦。杜牧停车故，怡情仔细看。（打一植物）
[枫叶]

196. 长嘴利牙皱皱皮，性情凶悍大力气。排泄体内盐溶液，流泪被说假慈悲。（打一动物）
[鳄鱼]

197. 铁骨铮铮心底宽，满腔热情似火红。历经坎坷志不移，专管人间不平事。（打一物）
[熨斗]

198. 大的方，小的方，全部都在墙壁上。有它屋里亮堂堂，要是没它闷得慌。（打一物）
[窗]

199. 扬名打虎景阳冈，讨贼从征一臂伤。雪虐霜侵无改色，黄山迎客敢担当。（打一植物）
[松]

200. 说他是只眼，啥都看不见。每人都有它，不信问妈妈。（打一人体部位）
[肚脐眼]

201. 一盘棋子分两边，上边多来下边少。多的反比少的少，少的反比多的多。（打一日常用品）
[算盘]

202. 睍华明志自从容，罢演风波伟绩丰。飘逸关公留气节，神威凛凛向刀锋。（打一人体部位）
[胡须]

203. 面有海洋和山川，中有一轴南北穿。各国概况想了解，只需用手转一转。（打一教学用具）
[地球仪]

204. 虽分左右实相连，行动不离双手牵。毅力天生堪负重，东边累了换西边。（打一人体部位） 〔肩〕

205. 奇怪奇怪真奇怪，老树树干有花开。蜜蜂不来把蜜采，摘下能够做成菜。（打一植物） 〔木耳〕

206. 喜爱表演顶皮球，以及跳跃向前游。见人落水马上救，拱到岸边才罢休。（打一动物） 〔海豚〕

207. 自己做衣自己穿，白色衣服镶绿边。新衣做好身上添，旧衣从不脱一件。（打一蔬菜） 〔大白菜〕

208. 不动像黑豆儿，搬家排一溜儿。发现大米粒儿，抬时都动手儿。（打一动物） 〔蚂蚁〕

209. 一个小偷爱夏夜，乘凉人多好偷窃。不偷钱物真特别，刺破皮肤偷鲜血。（打一动物） 〔蚊子〕

210. 池塘举着绿铃铛，颗颗珠子里面藏。风儿跑来喜洋洋，用力摇着却不响。（打一植物） 〔莲蓬〕

211. 南方炎热果子多，有种水果真奇特。打开就像罐头盒，里面有吃也有喝。（打一水果） 〔椰子〕

212. 形状像足球，全身绿油油。夏天切开瞅，红肉黑骨头。（打一水果） 〔西瓜〕

213. 无数树干当支柱，树叶当瓦来盖住。鸟兽住着大房屋，低碳生活真幸福。（打一自然景观） 〔森林〕

214. 藤爬架儿，结出瓜儿。瓜有刺儿，戴黄花儿。（打一蔬菜） 〔黄瓜〕

215. 不能走路却叫马，只因长个马脑瓜。辽阔大海当成家，直着身子才出发。（打一动物） 〔海马〕

216. 海底开葵花儿，最爱变戏法儿。花瓣变成手儿，抓住小鱼虾儿。（打一动物） 〔海葵〕

217. 小小潜艇，潜入水中。水冷不动，水开上升。（打一食品） 〔水饺〕

218. 从小待在小房屋，始终无法把门出。别看有肉没有骨，会用沙子育珍珠。（打一动物） 　　　　［蚌］

219. 一只百叶箱，魔术本领强。冷暖里面藏，随意往外放。（打一生活用品） 　　　　［空调］

220. 模样像白糖，抓点尝一尝。咸得泪流淌，舌头伸得长。（打一调味品） 　　　　［盐］

221. 白天像瓜，夜晚像花。一拉电闸，花就谢啦。（打一生活用品） 　　　　［电灯］

222. 脏衣要洗澡，都往里面跳。随着波浪漂，很快就洗好。（打一生活用品） 　　　　［洗衣机］

223. 披黄衣，不用剥，酸眯眼，泡泡水。（打一水果） 　　　　［柠檬］

224. 身子像张弓，胡子一大蓬。经常挖泥洞，螯断能再生。（打一动物） 　　　　［龙虾］

225. 扁扁嘴巴，很多长牙。爱尝头发，却不吞下。（打一生活用品） 　　　　［梳子］

226. 口含红宝珠，不断吐烟雾。为把蚊子逐，成灰也不顾。（打一生活用品） 　　　　［蚊香］

227. 不做衣裳何妨，做清洁时帮忙。不怕自己弄脏，要让环境漂亮。（打一生活用品） 　　　　［抹布］

228. 从不吃零食，只爱吃电池。夜晚外出时，眼光亮又直。（打一生活用品） 　　　　［手电筒］

229. 一个拍子多窟窿，热天到了爱运动。不拍球儿拍飞虫，不为锻炼为卫生。（打一生活用品） 　　　　［苍蝇拍］

230. 兄弟几个真和气，天天并肩坐一起，少时喜欢绿衣服，老来都穿黄色衣。（打一水果） 　　　　［香蕉］

231. 三只小箭爱转圈，圈子分成十二段。有快有慢转得欢，惹得人们常观看。（打一生活用品） 　　　　［钟表］

232. 有一种星海中住，并非流星来变出。不是物体是动物，五角当

手把虫捕。（打一动物）　　　　　　　　　　　　　　　　　　［海星］

233. 谁家小水牛，下水却不游。牛身无法瞅，露出小牛头。（打一果实）　　　　　　　　　　　　　　　　　　　　　　　　［菱角］

234. 老翁摔跤本领高，稳稳站着微微笑。想摔倒它办不到，东摇西晃总不倒。（打一玩具）　　　　　　　　　　　　　　　　［不倒翁］

235. 翅膀太小不能飞，不怕入水怕风吹。雪地上面站一堆，宝宝藏在绒毛内。（打一动物）　　　　　　　　　　　　　　　　　［企鹅］

236. 名里有牛不是牛，从没见它拉犁头。没脚却能慢慢走，半间房子拖在后。（打一动物）　　　　　　　　　　　　　　　　［蜗牛］

237. 你摔我，我摔你，其中一个摔在地。爬起来，不生气，祝贺对方获胜利。（打一体育项目）　　　　　　　　　　　　　　［摔跤］

238. 身穿一件黄衣裳，金钱印在衣裳上。威风凛凛有力量，见了老虎不躲藏。（打一动物）　　　　　　　　　　　　　　　［金钱豹］

239. 模样就像多胞胎，衣服却是不同彩。平时一起盒里装，画画就请他们来。（打一学习用品）　　　　　　　　　　　　　　［蜡笔］

240. 别看它的个儿小，挺直身子站得高。不怕雷吼闪电跳，要给高楼当保镖。（打一建筑用具）　　　　　　　　　　　　　［避雷针］

241. 大嘴张开朝着天，一排长牙亮闪闪。它将太阳当成碗，吃着阳光肚子暖。（打一生活用具）　　　　　　　　　　　［太阳能热水器］

242. 模样像锅站得高，它给电视送信号。卫星节目像宝宝，争着下来要它抱。（打一生活用具）　　　　　　　　　　　［卫星电视天线］

243. 背着水箱把歌唱，长长马路当战场。洒下水滴像子弹，灰尘投降落地上。（打一车辆）　　　　　　　　　　　　　　［洒水车］

244. 模样像床不能睡，上面从来没有被。站到上面跳一跳，身子就能向上飞。（打一体育器材）　　　　　　　　　　　　　［蹦床］

245. 紫色袍子身上穿，头上戴顶小王冠。它将菜地当宫殿，不坐龙椅空中悬。（打一蔬菜）　　　　　　　　　　　　　　　［茄子］

246. 没有藤儿没有花，又大又圆像南瓜。肚子空空本领大，挨起打

来它不怕。（打一乐器）　　　　　　　　　　　　　　　　　　［鼓］

247. 有个调皮小宝宝，藏在山谷躲猫猫。学人说话本领高，你想找他找不到。（打一自然现象）　　　　　　　　　　　　　　［回声］

248. 不用水泥和木材，家里有个小舞台。各地节目都能来，你想看啥你安排。（打一生活用品）　　　　　　　　　　　　　［电视机］

249. 看上去是两位数，读出来只一个声。（打一数字）　　　　［10］

250. 一样东西亮晶晶，又光又硬又透明，工人叔叔造出来，它的用处数不清。（打一物）　　　　　　　　　　　　　　　　　［玻璃］

251. 身体细长，兄弟成双，光爱吃菜，不爱喝汤。（打一日常用具）
　　　　　　　　　　　　　　　　　　　　　　　　　　　　　［筷子］

252. 生就一张圆圆嘴，光啃木头不喝水，娃娃写字常请它，请它出来啃几嘴。（打一文具）　　　　　　　　　　　　　　　［刨笔刀］

253. 白娃娃，爬黑墙，越爬个儿越变小，再也没法往上长。（打一教学用具）　　　　　　　　　　　　　　　　　　　　　［粉笔］

254. 有面没有口，有脚没有手，虽有四只脚，自己不会走。（打一物）
　　　　　　　　　　　　　　　　　　　　　　　　　　　　　［桌子］

255. 上肢下肢都是手，有时爬来有时走。走时很像一个人，爬时又像一条狗。（打一动物）　　　　　　　　　　　　　　　　　［猴子］

256. 五个兄弟，住在一起，名字不同，高矮不齐。（打身体一部位）

　　　　　　　　　　　　　　　　　　　　　　　　　［手指 / 脚趾］

257. 头戴红帽子，身披五彩衣，从来不唱戏，喜欢吊嗓子。（打一动物）　　　　　　　　　　　　　　　　　　　　　　　［公鸡］

258. 先修十字街，再修月花台，身子不用动，口粮自动来。（打一动物）　　　　　　　　　　　　　　　　　　　　　　　［蜘蛛］

259. 有头没有颈，身上冷冰冰，有翅不能飞，无脚也能行。（打一动物）　　　　　　　　　　　　　　　　　　　　　　　　［鱼］

260. 小飞机，纱翅膀，飞来飞去灭虫忙；低飞雨，高飞晴，气象预报它内行。（打一动物）　　　　　　　　　　　　　　　　［蜻蜓］

261. 小飞虫，尾巴明，黑夜闪闪像盏灯，古代有人曾借用，刻苦读书当明灯。（打一动物）　　　　　　　　　　［萤火虫］

262. 颜色有白又有灰，经过驯养很聪明，可以当作联络员，飞山越岭把信送。（打一动物）　　　　　　　　　　［鸽子］

263. 有个矮将军，身上挂满刀，刀鞘外长毛，里面藏宝宝。（打一植物）　　　　　　　　　　　　　　　　　　［大豆］

264. 冬天蟠龙卧，夏天枝叶开，龙须往上长，珍珠往下排。（打一植物）　　　　　　　　　　　　　　　　　　［葡萄］

265. 水上生个铃，摇摇没声音，仔细看一看，满脸大眼睛。（打一植物）　　　　　　　　　　　　　　　　　　［莲蓬］

266. 两叶花四朵，颜色白又黄，一年开一次，八月放异香。（打一植物）　　　　　　　　　　　　　　　　　　［桂花］

267. 海南宝岛是我家，不怕风吹和雨打，四季棉衣不离身，肚里有肉又有茶。（打一植物）　　　　　　　　　　［椰子］

268. 半截白半截青，半截实来半截空，半截长在地面上，半截长在土当中。（打一植物）　　　　　　　　　　　［葱］

269. 冬天幼苗夏成熟，滔滔海水是活土，根浮水面随浪晃，身潜水中漫起舞。（打一植物）　　　　　　　　　　［海带］

270. 架上爬秧结绿瓜，绿瓜顶上开黄花，生着吃来鲜又脆，炒熟做菜味道佳。（打一植物）　　　　　　　　　　［黄瓜］

271. 小时青青腹中空，长大头发蓬蓬松，姐姐撑船不离它，哥哥钓鱼拿手中。（打一植物）　　　　　　　　　　［竹子］

272. 一根竹管二尺长，开了七个小圆窗，对准一个小窗口，吹阵风就把歌唱。（打一乐器）　　　　　　　　　　［笛子］

273. 一间房子扁又长，上边开了许多窗，用嘴吹进一阵风，好听的音乐多响亮。（打一乐器）　　　　　　　　　［口琴］

274. 七个精灵鬼，各有拿手活。（打一动画片）　　　　　　［葫芦娃］

275. 父子俩的脑袋比例是相反的。（打一动画片）

276. 玻璃棍棍很神奇，有根银线藏棍里，放在腋下银线动，测出体温高与低。（打一日常用品） 　　　　　[体温表]

277. 上不怕水，下不怕火；家家厨房，都有一个。（打一生活用品）
　　　　　　　　　　　　　　　　　　　　　　　　[锅]

278. 有嘴不能说，有肚不吃馍，虽说无胃病，黄水吐得多。（打一生活用品） 　　　　　　　　　　　　　[茶壶]

279. 样子好像鸡鸭蛋，数字居于正负间。肚里空空无所有，评卷见它人心寒。（打一阿拉伯数字） 　　　　　[0]

280. 是笔不能画，和电是一家，要知有无电，可去请教它。（打一生活用品） 　　　　　　　　　　　　　[电笔]

281. 粉色绒球讨人爱，人若一碰它不开。（打一花卉） 　　[含羞草]

282. 身穿黄色羽毛衫，绿树丛中常栖身，只因歌儿唱得好，博得许多赞扬声。（打一动物） 　　　　　　　　[黄莺]

283. 春到它来临，催唤播种人，秋后它返回，遍传丰收音。（打一动物） 　　　　　　　　　　　　　　[布谷鸟]

284. 天上飞，不是鸟，前边翅膀大，后边翅膀小，喝饱燃油飞得高。（打一交通工具） 　　　　　　　　　　[飞机]

285. 钢铁身子重万斤，搁在水里它不沉，不怕风浪大，就怕水不深。（打一交通工具） 　　　　　　　[轮船 / 军舰]

286. 四脚圆滚滚，眼睛亮晶晶，嘀嘀叫一声，招手过路人。（打一交通工具） 　　　　　　　　　　　　　[汽车]

287. 你说稀奇不稀奇，汽车长着长胳膊，抓起东西往上举，千斤万斤不费力。（打一机具） 　　　　　　　[起重机]

288. 小小房屋是我家，家里人多力量大，能写字来能画画，个个都是小专家。（打一文具） 　　　　　　　　[笔盒]

289. 个个穿着红衣服，排成队伍真是酷。会唱歌来会跳舞，喜庆日子搞演出。（打一生活用品） 　　　　　　[鞭炮]

290. 铁嘴巴，爱咬纸，咬完掉个铁牙齿。（打一文具）　　［订书机］

291. 一座城市六堵墙，墙的颜色不一样。扭来转去易搞乱，谁能恢复算谁强。（打一益智玩具）　　［魔方］

292. 一物生来本领大，叫它说啥就说啥，说话就行走，行走就说话。（打一文具）　　［毛笔］

293. 十九乘十九，黑白两对手，有眼看不见，无眼难活久。（打一体育用品）　　［围棋］

294. 像只大蝎子，抱起似孩子，抓挠肚肠子，唱出好曲子。（打一乐器）　　［琵琶］

295. 木制架子空中悬，两条辫子接上天，小小主人来驾驭，来回动荡画弧圈。（打一体育用品）　　［秋千］

296. 一物生来真轻巧，身长羽毛不是鸟，没有翅膀空中飞，落地没脚难起跳。（打一体育用品）　　［羽毛球］

297. 头上长着千条辫，迎风摆舞在岸边。（打一植物）　　［柳树］

298. 白又方，嫩又香，能做菜，能煮汤，豆子是它爹和妈，它和爹妈不一样。（打一食品）　　［豆腐］

299. 身上披棕毡，背后插破扇，屋里站不下，立在园里面。（打一植物）　　［棕榈］

300. 身体白又胖，常在泥中藏，浑身是蜂窝，生熟都能尝。（打一蔬菜）　　［藕］

301. 头上长硬发，身披鱼鳞甲，霜雪打不垮，狂风也不怕。（打一植物）　　［松树］

302. 树婆婆，园中站，身上挂满小鸡蛋，又有红来又有绿，既好吃来又好看。（打一植物）　　［枣树］

303. 身子粗壮头长角，大人小孩都爱它，给人奶汁它吃草，浑身上下净是宝。（打一动物）　　［奶牛］

304. 个儿不算大，帮着人看家，身子用铁打，辫子门上挂。（打一用具）　　［挂锁］

305. 兄弟几个人，各进一道门，那个进错了，看了笑死人。（打一生活用品） ［扣子］

306. 身细头尖鼻子大，一根线儿拴住它，帮助妈妈缝衣裳，帮助姐姐来绣花。（打一日常用具） ［针］

307. 一个小碗尾巴长，能盛饭菜能盛汤。盛上又倒了，倒了再盛上。（打一日常用具） ［小勺］

308. 山形分大小，横竖不交并。手指山形转，目明看得清。（打一医疗卫生用品） ［视力表］

309. 红公鸡，起得早，起来不会喔喔叫，屋里走一遭，尘土都跑掉。（打一生活用具） ［鸡毛掸］

310. 一匹马儿脾气好，不定主人不定槽。只要手机扫一扫，解开缰绳载你跑。（打一新型交通工具） ［共享单车］

311. 有个聪明小工匠，盖房不用砖和梁，墙壁雪白没窗户，拆开便可做衣裳。（打一动物） ［蚕］

312. 一物生得真奇怪，腰里长出胡子来，拔掉胡子剥开看，露出牙齿一排排。（打一植物） ［玉米］

313. 有土能种米麦，有水可养鱼虾，有人不是你我，有马能行天下。（打一字） ［也］

314. 一个瓜，腰上挂，抽了筋，就开花，消灭敌人要用它。（打一军事用品） ［手榴弹］

315. 左手五个，右手五个。拿去十个，还剩十个。（打一日常用品） ［手套］

316. 高高个儿一身青，金黄圆脸喜盈盈，天天对着太阳笑，结的果实数不清。（打一植物） ［向日葵］

317. 不怕细菌小，有它能看到，化验需要它，科研不可少。（打一物） ［显微镜］

318. 说像糖，它不甜，说像盐，又不咸，冬天有时一片，夏天谁都不见。（打一自然物） ［雪］

319. 又白又软，罩住人脸。守住关口，防止传染。（打一日常用品）

[口罩]

320. 每隔数日脱旧衣，没有脚爪走得急，攀缘树木多轻便，光滑地面步难移。（打一动物）

[蛇]

321. 一条牛，真厉害，猛兽见它也避开，它的皮厚毛稀少，长出角来当药材。（打一动物）

[犀牛]

322. 独木造高楼，没瓦没砖头，人在水下走，水在人上流。（打一生活用品）

[雨伞]

323. 外麻里光，住在闺房。姑娘怕戳疼，拿它来抵挡。（打一日常用品）

[顶针]

324. 口比肚子大，给啥就吃啥。它吃为了你，你吃端着它。（打一日常用品）

[碗]

325. 有头没有尾，有角又有嘴。扭动它的角，嘴里直淌水。（打一日常用品）

[水龙头]

326. 一块豆腐，切成四块。放进锅里，加上锅盖。（打一字） [画]

327. 身穿红衣裳，常年把哨放，遇到紧急事，敢往火里闯。（打一日常用品）

[灭火器]

328. 身体肥，头儿大，脸儿长方宽嘴巴，名字叫马却没毛，常在水中度生涯。（打一动物）

[河马]

329. 一群小蝌蚪，爱在水里游。有的潜下水，有的露出头。（打一音乐名词）

[五线谱]

330. 地下是火山，上面是大海。海里宝贝多，快快捞上来。（打一日常用品）

[火锅]

331. 楼台接楼台，层层叠起来。上面飘白雾，下面水花开。（打一日常用品）

[蒸笼]

332. 站着百分高，躺着十寸长。裁衣做数学，它会帮你忙。（打一日常用品）

[尺]

333. 穿着铠甲没头盔，遇险缩进铠甲内。长着四条小短腿，会爬行

来会游水。（打一动物） ［乌龟］

334. 头部就像鼠，尾巴长又粗。松子当食物，树洞当别墅。（打一动物） ［松鼠］

335. 说是兽类能飞高，说是鸟类没羽毛。夜晚眼睛看不到，发超声波当向导。（打一动物） ［蝙蝠］

336. 三片铁叶子，关在铁笼子。热天转圈子，吹干汗珠子。（打一生活用品） ［电扇］

337. 茂密森林当成家，白天睡觉夜出发。飞到田野当警察，田鼠偷粮迅速抓。（打一动物） ［猫头鹰］

338. 属于鸟类不能飞，长着长腿翅膀垂。草原举办运动会，跑步项目马难追。（打一动物） ［驼鸟］

339. 穿着白褂去游览，晴朗天空到处玩。穿着灰褂去上班，专门生产小雨点。（打一自然物） ［云］

340. 小麻袋，一打开。小红孩，跳出来。（打一农作物） ［花生］

341. 身上衣服有条纹，嗡嗡唱歌好声音。飞到花中采甜粉，像过家家真开心。（打一动物） ［蜜蜂］

342. 许多黄花瓣儿，捧个小圆盘儿。盘里装满籽儿，挤得只露尖儿。（打一植物） ［向日葵］

343. 文具盒里睡大觉，醒来马上往外跳。像只猫咪真灵巧，错字当鼠吞吃掉。（打一文具） ［橡皮擦］

344. 叫箭不用弓，喷火来推动。头上顶卫星，送到太空中。（打一航天工具） ［火箭］

345. 没肉有皮肤，皮肤包着骨。雨天变魔术，变成大蘑菇。（打一生活用品） ［雨伞］

346. 像竹长有节，叶子却有别。折断茎秆嚼，里面藏甜液。（打一植物） ［甘蔗］

347. 绿塔枝上挂，老了成红塔。塔内装的啥？一朵小白花。（打一蔬菜） ［辣椒］

348. 长着梳子尾，长着扇子背。水当床当被，眨眼能入睡。（打一动物）

[鱼]

349. 夏天到了当演员，树当舞台唱得欢。一首老歌唱多遍，听得大家都厌烦。（打一动物）

[蝉/知了]

350. 桑叶当地毯，饿了当美餐。长大造房间，用丝不用砖。（打一动物）

[蚕]

351. 穿着黄袜子，翅膀当褂子。嘴巴像夹子，最会夹虾子。（打一动物）

[鸭子]

352. 能够哺乳非鱼类，不住岸上住海内。鼻当玩具喷出水，开出水花真是美。（打一动物）

[鲸]

353. 森林小警察，搜索树木家。敲门用嘴巴，要将害虫抓。（打一动物）

[啄木鸟]

354. 玻璃身子红心肠，能知冷热本领强，如实标在刻度上，从来没有撒过谎。（打一生活用品）

[温度计]

355. 身上穿着绿战袍，舌头一伸当枪刀。它是禾苗好保镖，消灭害虫立功劳。（打一动物）

[青蛙]

356. 模样像鼠不是鼠，白天洞里睡得熟，晚上飞出找食物，捕捉蚊子吃饱肚。（打一动物）

[蝙蝠]

357. 尾巴短小耳朵长，红眼豁嘴怪模样。萝卜白菜当成粮，跑起步来是健将。（打一动物）

[兔子]

358. 一只鸟儿来回飞，圆头白毛模样美，爱和球拍亲亲嘴，就是不想往下坠。（打一体育用品）

[羽毛球]

359. 圆筒白糨糊，早晚挤一股，兄弟三十二，都说有好处。（打一生活用品）

[牙膏]

360. 小飞贼，水里生，干坏事，狠又凶，偷偷摸摸吸人血，还要嗡嗡叫几声。（打一动物）

[蚊子]

361. 一条大船不靠岸，海里沉浮随心愿，不烧煤来不用油，烟筒冒水不见烟。（打一动物）

[鲸]

362. 铺天盖地织一张，整个世界里面装。不打鱼来不捞虾，传递信息数它强。（打一科学技术） 　　　　　　　　［互联网］

363. 这只犬儿真稀奇，不啃骨头爱下棋。脑筋灵光无人敌，你说稀奇不稀奇。（打一人工智能） 　　　　　　　　［阿尔法狗］

364. 辨人正与邪，生辉顾盼美堪嘉，难容一粒沙。（打一人体部位） 　　　　　　　　［眼睛］

365. 姐妹两个俏模样，脸儿圆圆辫子长。无论相隔有多远，如同见面聊家常。（打一电脑软件） 　　　　　　　　［QQ］

366. 身穿绿衣裳，肚里水汪汪，生的子儿多，个个黑脸庞。（打一水果） 　　　　　　　　［西瓜］

二、二年级每日谜语

1. 书袋随身背，威风不等闲。战时轰堡垒，平日可开山。（打一军事用品） 　　　　　　　　［炸药包］

2. 一个老头，不跑不走；请他睡觉，他就摇头。（打一物）［不倒翁］

3. 八个蚂蚁抬棍棍，一个蚂蚁棍上混。（打一字） 　　　　［六］

4. 白白一片似雪花，落下水里不见。（打一物） 　　　　　［盐］

5. 白胖娃娃泥里藏，腰身细细心眼多。（打一植物） 　　　［藕］

6. 明又明，亮又亮，一团火球挂天上，冬天待的时间短，夏天待的时间长。（打一天体） 　　　　　　　　［太阳］

7. 来到屋里，赶也赶不走，时间一到，不赶就会走。（打一自然现象） 　　　　　　　　［太阳光］

8. 有时候，圆又圆，有时候，弯又弯，有时晚上出来了，有时晚上看不见。（打一天体） 　　　　　　　　［月亮］

9. 弯弯一座彩色桥，高高挂在半山腰，七色鲜艳真正好，一会儿工

夫不见了。（打一自然现象） [彩虹]

10. 小白花，飞满天，下到地上像白面，下到水里看不见。（打一自然物） [雪]

11. 人脱衣服，它穿衣服，人脱帽子，它戴帽子。（打一家具） [衣帽架]

12. 两只小口袋，天天随身带，要是少一只，就把人笑坏。（打一生活用品） [袜子]

13. 身穿大皮袄，野草吃个饱，过了严冬天，献出一身毛。（打一动物） [绵羊]

14. 身披花棉袄，唱歌呱呱叫，田里捉害虫，丰收立功劳。（打一动物） [青蛙]

15. 头小颈长四脚短，硬壳壳里把身安，别看胆小又怕事，要论寿命大无边。（打一动物） [龟]

16. 耳朵像蒲扇，身子像小山，鼻子长又长，帮人把活干。（打一动物） [大象]

17. 四蹄飞奔鬃毛抖，拉车驮货多面手，农民夸它好伙伴，骑兵爱它如战友。（打一动物） [马]

18. 头像绵羊颈似鹅，不是牛马不是骡，戈壁滩上万里行，能耐渴来能忍饿。（打一动物） [骆驼]

19. 说它是虎它不像，金钱印在黄袄上，站在山上吼一声，吓跑猴子吓跑狼。（打一动物） [金钱豹]

20. 身穿皮袍黄又黄，呼啸一声百兽慌，虽然没率兵和将，威风凛凛山大王。（打一动物） [虎]

21. 黑夜林中小哨兵，眼睛很像两盏灯，瞧瞧西来望望东，抓住盗贼不留情。（打一动物） [猫头鹰]

22. 头戴大红花，身穿什锦衣，好像当家人，一早催人起。（打一动物） [公鸡]

23. 嘴像小铲子，脚像小扇子，走路左右摆，水上划船子。（打

一动物） 　　　　　　　　　　　　　　　　　　　　　［鸭］

24. 小小姑娘满身黑，秋去江南春来归，从小立志除害虫，身带剪刀满天飞。（打一动物） 　　　　　　　　　　　　　　　　　　　　［燕子］

25. 唱歌不用嘴，声音真清脆，嘴尖像根锥，专吸树枝水。（打一动物） 　　　　　　　　　　　　　　　　　　　　　　　　　　［蝉／知了］

26. 背着包袱不肯走，表面坚强内里柔，行动迟缓不拖拉，碰到困难就缩头。（打一动物） 　　　　　　　　　　　　　　　　　　　　　［螺］

27. 小货郎，不挑担，背着针，满处窜。（打一动物） 　　　　［刺猬］

28. 腿长胳膊短，眉毛盖着眼，有人不吱声，无人爱叫唤。（打一动物） 　　　　　　　　　　　　　　　　　　　　　　　　　　［蝈蝈］

29. 身穿鲜艳百花衣，爱在山丘耍儿戏，稍稍有点情况紧，只顾头来不顾尾。（打一动物） 　　　　　　　　　　　　　　　　　　　　［野鸭］

30. 一顶透明降落伞，随波逐流飘海中，触手有毒蜇人痛，身上小虾当眼睛。（打一动物） 　　　　　　　　　　　　　　　　　　　　［海蜇］

31. 尖尖牙齿大盆嘴，短短腿儿长长尾，捕捉食物流眼泪，人人知它假慈悲。（打一动物） 　　　　　　　　　　　　　　　　　　　　［鳄鱼］

32. 性子像鸭水里游，样子像鸟天上飞，游玩休息成双对，夫妻恩爱永不离。（打一动物） 　　　　　　　　　　　　　　　　　　　　［鸳鸯］

33. 有枪不能放，有脚不能行，天天弯着腰，总在水里游。（打一动物） 　　　　　　　　　　　　　　　　　　　　　　　　　　　　　［虾］

34. 不走光跳，会飞会闹，吃虫吃粮，功大过小。（打一动物）［麻雀］

35. 像条带，一盘菜，下了水，跑得快。（打一动物） 　　　　［带鱼］

36. 背面灰色腹有斑，繁殖习性很罕见，卵蛋产在邻鸟窝，代它孵育自消遣。（打一动物） 　　　　　　　　　　　　　　　　　　　　［杜鹃］

37. 栖息沼泽和田头，随着季节南北走，队列排成人字形，纪律自觉能遵守。（打一动物） 　　　　　　　　　　　　　　　　　　　　［大雁］

38. 天热爬上树梢，总爱大喊大叫，明明啥也不懂，偏说知道知道。（打一动物） 　　　　　　　　　　　　　　　　　　　　　　　　　　［蝉／知了］

39. 样子像吊塔，身上布满花，跑路速度快，可惜是哑巴。（打一动物）

[长颈鹿]

40. 家住青山顶，身披破蓑衣，常在天上游，爱吃兔和鸡。（打一动物）

[老鹰]

41. 头戴红缨帽，身穿绿战袍，说话音清脆，时时呱呱叫。（打一动物）

[鹦鹉]

42. 身上雪雪白，肚里墨墨黑，从不偷东西，却说它是贼。（打一动物）

[乌贼]

43. 习性刁残海霸王，捕它要造工作船，浑身上下全是宝，海面换气喷银泉。（打一动物）

[鲸]

44. 肚大眼明头儿小，胸前有对大砍刀，别看样子有点笨，捕杀害虫又灵巧。（打一动物）

[螳螂]

45. 面孔像猫，起飞像鸟，天天上夜班，捉鼠本领高。（打一动物）

[猫头鹰]

46. 团结劳动是模范，全家住在格子间，常到花丛去工作，造出产品比糖甜。（打一动物）

[蜜蜂]

47. 小小诸葛亮，独坐中军帐，摆下八卦阵，专捉飞来将。（打一动物）

[蜘蛛]

48. 手掌珍贵似明珠，行动笨拙傻乎乎，样子像狗爱玩耍，下水上树有功夫。（打一动物）

[熊]

49. 是牛从来不耕田，体矮毛密能耐寒，爬冰卧雪善驮运，高原之舟人人赞。（打一动物）

[牦牛]

50. 红冠黑嘴白衣裳，双腿细瘦走路晃，漫步水中捕鱼虾，凌空展翅能飞翔。（打一动物）

[鹤]

51. 凸眼睛阔嘴巴，尾巴要比身体大，碧绿水草衬着它，好像一朵大红花。（打一动物）

[金鱼]

52. 像熊比熊小，像猫比猫大，竹笋是食粮，密林中安家。（打一动物）

[熊猫]

53. 它家住在弯弯里，前门后门都不关，狮子豺狼都不怕，只怕小虎下了山。（打一动物） 　　　　　　　　　　　　　　　　　　　　　　　　　　　　　　［老鼠］

54. 有个小姑娘，身穿黄衣裳，你要欺侮它，它就扎一枪。（打一动物）
　　　　　　　　　　　　　　　　　　　　　　　　　　　　　　［马蜂］

55. 身笨力气大，干活常带枷，春耕和秋种，不能缺少它。（打一动物）
　　　　　　　　　　　　　　　　　　　　　　　　　　　　　　［牛］

56. 身长近一丈，鼻在头顶上，腹白背青黑，安家在海洋。（打一动物）
　　　　　　　　　　　　　　　　　　　　　　　　　　　　　　［海豚］

57. 会飞不是鸟，两翅没羽毛，白天休息晚活动，捕捉蚊子本领高。（打一动物）
　　　　　　　　　　　　　　　　　　　　　　　　　　　　　　［蝙蝠］

58. 头上长树杈，身上有白花，四腿跑得快，生长在山野。（打一动物）
　　　　　　　　　　　　　　　　　　　　　　　　　　　　　　［梅花鹿］

59. 耳大身肥眼睛小，好吃懒做爱睡觉，模样虽丑浑身宝，生产生活不可少。（打一动物） 　　　　　　　　　　　　　　　　　　　　　　　　　　　　　　［猪］

60. 身小力不小，团结又勤劳，有时搬粮食，有时挖地道。（打一动物）
　　　　　　　　　　　　　　　　　　　　　　　　　　　　　　［蚂蚁］

61. 驼背公公，力大无穷，爱驮什么，车水马龙。（打一交通建筑）
　　　　　　　　　　　　　　　　　　　　　　　　　　　　　　［桥］

62. 头戴珊瑚帽，身穿梅花袄，腿儿细又长，翻山快如飞。（打一动物）
　　　　　　　　　　　　　　　　　　　　　　　　　　　　　　［鹿］

63. 头黑肚白尾巴长，传说娶妻忘了娘，生活之中人喜爱，因为常来报吉祥。（打一动物） 　　　　　　　　　　　　　　　　　　　　　　　　　　　　　　［喜鹊］

64. 本是古老一游禽，零下百度能安家，唯它南极能生存，遇人相迎不害怕。（打一动物） 　　　　　　　　　　　　　　　　　　　　　　　　　　　　　　［企鹅］

65. 鸟儿当中数它小，针状嘴巴舌尖巧，身子只有野蜂大，飞行本领却很高。（打一动物） 　　　　　　　　　　　　　　　　　　　　　　　　　　　　　　［蜂鸟］

66. 两弯新月头上长，常常喜欢水中躺，身体庞大毛灰黑，劳动是个好闯将。（打一动物） 　　　　　　　　　　　　　　　　　　　　　　　　　　　　　　［水牛］

67. 周身银甲耀眼明，浑身上下冷冰冰，有翅寸步不能飞，没脚五湖四海行。（打一动物） 　　　　　　　　　　　　　　　　　　　　　　〔鱼〕

68. 粽子头，梅花脚，屁股挂把弯镰刀，黑白灰黄花皮袄，坐着反比站着高。（打一动物） 　　　　　　　　　　　　　　　　　　　〔狗〕

69. 耳朵长尾巴短，红眼睛白毛衫，三瓣嘴儿胆子小，青菜萝卜吃个饱。（打一动物） 　　　　　　　　　　　　　　　　　　　　　　〔白兔〕

70. 纺织工人聪明透，人人赞它是能手，自己独造一间房，四面不设门窗口。（打一动物） 　　　　　　　　　　　　　　　　　　　〔蚕〕

71. 此物老家在非洲，力大气壮赛过牛，血盆大口吼一声，吓得百兽都发抖。（打一动物） 　　　　　　　　　　　　　　　　　　　〔狮子〕

72. 头戴花冠鸟中少，身穿锦袍好夸耀，尾巴似扇能收展，尾羽开屏真俊俏。（打一动物） 　　　　　　　　　　　　　　　　　　〔孔雀〕

73. 说它是马猜错了，穿的衣服净道道，把它放进动物园，大人小孩都爱瞧。（打一动物） 　　　　　　　　　　　　　　　　　　　〔斑马〕

74. 不是狐狸不是狗，前面架铡刀，后面拖扫帚。（打一动物）〔狼〕

75. 虽有翅膀飞不起，非洲沙漠多足迹，快步如飞多迅速，鸟中体重它第一。（打一动物） 　　　　　　　　　　　　　　　　　　　〔鸵鸟〕

76. 一身白衣多健美，在大海上四处飞，喜欢与船结伙伴，主要食物是鱼类。（打一动物） 　　　　　　　　　　　　　　　　　　　〔海鸥〕

77. 身上乌又乌，赤脚走江湖，别人看它吃饭，其实天天饿肚。（打一动物） 　　　　　　　　　　　　　　　　　　　　　　〔鱼鹰〕

78. 鹿马驴牛它不像，却难猜是哪一样，打开天窗说亮话，它有自己亲爹娘。（打一动物） 　　　　　　　　　　　　　　　　　　〔麋鹿〕

79. 头上两根须，身穿花衣衫，飞进花朵里，传粉又吃蜜。（打一动物）

　　　　　　　　　　　　　　　　　　　　　　〔蝴蝶〕

80. 一物生来力量强，又有爹来又有娘，有爹不和爹一姓，有娘不和娘一样。（打一动物） 　　　　　　　　　　　　　　　　　　　〔骡〕

81. 五彩星，落水底，样子老是有心计，悄悄潜伏沙面上，一有机会

搞袭击。（打一动物） [海星]

82. 两头尖尖相貌丑，脚手耳目都没有，整天工作在地下，一到下雨才露头。（打一动物） [蚯蚓]

83. 身子黑不溜秋，喜往泥里嬉游，常爱口吐气泡，能够观察气候。（打一动物） [泥鳅]

84. 落地就会跑，胡子一大把，不管见了谁，总爱喊妈妈。（打一动物） [山羊]

85. 驰名中外一歌手，音韵宛转会多变，能学多种鸟儿叫，北疆内蒙是家园。（打一动物） [百灵鸟]

86. 两只翅膀难飞翔，既作衣裳又作房，宁让大水掀下海，不叫太阳晒干房。（打一动物） [蚌]

87. 有种鸟，本领高，尖嘴爱给树开刀，树木害虫被吃掉，绿化造林立功劳。（打一动物） [啄木鸟]

88. 家住暗角落，身穿酱色袍，头戴黑铁帽，打仗逞英豪。（打一动物） [蟋蟀]

89. 嘴长颈长脚也长，爱穿一身白衣裳，常在水边结伙伴，田野沟渠寻食粮。（打一动物） [白鹭]

90. 身黑似木炭，腰插两把扇，往前走一步，就得扇一扇。（打一动物） [乌鸦]

91. 身体足有丈二高，瘦长身节不长毛，下身穿条绿绸裤，头戴珍珠红绒帽。（打一植物） [高粱]

92. 小时青来老来红，立夏时节招顽童，手舞竹竿请下地，吃完两手红彤彤。（打一植物） [桑葚]

93. 青枝绿叶长得高，砍了压在水里泡，剥皮晒干供人用，留下骨头当柴烧。（打一植物） [麻]

94. 麻布衣裳白夹里，大红衬衫裹身体，白白胖胖一身油，建设国家出力气。（打一植物） [花生]

95. 青枝绿叶不是菜，有的烤来有的晒，腾云驾雾烧着吃，不能锅里

煮熟卖。（打一植物） 〔烟叶〕

96. 长得像竹不是竹，周身有节不太粗，不是紫来就是绿，只吃生来不能熟。（打一植物） 〔甘蔗〕

97. 胖娃娃，滑手脚，红尖嘴儿一身毛，背上浅浅一道沟，肚里血红好味道。（打一植物） 〔桃子〕

98. 一物生来真奇怪，它是世上一盘菜，娘死以后它才生，它死以后娘还在。（打一植物） 〔木耳〕

99. 一个黄妈妈，生性手段辣，老来愈厉害，小孩最怕它。（打一植物） 〔姜〕

100. 一顶小伞，落在林中，一旦撑开，再难收拢。（打一植物） 〔蘑菇〕

101. 脸圆像苹果，甜酸营养多，既能做菜吃，又可当水果。（打一植物） 〔西红柿〕

102. 样子像小船，角儿两头翘，骨头在外面，肉儿里头包。（打一植物） 〔菱角〕

103. 脱去黄金袍，露出白玉体，身子比豆小，名字有三尺。（打一植物） 〔大米〕

104. 号称山大王，树干冲天长，叶儿尖似针，造屋好做梁。（打一植物） 〔杉树〕

105. 四季常青绿，只是开花难，摊开一只手，尖针已扎满。（打一植物） 〔仙人掌〕

106. 打起高柄伞，穿起麻布衣，生来不怕热，为何脱我衣。（打一植物） 〔棕榈树〕

107. 蓬蓬又松松，三月飞空中，远看像雪花，近看一团绒。（打一植物） 〔柳絮〕

108. 有根不着地，有叶不开花，日里随水漂，夜里不归家。（打一植物） 〔浮萍〕

109. 一个老汉高又高，身上挂着千把刀，样子像刀不能砍，洗衣赛

过好肥皂。（打一植物）　　　　　　　　　　　　　　　［皂角树］

110. 树大如伞叶层层，一生可活几千年，人人爱它做橱箱，香气扑鼻质量坚。（打一植物）　　　　　　　　　　　　［樟树］

111. 皮肉粗糙手拿针，悬岩绝壁扎下根，一年四季永长青，昂首挺立伴风云。（打一植物）　　　　　　　　　　　　［松树］

112. 天南地北都能住，春风给我把辫梳，溪畔湖旁搭凉棚，能撒雪花当空舞。（打一植物）　　　　　　　　　　　　［柳树］

113. 花中君子艳而香，空谷佳人美名扬，风姿脱俗堪钦佩，纵使无人也自芳。（打一植物）　　　　　　　　　　　　［兰花］

114. 青枝绿叶颗颗桃，外面骨头里面毛，待到一天桃子老，里面骨头外面毛。（打一植物）　　　　　　　　　　　　［棉花］

115. 幼儿不怕冰霜，长大露出锋芒，老来粉身碎骨，仍然洁白无双。（打一植物）　　　　　　　　　　　　　　　　［麦子］

116. 池中有个小姑娘，从小生在水中央，粉红笑脸迎风摆，身挨绿船不划桨。（打一植物）　　　　　　　　　　　　［荷花］

117. 小小金坛子，装着金饺子，吃掉金饺子，吐出白珠子。（打一植物）　　　　　　　　　　　　　　　　　　　　［橘子］

118. 小时胖乎乎，老来皮肉皱，吃掉它的肉，吐出红骨头。（打一植物）　　　　　　　　　　　　　　　　　　　　［枣］

119. 头戴节节帽，身穿节节衣，年年二三月，出土赴宴席。（打一植物）
　　　　　　　　　　　　　　　　　　　　　　　　　　［竹笋］

120. 上搭棚，下搭棚，开黄花，结青龙。（打一植物）　　［丝瓜］

121. 小时青，老来黄，金色屋里小姑藏。（打一植物）　　［谷子］

122. 青青果，圆溜溜，咬一口，皱眉头。（打一植物）　　［梅子］

123. 小小花儿爬篱笆，张开嘴巴不说话，红紫白蓝样样有，个个都像小喇叭。（打一植物）　　　　　　　　　　　　［牵牛花］

124. 干短杈多叶子大，青色灯笼树上挂，要是用它把油榨，家具船舱寿命加。（打一植物）　　　　　　　　　　　　［油桐树］

125. 空心苗，叶儿长，挺直腰杆一两丈，老时头发白苍苍，光长穗子不打粮。（打一植物） ［芦苇］

126. 青青蛇儿满地爬，蛇儿遍身开白花，瓜儿长长茸毛生，老君装药要用它。（打一植物） ［葫芦］

127. 扎根不与菊为双，娇艳瑰丽放异香，唤作拒霜不相称，看来却是最宜霜。（打一植物） ［芙蓉］

128. 远看似火红艳艳，近看花儿六个瓣，拔起根来看一看，结着一串山药蛋。（打一植物） ［山丹丹花］

129. 一种植物生得巧，不是豆类也结角，果实制药可止血，白花可以做染料。（打一植物） ［槐树］

130. 不是葱不是蒜，一层一层裹紫缎，似葱比葱长得矮，像蒜就是不分瓣。（打一植物） ［洋葱］

131. 叶子细小干儿瘦，结的果儿如葡萄，药用可以治蛔虫，名字一听味不好。（打一植物） ［苦楝树］

132. 得天独厚艳而香，国色天香美名扬，不爱攀附献媚色，何惧飘落到他乡。（打一植物） ［牡丹］

133. 干高权多叶如爪，一到深秋穿红袄，球状果实刺儿多，祛风祛湿有疗效。（打一植物） ［枫树］

134. 叶子茂盛价值大，养蚕硬是需要它，本来栽有千万棵，又说两株冤枉大。（打一植物） ［桑树］

135. 身体圆圆没有毛，不是桔子不是桃，云里雾里过几夜，脱去绿衣换红袍。（打一植物） ［柿子］

136. 小刺猬，毛外套，脱了外套露紫袍，袍里套着红绒袄，袄里睡个小宝宝。（打一植物） ［栗子］

137. 把把绿伞土里插，条条紫藤地上爬，地上长叶不开花，地下结串大甜瓜。（打一植物） ［红薯］

138. 小小伞兵随风飞，飞到东来飞到西，降落路边田野里，安家落户扎根基。（打一植物） ［蒲公英］

139. 春穿绿衣秋黄袍，头儿弯弯垂珠宝，从幼到老难离水，不洗澡来只泡脚。（打一植物） 　　　　　　　　[水稻]

140. 圆圆铜钱挂满身，青皮青骨园中生，本是高低不统一，硬说长得一样齐。（打一植物） 　　　　　　　　[芥菜]

141. 味道甜甜营养多，谁说无花只结果，其实花开密又小，切莫被名所迷惑。（打一植物） 　　　　　　　　[无花果]

142. 紫藤绿叶满棚爬，生来就开紫色花，紫花长出万把刀，又作药用又吃它。（打一植物） 　　　　　　　　[扁豆]

143. 园林三月风兼雨，桃李飘零扫地空，唯有此花偏耐久，绿枝又放数枝红。（打一植物） 　　　　　　　　[山茶花]

144. 东风融雪水明沙，烂漫芳菲满天涯，艳丽茂美枝强劲，路上行人不忆家。（打一植物） 　　　　　　　　[桃花]

145. 壳儿硬，壳儿脆，四个姐妹隔床睡，从小到大背靠背，盖着一床疙瘩被。（打一植物） 　　　　　　　　[核桃]

146. 叶儿长长牙齿多，树儿权权结刺果，果皮青青果内黑，剥到心中雪雪白。（打一植物） 　　　　　　　　[板栗树]

147. 谁说石家穷，家里真不穷，推开金板壁，珠宝嵌屏风。（打一植物） 　　　　　　　　[石榴]

148. 个儿小小，头尾尖尖，初尝皱眉，再吃开颜。（打一植物） 　　　　　　　　[橄榄]

149. 体圆似球，色红如血，皮亮如珠，汁甜如蜜。（打一植物） 　　　　　　　　[樱桃]

150. 生在山里，死在壶里，藏在瓶里，活在杯里。（打一植物） 　　　　　　　　[茶叶]

151. 有位小姑娘，身穿黄衣衫，你若欺负她，她就戳一枪。（打一动物） 　　　　　　　　[蜜蜂]

152. 岭上青松如虎啸，河边柳丝似带飘，池内荷花齐作揖，园中牡丹把头摇。（打一自然物） 　　　　　　　　[风]

153. 大大一团棉花糖，高高挂在蓝天上。天天飘来又飘去，小小雨滴里面藏。（打一自然物） 　　　　　　　　　　　　　　　　　　　　　　　　　　［云］

154. 身体多轻柔，逍遥漫天游，风来它就躲，雨来它带头。（打一自然物） 　　　　　　　　　　　　　　　　　　　　　　　　　　［云］

155. 形状像浓烟，变化万万千，雨雪是它造，能挡日和天。（打一自然物） 　　　　　　　　　　　　　　　　　　　　　　　　　　［云］

156. 抬头看它像浓烟，形状变化万万千，冰雹雨雪是它造，能挡太阳能遮天。（打一自然物） 　　　　　　　　　　　　　　　　　　　　　　［云］

157. 说它是花无人栽，六个花瓣空中开，北风送它下地来，漫山遍野一片白。（打一自然物） 　　　　　　　　　　　　　　　　　　　　　［雪］

158. 一开一合，一上一下，一挂一漏，一闭一敞。（打一物品）
　　　　　　　　　　　　　　　　　　　　　　　　　　　　　　　［拉链］

159. 大豆小豆从天撒，人畜庄稼谁都怕，尽干坏事伤天理，掌握科技征服它。（打一自然物） 　　　　　　　　　　　　　　　　　　　　　［冰雹］

160. 小珍珠，地里找，叶子上边挂不少，风儿一吹颗颗落，太阳一晒不见了。（打一自然物） 　　　　　　　　　　　　　　　　　　　　　［露珠］

161. 清晨时，结银果。我摘时，它就躲。（打一自然物） 　　　　　　［露珠］

162. 珍珠真可爱，许看不许摘。清晨在叶上，日出无影踪。（打一自然物） 　　　　　　　　　　　　　　　　　　　　　　　　　　［露水］

163. 看不见，摸不着。人缺它，活不了。（打一自然物） 　　　　　［空气］

164. 下雨后，真奇妙，七色拱桥当空架。（打一自然现象） 　　　　［彩虹］

165. 圆圆小珍珠，洒落草丛中，太阳一出来，跑得无影踪。（打一自然物） 　　　　　　　　　　　　　　　　　　　　　　　　　　［露珠］

166. 云中有面鼓，躲在最深处，平时它不响，雨前它先唱。（打一自然现象） 　　　　　　　　　　　　　　　　　　　　　　　　　　［雷］

167. 用手抓不住，用脚踩不穿，用刀砍不烂，用桨分不开。（打一自然物） 　　　　　　　　　　　　　　　　　　　　　　　　　　［水］

168. 一座七彩桥，雨后天上挂。（打一自然现象） 　　　　　　　　［彩虹］

169. 像烟不是烟，布满天地间，太阳一出来，赶快都逃散。（打一自然物） ［雾］

170. 小树见它招手，花儿见它点头，禾苗见它弯腰，云儿见它让路。（打一自然物） ［风］

171. 平台当中一网栏，一只白猴来回审，台前台后都跑遍，不知挨了多少板。（打一体育项目） ［乒乓球］

172. 一个圆盘天上挂，又有冬来又有夏。万物生长全靠它，万道光芒辉映洒。（打一天体） ［太阳］

173. 长在东边，挂在蓝天，忙碌一日，睡在西山。（打一天体） ［太阳］

174. 有位小伙伴，常在绳上搭，要洗手和脸，都得用到它。（打一物品） ［毛巾］

175. 有个聚宝盆，勤劳人不贫。只要下功夫，到处是金银。（打一自然物） ［田地］

176. 无风像面镜子，落雨满脸麻子，天热怀抱鸭子，天冷盖上盖子。（打一自然物） ［湖泊］

177. 远看像驼峰，近看一堆土，土高堆上天，草树生上边。（打一自然物） ［山］

178. 去了上半截，有了下半截，比成两半截，点明下半截。（字一） ［熊］

179. 一腿长，一腿短，长腿脚尖尖，短腿画圈圈。（打一文具） ［圆规］

180. 四山纵横，两日绸缪，富由他起脚，累是他领头。（字一） ［田］

181. 画时圆，写时方，冬时短，夏时长。（字一） ［日］

182. 一边是太阳，一边是月亮，两边合起来，到处亮堂堂。（字一） ［明］

183. 砍去左边是树，砍去右边是树，砍去中间是树，只有不砍不是树。（字一） ［彬］

184. 有一有二也有三,一根树枝连成串。(字一) 　　　　　　　　［丰］

185. 左边圆时写时方,右边圆时写时长,一个热来一个凉,合在一起放光芒。(字一) 　　　　　　　　［明］

186. 老大老二和老三,兄弟三人逗着玩,老大踩着老二头,剩下小的在下边。(字一) 　　　　　　　　［奈］

187. 一人关入口,急得乱发抖,下面蹬掉底,上边顶出头。(字一)

　　　　　　　　［内］

188. 一字十笔歪,任你随意猜,若是猜不出,请你父亲来。(字一)

　　　　　　　　［爹］

189. 头是一,腰是一,尾是一,数到末了不是一。(字一) 　　　　　　　　［三］

190. 一根木棍,吊个方箱,一把梯子,放在中央。(字一) 　　　　　　　　［面］

191. 一边是绿,一边是红,一边喜雨,一边喜风。(字一) 　　　　　　　　［秋］

192. 说它小,下边大,说它大,上边小。(字一) 　　　　　　　　［尖］

193. 有病就痛,藏在图中,等你猜到,秋日成空。(字一) 　　　　　　　　［冬］

194. 一人一张口,下面长只手。(字一) 　　　　　　　　［拿］

195. 四面都是山,山山都相连。(字一) 　　　　　　　　［田］

196. 种花要除草,一人来一刀。(字一) 　　　　　　　　［化］

197. 存心不让出大门,你说烦人不烦人。(字一) 　　　　　　　　［闷］

198. 一只狗,两个口,谁遇它,谁发愁。(字一) 　　　　　　　　［哭］

199. 一字十三点,难在如何点。(字一) 　　　　　　　　［汁］

200. 四面不透风,老大困当中,三面没有事,一面用火攻。(字一)

　　　　　　　　［烟］

201. 左边有十八,右边有十八。下面多一半,你说是个啥?中国当然有,努力实现它! (字一) 　　　　　　　　［梦］

202. 酷似印把子,挺像官肚子。最后才看清,一个空台子。(字一)

　　　　　　　　［凸］

203. 细细柳枝发个芽,长长藤上结个瓜。一条小辫扎朵花,一根丝线钓只虾。(字一) 　　　　　　　　［卜］

204. 左十八，右十八。绿色环保全靠它。（字一）　　　　　　　［林］

205. 从上往下看，一天干。从下向上看，干一天。（字一）　　　［旱］

206. 左边加一是个千，右边减一也是千。（字一）　　　　　　　［任］

207. 大门迎客来，脱帽再进来。（字一）　　　　　　　　　　　［阁］

208. 上面正欠一横，下面少丢一点。（字一）　　　　　　　　　［步］

209. 你没有他有，天没有地有。（字一）　　　　　　　　　　　［也］

210. 万条垂下绿丝绦。（天津地名一）　　　　　　　　　　［杨柳青］

211. 王大爷和白大娘，挨着坐在石头上。（字一）　　　　　　　［碧］

212. 火烤日晒继续干，消除裂缝团结紧。（字一）　　　　　　　［焊］

213. 有心不出门，在家多烦人。（字一）　　　　　　　　　　　［闷］

214. 立在两日旁，却显没亮光。（字一）　　　　　　　　　　　［暗］

215. 三人同日见，群芳来斗艳。（字一）　　　　　　　　　　　［春］

216. 一物有千口，人人身上有。（字一）　　　　　　　　　　　［舌］

217. 门左边有水，门里却见日。（字一）　　　　　　　　　　　［涧］

218. 一月一日非今天。（字一）　　　　　　　　　　　　　　　［明］

219. 宋字去宝盖，不当木字猜。（字一）　　　　　　　　　　　［李］

220. 哥哥不肯坐，好事争着做。（字一）　　　　　　　　　　　［竞］

221. 接一半，断一半；接起来，还是断。（字一）　　　　　　　［折］

222. 有水把茶煎，有火能翻天，有手可搂住，有脚快步前。（字一）

　　　　　　　　　　　　　　　　　　　　　　　　　　　　［包］

223. 主里少一点，不作王字猜；猜出这个字，说出道道来。（字一）

　　　　　　　　　　　　　　　　　　　　　　　　　　　　［理］

224. 丁字上出头，前边又加点，猜完这条谜，人人都说中。（字一）

　　　　　　　　　　　　　　　　　　　　　　　　　　　　［对］

225. 上不在上，下不在下，不可在上，且宜在下。（字一）　　　［一］

226. 有草生长茂盛，有米就要卖掉，有手不会灵巧，有尸冤枉不小。

（字一）　　　　　　　　　　　　　　　　　　　　　　　　［出］

227. 糖果盒，右裂开，里面五格全空着，一颗糖果掉出来。（字一）

[卧]

228. 一字九笔画，羊头大尾巴；字中选漂亮，一定就是它。（字一）

[美]

229. 一个字，真奇怪。不上不下真难猜。上头不见下面有，下面不见上头来。（字一）

[卡]

230. 一字有六笔，三人一起猜。若是猜不着，大家一起来。（字一）

[众]

231. 一字说来真稀奇，不居高处不居低。不在前来不在后，不是南北与东西。（字一）

[中]

232. 三三两两加一起，算算一共等于几？如果还是想不出，扳着手指数到底。（字一）

[十]

233. 小小白花天上栽，一夜北风花盛开。千变万化六个瓣，飘呀飘呀落下来。（打一自然物）

[雪]

234. 眼前好似三岔路，听听声音有鸦啼。仔细认真看一看，一定是个姑娘来。（字一）

[丫]

235. 一字真趣味，算来有九笔。看是闭着嘴，实为张嘴笑。（字一）

[哈]

236. 读来是一，用来是二。写来一笔，画来似鹅。（字一）　　[乙]

237. 此字看着挺吓人，嘴巴一张把人吞。人在嘴里声声求，求来求去不放人。（字一）

[囚]

238. 左边是十八，右边是十一。两边加一起，竟然才七笔。（字一）

[杜]

239. 有水不浑浊，有日天无云。有草真华丽，有言懂礼貌。（字一）

[青]

240. 奇怪奇怪真奇怪，玉佩不在腰间戴。四四方方嘴一张，玉佩硬要往里塞。（字一）

[国]

241. 天地一笼统，井上黑窟窿。黑狗身上白，白狗身上肿。（打一物）

[雪]

242. 遇火燃烧，遇水挨浇。若猜尧字，智谋不高。（字一）　　　　　　［林］

243. 天生雅骨自玲珑，能画能书点缀工。毕竟卷舒难自主，只缘身入热场中。（打一生活用品）　　　　　　　　　　　　　　　　　［折扇］

244. 我有一张琴，琴弦常在腹。任君马上弹，弹尽天下曲。（打一木头工工具）　　　　　　　　　　　　　　　　　　　　　　　　　［墨斗］

245. 推门望一望，门里一大将。你说关云长，他说楚霸王。（字一）

　　　　　　　　　　　　　　　　　　　　　　　　　　　　　　［扇］

246. 一个不出头，两个不出头。三个不出头，不是不出头，就是不出头。（字一）　　　　　　　　　　　　　　　　　　　　　　　　　　［森］

247. 上无半片之瓦，下无立锥之地。腰间挂着一个葫芦，倒有些阴阳之气。（字一）　　　　　　　　　　　　　　　　　　　　　　　　　［卜］

248. 正看八十八，倒看八十八；左看八十八，右看八十八；仔细一端详，好像一朵花。（字一）　　　　　　　　　　　　　　　　　［米］

249. 土字不出头，别把工字猜。你若猜不到，诗圣告诉你。（字一）

　　　　　　　　　　　　　　　　　　　　　　　　　　　　　　［杜］

250. 有字生得怪，头上用草盖，九个黑豆子，三根豆芽菜。（字一）

　　　　　　　　　　　　　　　　　　　　　　　　　　　　　　［蕊］

251. 有字生得恶，头上长犄角，肚内六个口，下头八字脚。（字一）

　　　　　　　　　　　　　　　　　　　　　　　　　　　　　　［典］

252. 一点一横长，口字在中央，儿子要吃糖，耳朵拉拉长。（字一）

　　　　　　　　　　　　　　　　　　　　　　　　　　　　　　［郭］

253. 云长走麦城，霸王刎江东，刘备闻之大悲，刘邦闻之大喜。（字一）　　　　　　　　　　　　　　　　　　　　　　　　　　　　　［翠］

254. 一边在天上，一边在地上，一边发亮光，一边米粮仓。（字一）

　　　　　　　　　　　　　　　　　　　　　　　　　　　　　　［肚］

255. 上头去下头，下头去上头，中间去两头，两头去中间。（字一）

　　　　　　　　　　　　　　　　　　　　　　　　　　　　　　［至］

256. 一木口中栽，似困非似呆，你猜它是否，还没猜出来。（字一）

［朿］

257. 四十无余巧相连，八头均分占四边，上下颠倒仍未改，左右倾卧字不变。（字一）　　　　　　　　　　　　　　　　　［井］

258. 床上有，席下无，席上有，床下无。（字一）　　　　　　　［广］

259. 上下相连，一脉相通，中间分开，两字相同。（字一）　　　［串］

260. 二人一起站，横竖要一点，一人给一点，两点来分干。（打一四字词）　　　　　　　　　　　　　　　　　　　　　　　　　　［天下太平］

261. 一只小羊，尾巴不长，坐在盆上，比谁都强。（字一）　　［盖］

262. 一个字，尾巴弯，虽有用，扔一边。（字一）　　　　　　［甩］

263. 加丝可纺棉，沾金可买单，添口声音高，有女人称赞。（字一）

　　　　　　　　　　　　　　　　　　　　　　　　　　　　　　［少］

264. 一个灰姑娘，常在树下藏，人来她不跑，走时用篮装。（打一植物）　　　　　　　　　　　　　　　　　　　　　　　　　　　［蘑菇］

265. 一个女孩真美丽，每天穿着多层衣，头顶梳着五彩辫，黄金白银裹肚皮。（打一农作物）　　　　　　　　　　　　　　　　　　［玉米］

266. 鼻如钩，耳如扇；腿如柱，尾如鞭。（打一动物）　　　　［象］

267. 穿过窗纸悄入屋，轻探帘栊读画图。未入几案诗人梦，却学识字乱翻书。（打一自然物）　　　　　　　　　　　　　　　　　　［风］

268. 处世倍贞节，立根自虚心。亭亭身正直，铮铮骨柔韧。不畏厉风欺，力敌寒霜侵。铸成精华貌，为人颂古今。（打一植物）　　　［竹］

269. 为你打我，为我打你，打破你的皮，流出我的血。（打一昆虫）

　　　　　　　　　　　　　　　　　　　　　　　　　　　　　　［蚊子］

270. 小家碧玉着素装，嫁与茶郎做新娘；赴汤蹈火共甘苦，天下百姓都闻香。（打一植物）　　　　　　　　　　　　　　　　　　　［茉莉花］

271. 一年四季无空闲，近在咫尺难相见；七十二行我最苦，东家就寝我值班。（打一人体器官）　　　　　　　　　　　　　　　　　［鼻孔］

272. 金木水火土，投胎在纸肚，凡遇喜庆事，冲霄化雷雨。（打一民俗物品）　　　　　　　　　　　　　　　　　　　　　　　　　［爆竹］

273. 城池有一个，兵困九十一，纵列一十三，二五来对阵。（打一物）

[算盘]

274. 案上一坐客，未老胡子长，喝汤不吃肉，奖罚都由他。（打一物）

[毛笔]

275. 天下之势，尺寸之间；兵锋宇内，智通寰宇。（打一物）　[象棋]

276. 经纬纵横成方圆，阴阳相争城府深。一指偏锋千机变，谁与沉浮谈笑间。（打一物）

[围棋]

277. 春暖花开忙入水，低头便见水中天。以退为进踏污泥，漫山纵横青绿间。（打一劳动）

[插秧]

278. 纸里包火随风飘，飞入夜空如星光。生于兵戈铁马间，如今祈愿幸福年。（打一民俗物品）

[孔明灯]

279. 情似一对兄弟，朝夕形影不离。晚上分居两地，白天抱在一起。（打一物）

[纽扣]

280. 生来有腿没有手，只能站着不会走，要问他是什么物，你家我家谁都有。（打一物）

[桌椅]

281. 身穿塑料衣，口里一颗珠，能算又会记，能言也擅书。（打一物）

[圆珠笔]

282. 类似尖嘴大乌鸦，双脚总是盘着花，人间谷米它不吃，专食布缎与绸纱。（打一物）

[剪刀]

283. 未随女娲补苍天，躬自护凉下凡尘。风雨一生终无悔，最怕身败有裂痕。（打一物）

[瓦]

284. 今天早上赛旱船，十位选手分两边。你追我赶一整天，谁也不比谁领先。（打一物）

[鞋]

285. 有腿没有脚，扶起还瘫倒。再添两条腿，能走又能跑。（打一物）

[裤子]

286. 四腿两只脚，宜走不宜跑。站着如不动，没准会摔倒。（打一民间文艺形式）

[踩高跷]

287. 表里一致短身材，高深学问变明白。传播知识为己任，甘愿献

身化尘埃。（打一物） 〔粉笔〕

288. 花儿落，结宝瓶；红宝石，瓶里盛；秋天宝瓶咧嘴笑，露出牙齿多晶莹。（打一植物） 〔石榴〕

289. 一物真怪，祖孙三代，爷爷最小，孙子跑快。（打一物） 〔钟表〕

290. 少白中青老来红，喜玩秋千丛林中。个个都是烈性女，拌进餐中情意浓。（打一食物） 〔辣椒〕

291. 一物平放似宝塔，腰系长绳两杆拉。辗转腾挪和跳跃，技巧杂耍一奇葩。（打一民间游戏） 〔抖空竹〕

292. 兄弟二人一般长，整天立在门两旁。不饮水来不吃粮，新年来了换新装。（打一物） 〔春联〕

293. 节约能源油不耗，搭乘无需去买票；装了轱辘不是车，风驰电掣满街跑。（打一体育用品） 〔滑轮鞋〕

294. 一根脊柱，肋骨无数；谁最爱它？姑娘媳妇。（打一物） 〔梳子〕

295. 长得端端正正，爱到盆地游泳，双手将它扶起，对着脸儿亲亲。（打一物） 〔毛巾〕

296. 常年站在公路旁，不叫苦来不换岗，三岔路口扎下根，专给车辆指方向。（打一物） 〔路标〕

297. 红眼睛，绿眼睛，站在路口当哨兵。红眼睁开不让走，绿眼睁开才放行。（打一交通设施） 〔红绿灯〕

298. 铁杵成针。（打一学生称谓） 〔尖子生〕

299. 身披大红袍，出门尖声叫，哪里有火情，就往哪里跑。（打一车辆） 〔救火车〕

300. 一身白素袍，出门使劲叫，病人危难时，叫它它就到。（打一车辆） 〔救护车〕

301. 乘客进了舱，转眼飞天上，航行几千里，全凭铁翅膀。（打一交通工具） 〔飞机〕

302. 肚子大得没法说，几百乘客肚里搁，大江大海跑得快，能躺能坐观景色。（打一交通工具） 〔轮船〕

303. 街上有间活动房，每时每刻挪地方，有上有下人来往，见了老弱把座让。（打一交通工具） [公共汽车]

304. 路上行，水里开，它的速度实在快，不是飞机和火箭，却能腾空飞起来。（打一交通工具） [气垫船]

305. 生来便是千里眼，九霄云外都能见，不管白天和黑夜，敌机一来准发现。（打一军事装备） [雷达]

306. 小铁人，长不高，嘴里不停嗒嗒叫，别看腿短跑不快，敌人碰上命难逃。（打一武器） [机关枪]

307. 无翅飞得远，浑身光闪闪，砰砰几声响，黑夜变白天。（打一武器） [照明弹]

308. 水中一西瓜，浑身长疙瘩，谁若碰上它，海底喂鱼虾。（打一武器） [鱼雷]

309. 小小铁瓜，睡在地下，谁敢踩它，脑袋搬家。（打一武器）

[地雷]

310. 像个小背包，本领可不小，平时能开山，战时打碉堡。（打一武器） [炸药包]

311. 混身钢铁造，无脚它会跑，开枪又打炮，穿沟跨战壕。（打一武器装备） [坦克]

312. 铁西瓜，圆又大，不长叶，埋地下，敌人一碰轰隆响，地上开朵大红花。（打一武器） [地雷]

313. 嗓粗嘴巴大，轻易不说话，轰隆一声响，落地就开花。（打一武器） [大炮]

314. 一串瓜，腰间挂，抽掉筋，就开花。（打一武器） [手榴弹]

315. 铁脖长长有一丈，张开大口朝天望，它要冒火发脾气，空中飞贼把命丧。（打一武器） [高射炮]

316. 从低到高，由浓到淡，忽左忽右，跟着风走。（打一自然现象）

[烟]

317. 圆桶上下通，牛皮两面蒙。佳节来高歌，专唱咚咚咚。（打

一乐器） 〔大鼓〕

318. 像锅又太浅，说圆它又扁，生来脾气怪，喜欢人打脸。（打一乐器） 〔锣〕

319. 口儿成双排成行，个儿只有半尺长，双手捧起亲一亲，口对口儿把歌唱。（打一乐器） 〔口琴〕

320. 高高山上一蓬草，密密麻麻长得好，年年月月常整理，黑变白来多变少。（打一人体部位） 〔头发〕

321. 两棵小树十个杈，不长叶子不开花，能写会算还会画，天天干活不说话。（打一人体部位） 〔手〕

322. 红门楼，白院墙，里头坐个红新郎。（打一人体器官） 〔嘴巴〕

323. 上下两排兵，坚守在洞门。哪个想进城，咬它浑身粉。（打一人体器官） 〔牙齿〕

324. 左右两个孔，香臭数它懂。（打一人体器官） 〔鼻子〕

325. 左右各一片，讲话听得见。两个闹矛盾，从来不见面。（打一人体器官） 〔耳朵〕

326. 兄弟一模样，脾气真新鲜。站着并排聊，走时各争先。（打一人体部位） 〔脚〕

327. 一粒粒，像珍珠，白灿灿，锅里铺，煮熟香气飘满屋，引得饥肠咕噜噜。（打一食物） 〔米饭〕

328. 小面罐，坐蒸笼，罐里装着肉和冻，蒸熟以后尝一个，流出热汤香味浓。（打一食物） 〔灌汤包〕

329. 姐妹一般高，就爱着红装。逢年喜庆她来伴，吉祥话儿贺东家。（打一民俗用品） 〔对联〕

330. 像个大圆蛋，一拨它就转。站在它跟前，五洲四海见。（打一教学用具） 〔地球仪〕

331. 老师不开口，肚内学问有。想要求知识，翻它就能懂。（打一学习工具） 〔字典〕

332. 木杆八寸长，身着花衣裳。伴你来学习，作画又写字。（打

一文具） [铅笔]

333. 有头有身没有腿，黑黑舌头尖尖嘴，工作之前先脱帽，不吃饭来光喝水。（打一文具） [钢笔]

334. 一物真新鲜，腿儿细又尖。一脚走来一脚站，画出大圆圈。（打一文具） [圆规]

335. 披在肩上，飘在胸前。烈士血染，理想代传。（打一小学生用品） [红领巾]

336. 四四方方一张画，端端正正墙上挂，五颜六色在画中，坐在家里看天下。（打一教学用具） [地图]

337. 体质坚硬又清白，文化阵地常往来，为给人们传知识，甘愿消磨自身材。（打一文具） [粉笔]

338. 白面书生脸皮薄，能书能画能诗歌，害怕风吹雨折磨，更怕熊熊一把火。（打一文化用品） [纸]

339. 小方砖，黑白赤橙青蓝紫，大作为，时尚生活一键指；千里眼，纵观天下大小事，顺风耳，耳闻南北上下知。（打一通讯工具） [手机]

340. 一口超级大锅，支在贵州山窝。从来不煮米饭，只收宇宙电波。（打一科技设施） [中国天眼]

341. 身穿盔甲有模样，自动控制本领强。模拟行为和思想，听从指令各处忙。（打一科技产品） [机器人]

342. 山连山，山叠山，横山竖山平顶山。远望山景比眼力，看完大山看小山。（打一医疗用品） [视力表]

343. 头戴大绿帽，身穿绿衣笑，吞进千言万语，吐出人间真情。（打一通信工具） [邮筒]

344. 天上一只鸟，用线拴得牢，不怕大风吹，就怕细雨飘。（打一玩具） [风筝]

345. 圆圆的身体皮儿薄，有红有绿颜色好，拴在线上随风舞，撒手高飞天上飘。（打一物） [气球]

346. 一物本事真不小，谁看谁都开口笑，可惜心术不端正，把人形

象歪曲了。（打一物） 　　　　　　　　　　　　　　　［哈哈镜］

347. 样子像架高射炮，日月星辰能看到，自从人们有了它，宇宙秘密揭开了。（打一科学仪器） 　　　　　　　　　　［天文望远镜］

348. 一个黑娃娃，眼睛变戏法，万物被它瞧，一下变近啦。（打一物） 　　　　　　　　　　　　　　　　　　　［望远镜］

349. 皮圈圈，模样俏，一生气，变面包，放进水里不下沉，忽忽悠悠来回漂。（打一物） 　　　　　　　　　　　　　　［救生圈］

350. 铁身铁长臂，专把重物提，能短也能长，能高也能低。（打一机械设备） 　　　　　　　　　　　　　　　　　　［起重机］

351. 一条银龙牙齿多，林家来往如穿梭，牙齿咬得刷刷响，阵阵雪花往下落。（打一工具） 　　　　　　　　　　　　　［锯子］

352. 铁家小娃，身矮力大，要说举重，冠军数它。（打一物）

　　　　　　　　　　　　　　　　　　　　　　　　［千斤顶］

353. 天热忙，天冷忙，不冷不热它不忙，一年四季住家里，送来温暖和清凉。（打一家用电器） 　　　　　　　　　　　［空调］

354. 两把刀，不切菜。雪里蹬，跑得快。（打一体育用品）［滑冰鞋］

355. 球中数它重，外光里不空，甩它用掌推，人小推不动。（打一体育用品） 　　　　　　　　　　　　　　　　　　［铅球］

356. 一对娃娃钢铁打，两头如锤腰不大，你若天天与它玩，保你双手劲儿大。（打一体育用品） 　　　　　　　　　　　［哑铃］

357. 平地架起一座桥，桥面笔直不动摇，不见桥下水流淌，只见桥上人在跳。（打一体育器械） 　　　　　　　　　　　［平衡木］

358. 远看玛瑙紫溜溜，近看珍珠圆溜溜，掐它一把水溜溜，咬它一口酸溜溜。（打一水果） 　　　　　　　　　　　　　［葡萄］

359. 身穿黄大褂，样子像月牙，吃着甜又软，人人都爱它。（打一水果） 　　　　　　　　　　　　　　　　　　　［香蕉］

360. 长得像竹不是竹，周身有节不太粗，又是紫来又是绿，只吃生来不吃熟。（打一植物） 　　　　　　　　　　　　　［甘蔗］

361. 小子圆又圆，长得白胖胖，虽然有眼珠，开眼不能看。（打一水果） ［龙眼］

362. 青枝结青果，青果包棉花，棉花包梳子，梳子包豆芽。（打一水果） ［柚子］

363. 红公鸡，绿尾巴，一头扎在地底下，人人夸我营养家。（打一植物） ［胡萝卜］

364. 红红脸蛋像苹果，切开里面汁儿多。生吃熟食都可以，酸酸甜甜就是我。（打一植物） ［番茄］

365. 白白的，圆圆的，下锅一煮黏黏的，吃上一口甜甜的，正月十五有卖的。（打一食品） ［元宵］

366. 堆土成小山，进水起狂澜。有足走不快，添衣可御寒。（字一）

［皮］

三、三年级每日灯谜

1. 请您放心。（字一） ［你］

2. 女生在一起。（字一） ［姓］

3. 千里来相会。（一字） ［重］

4. 鸟又来了。（字一） ［鸡］

5. 从前有个人。（字一） ［众］

6. 女子组。（字一） ［好］

7. 挥手告别。（字一） ［军］

8. 灭蚊虫。（字一） ［文］

9. 蝌蚪游走了。（字一） ［禾］

10. 泼水节。（字一） ［发］

11. 没有心思。（字一） ［田］

12. 生日聚会。（字一）　　　　　　　　　　　　　　　　　　［星］

13. 吃米粉。（字一）　　　　　　　　　　　　　　　　　　　［分］

14. 如出一口。（字一）　　　　　　　　　　　　　　　　　　［女］

15. 百无一是。（字一）　　　　　　　　　　　　　　　　　　［白］

16. 向左一直去。（字一）　　　　　　　　　　　　　　　　　［句］

17. 有人进门来。（字一）　　　　　　　　　　　　　　　　　［闪］

18. 好少女。（字一）　　　　　　　　　　　　　　　　　　　［子］

19. 俩人已离开。（字一）　　　　　　　　　　　　　　　　　［两］

20. 又到村里。（字一）　　　　　　　　　　　　　　　　　　［树］

21. 一人在内。（字一）　　　　　　　　　　　　　　　　　　［肉］

22. 请别说话。（字一）　　　　　　　　　　　　　　　　　　［青］

23. 退休之前。（字一）　　　　　　　　　　　　　　　　　　［木］

24. 路上遇到雨。（字一）　　　　　　　　　　　　　　　　　［露］

25. 一弯钩月。（字一）　　　　　　　　　　　　　　　　　　［甩］

26. 别惊心也别忧心。（字一）　　　　　　　　　　　　　　　［就］

27. 猜着一半。（字一）　　　　　　　　　　　　　　　　　　［睛］

28. 目光盯着一页。（字一）　　　　　　　　　　　　　　　　［顶］

29. 头顶平帽子。（字一）　　　　　　　　　　　　　　　　　［买］

30. 不止一个月。（字一）　　　　　　　　　　　　　　　　　［肯］

31. 困难之中。（字一）　　　　　　　　　　　　　　　　　　［休］

32. 去掉一直。（字一）　　　　　　　　　　　　　　　　　　［云］

33. 村前庄后。（字一）　　　　　　　　　　　　　　　　　　［杜］

34. 湖心岛上。（字一）　　　　　　　　　　　　　　　　　　［舌］

35. 人人离座。（字一）　　　　　　　　　　　　　　　　　　［庄］

36. 女西装。（字一）　　　　　　　　　　　　　　　　　　　［要］

37. 选出先进一人。（字一）　　　　　　　　　　　　　　　　［达］

38. 他出也，我来也。（字一）　　　　　　　　　　　　　　　［俄］

39. 日环食。（字一）　　　　　　　　　　　　　　　　　　　［一］

40. 乘人不备。（字一）　　　　　　　　　　　　　　　［乘］

41. 他去也，怎把心儿放。（字一）　　　　　　　　　［作］

42. 个个相加。（字一）　　　　　　　　　　　　　　［箱］

43. 大河上下，顿失滔滔。（字一）　　　　　　　　　［奇］

44. 三等品。（字一）　　　　　　　　　　　　　　　［晶］

45. 一人腰上挂把弓。（字一）　　　　　　　　　　　［夷］

46. 俺大人出去了。（字一）　　　　　　　　　　　　［电］

47. 与人方便。（字一）　　　　　　　　　　　　　　［更］

48. 四边全损。（字一）　　　　　　　　　　　　　　［儿］

49. 直上云端。（字一）　　　　　　　　　　　　　　［去］

50. 旭日腾空。（字一）　　　　　　　　　　　　　　［九］

51. 奋力合作大扫除。（字一）　　　　　　　　　　　［男］

52. 千里归人明月下。（字一）　　　　　　　　　　　［香］

53. 千古一绝。（字一）　　　　　　　　　　　　　　［估］

54. 人要同心。（字一）　　　　　　　　　　　　　　［合］

55. 多出一半。（字一）　　　　　　　　　　　　　　［岁］

56. 留一半清醒。（字一）　　　　　　　　　　　　　［酒］

57. 前滚翻。（字一）　　　　　　　　　　　　　　　［潘］

58. 左边缺一半，右边空一半。（字一）　　　　　　　［缸］

59. 前有后没有，明有暗没有。（字一）　　　　　　　［月］

60. 一口咬掉牛尾巴。（字一）　　　　　　　　　　　［告］

61. 黑马不黑，冷门不冷。（字一）　　　　　　　　　［闯］

62. 由上转下。（字一）　　　　　　　　　　　　　　［甲］

63. 喜上眉梢。（字一）　　　　　　　　　　　　　　［声］

64. 旭日东升。（字一）　　　　　　　　　　　　　　［九］

65. 一一到此下面。（字一）　　　　　　　　　　　　［些］

66. 孔雀东南飞。（字一）　　　　　　　　　　　　　［孙］

67. 推开又来。（字一）　　　　　　　　　　　　　　［摊］

68. 重点支援大西北。（字一）　　　　　　　［头］

69. 陕西省西安人。（字一）　　　　　　　　［侠］

70. 班前班后比团结。（字一）　　　　　　　［琵］

71. 千里挑一，百里挑一。（字一）　　　　　［伯］

72. 一落千丈。（字一）　　　　　　　　　　［仗］

73. 一点爱心献中国。（字一）　　　　　　　［宝］

74. 南宋虽存北宋亡。（字一）　　　　　　　［林］

75. 毕业之后又重逢。（字一）　　　　　　　［圣］

76. 春节三日。（字一）　　　　　　　　　　［人］

77. 抢先，别落后。（字一）　　　　　　　　［拐］

78. 会见来客先上茶。（字一）　　　　　　　［宽］

79. 一一扣合。（字一）　　　　　　　　　　［担］

80. 一一补足。（字一）　　　　　　　　　　［是］

81. 厂车一点到。（字一）　　　　　　　　　［库］

82. 八方归心。（字一）　　　　　　　　　　［总］

83. 人在草木中。（字一）　　　　　　　　　［茶］

84. 放学前半刻。（字一）　　　　　　　　　［孩］

85. 有女湖中来。（字一）　　　　　　　　　［姑］

86. 国外进口。（字一）　　　　　　　　　　［回］

87. 东欧进口。（字一）　　　　　　　　　　［吹］

88. 女首富。（字一）　　　　　　　　　　　［安］

89. 去一人还有一口，去一口还有一人。（字一）　　　［合］

90. 倒数第一。（字一）　　　　　　　　　　［由］

91. 转业到厂。（字一）　　　　　　　　　　［严］

92. 出名之前。（字一）　　　　　　　　　　［岁］

93. 主动一点。（字一）　　　　　　　　　　［玉］

94. 走在最后。（字一）　　　　　　　　　　［趣］

95. 晕头转向。（字一）　　　　　　　　　　［晖］

96. 厂方专有。（字一） [砖]

97. 本厂定点生产木偶。（字一） [麻]

98. 厂里承包先抓点。（字一） [庖]

99. 一口之家。（字一） [豪]

100. 安心度日。（字一） [宴]

101. 产后须补。（字一） [颜]

102. 四方归心。（字一） [愣]

103. 石达开。（字一） [研]

104. 一到台上大变样。（字一） [会]

105. 不拘一格。（字一） [哑]

106. 八九不离十。（字一） [杂]

107. 一一给予关心。（字一） [美]

108. 不好碰面。（字一） [孬]

109. 此心无虑来创业。（字一） [虚]

110. 投股都有份，深沪均参加。（字一） [没]

111. 莫失南北统一业。（字一） [晋]

112. 开始下降。（字一） [井]

113. 北空后勤。（字一） [穷]

114. 雪灾之后再重建。（字一） [灵]

115. 跟着首领上山。（字一） [岭]

116. 篮下得分。（字一） [盆]

117. 舌尖上的西湖。（字一） [沙]

118. 乱抛东西。（字一） [扎]

119. 春季之前。（字一） [奏]

120. 辞别前后。（字一） [刮]

121. 留下一点。（字一） [向]

122. 一举而成。（字一） [血]

123. 爱上西楼。（字一） [采]

124. 东西融汇。（字一）　　　　　　　　　　　　　　　　　［浊］

125. 春末夏初。（字一）　　　　　　　　　　　　　　　　　［旦］

126. 东征西讨。（字一）　　　　　　　　　　　　　　　　　［证］

127. 一一来台北。（字一）　　　　　　　　　　　　　　　　［云］

128. 另有变化。（字一）　　　　　　　　　　　　　　　　　［加］

129. 首都西城。（字一）　　　　　　　　　　　　　　　　　［堵］

130. 并非就是谜底。（字一）　　　　　　　　　　　　　　　［丰］

131. 一人平反。（字一）　　　　　　　　　　　　　　　　　［金］

132. 南京下雪。（字一）　　　　　　　　　　　　　　　　　［当］

133. 周末前夕。（字一）　　　　　　　　　　　　　　　　　［名］

134. 白首高堂。（字一）　　　　　　　　　　　　　　　　　［少］

135. 搬开东西。（字一）　　　　　　　　　　　　　　　　　［舟］

136. 皓首雄心。（字一）　　　　　　　　　　　　　　　　　［伯］

137. 村东下雪。（字一）　　　　　　　　　　　　　　　　　［寻］

138. 前前后后。（字一）　　　　　　　　　　　　　　　　　［豆］

139. 有点就能吃，没点就能用。（字一）　　　　　　　　　　［术］

140. 去东欧。（字一）　　　　　　　　　　　　　　　　　　［区］

141. 中医配方。（字一）　　　　　　　　　　　　　　　　　［知］

142. 黄昏前后。（字一）　　　　　　　　　　　　　　　　　［昔］

143. 摆脱困境树雄心。（字一）　　　　　　　　　　　　　　［休］

144. 山下建码头。（字一）　　　　　　　　　　　　　　　　［岩］

145. 中国首富。（字一）　　　　　　　　　　　　　　　　　［宝］

146. 东西南北燕分飞。（字一）　　　　　　　　　　　　　　［口］

147. 望南方。（字一）　　　　　　　　　　　　　　　　　　［呈］

148. 一点童心。（字一）　　　　　　　　　　　　　　　　　［亩］

149. 几多前程。（字一）　　　　　　　　　　　　　　　　　［秃］

150. 昂首向前。（字一）　　　　　　　　　　　　　　　　　［白］

151. 爱心参与。（字一）　　　　　　　　　　　　　　　　　［写］

152. 人到闺中。（字一）　　　　　　　　　　［佳］

153. 一人来南京。（字一）　　　　　　　　　［尖］

154. 俯首贴耳。（字一）　　　　　　　　　　［伥］

155. 始乱终弃。（字一）　　　　　　　　　　［升］

156. 聚首南安。（字一）　　　　　　　　　　［娶］

157. 力争首胜。（字一）　　　　　　　　　　［肋］

158. 公元后。（字一）　　　　　　　　　　　［允］

159. 云南四中。（字一）　　　　　　　　　　［允］

160. 搬东西。（字一）　　　　　　　　　　　［投］

161. 南望孤星低。（字一）　　　　　　　　　［玉］

162. 一一垂钓。（字一）　　　　　　　　　　［于］

163. 初夏离开云南。（字一）　　　　　　　　［三］

164. 端茶哥。（字一）　　　　　　　　　　　［苛］

165. 从浙东到台南。（字一）　　　　　　　　［听］

166. 心头插着一把刀。（字一）　　　　　　　［必］

167. 内阁首相。（字一）　　　　　　　　　　［格］

168. 指西话东。（字一）　　　　　　　　　　［括］

169. 驱马去南安。（字一）　　　　　　　　　［妪］

170. 白玉无瑕。（字一）　　　　　　　　　　［皇］

171. 东北，再见。（字一）　　　　　　　　　［比］

172. 藏头护尾。（字一）　　　　　　　　　　［芦］

173. 不要倒东西。（字一）　　　　　　　　　［至］

174. 云南运动员。（字一）　　　　　　　　　［贶］

175. 中国排球。（字一）　　　　　　　　　　［玉］

176. 胶东半岛。（字一）　　　　　　　　　　［峻］

177. 窗前江东月。（字一）　　　　　　　　　［腔］

178. 两把短柄牙刷。（字一）　　　　　　　　［非］

179. 天上两颗星。（字一）　　　　　　　　　［关］

180. 太阳升上地平线。（字一） 　　　　　　　　　［旦］

181. 圃中浇水。（字一） 　　　　　　　　　　　　［浦］

182. 花前约会。（字一） 　　　　　　　　　　　　［药］

183. 春秋之前。（字一） 　　　　　　　　　　　　［秦］

184. 今日方到。（字一） 　　　　　　　　　　　　［晗］

185. 五两藏木香。（字一） 　　　　　　　　　　　［皂］

186. 为人用心，高看两眼。（字一） 　　　　　　　［伴］

187. 翻开水表中间空。（字一） 　　　　　　　　　［洪］

188. 有心则忙也忘。（字一） 　　　　　　　　　　［亡］

189. 眼前白头尤念字。（字一） 　　　　　　　　　［自］

190. 东南没有西北有。（字一） 　　　　　　　　　［友］

191. 星月逐日意不负。（字一） 　　　　　　　　　［胜］

192. 笔底一流称妙手。（字一） 　　　　　　　　　［托］

193. 用心一定收获多。（字一） 　　　　　　　　　［丰］

194. 有职有权勿索取。（字一） 　　　　　　　　　［积］

195. 毕业之后留北京。（字一） 　　　　　　　　　［主］

196. 单膝跪敬茶。（字一） 　　　　　　　　　　　［片］

197. 火光中写字。（字一） 　　　　　　　　　　　［学］

198. 祖先留下一处方。（字一） 　　　　　　　　　［福］

199. 闸门一放要关上。（字一） 　　　　　　　　　［单］

200. 昔日一别终不忘。（字一） 　　　　　　　　　［芒］

201. 一定要告别口吃。（字一） 　　　　　　　　　［气］

202. 引进人才变化大。（字一） 　　　　　　　　　［一］

203. 教室之后。（字一） 　　　　　　　　　　　　［致］

204. 重逢。（字一） 　　　　　　　　　　　　　　［观］

205. 月牙挂枝头。（字一） 　　　　　　　　　　　［禾］

206. 点滴积累方有为。（字一） 　　　　　　　　　［力］

207. 一来就得第二名。（字一） 　　　　　　　　　［业］

208. 又到周末。（字一） [叹]

209. 十月十日来聚会。（字一） [朝]

210. 家中添一口。（字一） [豪]

211. 何须二十载。（字一） [荷]

212. 人若相依便是伴。（字一） [半]

213. 再有三日是元旦。（字一） [儿]

214. 要说情，请出去。（字一） [悦]

215. 加工出口。（字一） [功]

216. 鸣虫飞鸟。（字一） [虽]

217. 春雨人迹少。（字一） [三]

218. 庭前梧桐已半凋。（字一） [麻]

219. 朝阳晚晖俱可见。（字一） [日]

220. 先生前头才弯腰。（字一） [狮]

221. 辗转用心为改革。（字一） [苏]

222. 带头掉转方向。（字一） [丰]

223. 三三两两到西湖。（字一） [汁]

224. 而立之年小不了。（字一） [奔]

225. 又逢国庆节。（字一） [圣]

226. 古稀之人也争先。（字一） [软]

227. 体育场上颁奖台。（字一） [凸]

228. 画桥流水清风里。（字一） [沉]

229. 梧桐半掩垂柳飘。（字一） [彬]

230. 池前蜻蜓飞。（字一） [汗]

231. 鸟栖东南枝。（字一） [又]

232. 出则掉转头，横过斑马线。（字一） [带]

233. 声音不熟。（字一） [生]

234. 月挂堂上闻箫声。（字一） [肖]

235. 八方人聚鼓声起。（字一） [谷]

236. 北岳西隘听秋声。（字一）　　　　　　　　　　　　［邱］

237. 天下之大只念伊。（字一）　　　　　　　　　　　　［一］

238. 相逢个个闻乡音。（字一）　　　　　　　　　　　　［箱］

239. 海峡西部齐称善。（字一）　　　　　　　　　　　　［汕］

240. 四面环山，宜种粮棉。（字一）　　　　　　　　　　［田］

241. 勤苦之后扬家声。（字一）　　　　　　　　　　　　［加］

242. 西楼含泪听乡音。（字一）　　　　　　　　　　　　［湘］

243. 树间布谷叫犹急。（字一）　　　　　　　　　　　　［鸡］

244. 为数虽少，却在百万之上。（字一）　　　　　　　　［一］

245. 立春之后才一日。（字一）　　　　　　　　　　　　［旦］

246. 说话特别牛。（字一）　　　　　　　　　　　　　　［诗］

247. 立即提前去接女。（字一）　　　　　　　　　　　　［拉］

248. 一旦用心能持久。（字一）　　　　　　　　　　　　［恒］

249. 狼烟西来闻敌声。（字一）　　　　　　　　　　　　［狄］

250. 小心走天下。（字一）　　　　　　　　　　　　　　［丁］

251. 人马一到可结集。（字一）　　　　　　　　　　　　［骑］

252. 一沟清水傍树前。（字一）　　　　　　　　　　　　［构］

253. 休要丢人现眼。（字一）　　　　　　　　　　　　　［相］

254. 除夕即是岁末。（字一）　　　　　　　　　　　　　［多］

255. 琴心三叠明月下。（字一）　　　　　　　　　　　　［春］

256. 闯王走马临江头。（字一）　　　　　　　　　　　　［润］

257. 工资不欠一点一滴。（字一）　　　　　　　　　　　［贡］

258. 枫桥西，夜归来。（字一）　　　　　　　　　　　　［梦］

259. 阶前雨飘零。（字一）　　　　　　　　　　　　　　［邻］

260. 直达三明。（字一）　　　　　　　　　　　　　　　［晴］

261. 为人真心不二。（字一）　　　　　　　　　　　　　［大］

262. 人要真心，也要用心。（字一）　　　　　　　　　　［奉］

263. 夜临峰前。（字一）　　　　　　　　　　　　　　　［岁］

264. 离别后，心牵挂。（字一） 　　　　　　［惢］

265. 首先和党心连心。（字一） 　　　　　　［总］

266. 秋日飘香到窗前。（字一） 　　　　　　［穾］

267. 一湖清月净无尘。（字一） 　　　　　　［洁］

268. 写点东西不劳心。（字一） 　　　　　　［苏］

269. 用人纳言总不疑。（字一） 　　　　　　［信］

270. 一片丹心共为公。（字一） 　　　　　　［么］

271. 少小分离后，目前巧相遇。（字一） 　　　［自］

272. 私自当头一把刀。（字一） 　　　　　　［利］

273. 倾听树旁有嘻声。（字一） 　　　　　　［析］

274. 人人靠右走。（字一） 　　　　　　　　［徒］

275. 三十直立。（字一） 　　　　　　　　　［丰］

276. 空中之燕，飞上飞下。（字一） 　　　　［北］

277. 在厂里的日子。（字一） 　　　　　　　［厚］

278. 千里塞北有人至。（字一） 　　　　　　［乘］

279. 带鱼味美。（字一） 　　　　　　　　　［羊］

280. 碰一下就出血。（字一） 　　　　　　　［而］

281. 寄与陇头人。（字一） 　　　　　　　　［队］

282. 日出前一直有雨。（字一） 　　　　　　［雪］

283. 存心有意见。（字一） 　　　　　　　　［音］

284. 边整边改。（字一） 　　　　　　　　　［政］

285. 阳光照北京。（字一） 　　　　　　　　［景］

286. 福建省福安人。（字一） 　　　　　　　［健］

287. 来者先猜。（字一） 　　　　　　　　　［猪］

288. 一点爱国心，汇集尤为珍。（字一） 　　［宝］

289. 岗位转移。（字一） 　　　　　　　　　［岖］

290. 一钩残月带三星。（字一） 　　　　　　［心］

291. 猜着一半。（字一） 　　　　　　　　　［睛］

292. 移山造田。（字一）　　　　　　　　　　　　　　［画］

293. 一大一小。（字一）　　　　　　　　　　　　　　［奈］

294. 国之方略。（字一）　　　　　　　　　　　　　　［玉］

295. 选取字幅。（字一）　　　　　　　　　　　　　　［富］

296. 挖掉穷根巧安排。（字一）　　　　　　　　　　　［窍］

297. 走是不对的。（字一）　　　　　　　　　　　　　［赵］

298. 写点东西留人间。（字一）　　　　　　　　　　　［火］

299. 青一块，紫一块。（字一）　　　　　　　　　　　［素］

300. 春景晴明四处同。（字一）　　　　　　　　　　　［日］

301. 情急无心垂钓钩。（字一）　　　　　　　　　　　［静］

302. 择日上北京。（字一）　　　　　　　　　　　　　［景］

303. 摘掉穷帽子，挖掉穷根子。（字一）　　　　　　　［八］

304. 文明在点滴之间。（字一）　　　　　　　　　　　［交］

305. 执着才能熬出头。（字一）　　　　　　　　　　　［热］

306. 今日得宽余。（字一）　　　　　　　　　　　　　［旵］

307. 失职只因拉关系。（字一）　　　　　　　　　　　［联］

308. 一直底气不足。（字一）　　　　　　　　　　　　［生］

309. 多点爱心，必有后福。（字一）　　　　　　　　　［富］

310. 草下藏着一只鸭。（字一）　　　　　　　　　　　［艺］

311. 杯中蛇影。（字一）　　　　　　　　　　　　　　［弛］

312. 横眉竖目发厉声。（字一）　　　　　　　　　　　［丽］

313. 个个参与共扫黄。（字一）　　　　　　　　　　　［笛］

314. 眼睛鼻子挤一块。（字一）　　　　　　　　　　　［公］

315. 道路两边划了停车线。（字一）　　　　　　　　　［非］

316. 补后剪，剪后补。（字一）　　　　　　　　　　　［初］

317. 百度一下王安石。（字一）　　　　　　　　　　　［碧］

318. 同心改革为祖国。（字一）　　　　　　　　　　　［中］

319. 相处两月成至交。（字一）　　　　　　　　　　　［朋］

320. 敛财半生，毁了这生。（字一）　　　　　　　　　［败］

321. 一只小羊真奇怪，虽有四蹄无尾巴。（字一）　　　［羔］

322. 四山怀抱林高低。（字一）　　　　　　　　　　　［樆］

323. 田里有它，土里有它；它不是米，米里有它。（字一）　　［十］

324. 年终岁尾，不缺鱼米。（字一）　　　　　　　　　［鳞］

325. 总无心儿进门来。（字一）　　　　　　　　　　　［阅］

326. 芳心错寄山水中。（字一）　　　　　　　　　　　［刘］

327. 两行远树山倒影，一叶孤舟水横流。（字一）　　　［慧］

328. 三人踢球，一人跌倒。（字一）　　　　　　　　　［似］

329. 五斗橱，分两块。上头宽，下头窄。（字一）　　　［冒］

330. 瓜苗破土生，风翻荷叶自荣荣，鸦声频叫鸣。（字一）　［丫］

331. 两只手摊开，四张嘴紧闭。一条腿立正，一条腿稍息。（字一）

　　　　　　　　　　　　　　　　　　　　　　　　　［界］

332. 看着人两个，念着就一人。欲知此字意，要有慈悲心。（字一）

　　　　　　　　　　　　　　　　　　　　　　　　　［仁］

333. 两根眉毛并一起，两个眼睛滑溜溜。（字一）　　　［丽］

334. 一字有九点，数来却三笔。若问啥东西，东西小又圆。（字一）

　　　　　　　　　　　　　　　　　　　　　　　　　［丸］

335. 掺进两粒丸，制成两颗丹。（字一）　　　　　　　［册］

336. 欲霸天下，自夸居首，奔逃之后，有点像狗。（字一）　［大］

337. 有言在前见虚心，捡到贝壳生利润；跟着歌后真内疚，广求官员保清正。（字一）　　　　　　　　　　　　　　　　［兼］

338. 破格选人才。（字一）　　　　　　　　　　　　　［财］

339. 一边热，一边凉；一边阴，一边阳；热的廿四点，凉的三十天。

（字一）　　　　　　　　　　　　　　　　　　　　　［明］

340. 有人条理有序，有言能说会道，有手用力挥动，有车滚滚向前。

（字一）　　　　　　　　　　　　　　　　　　　　　［仑］

341. 留下面，去上面。连起来，是中间。（字一）　　　［里］

342. 儿女相逢泪双行。（字一）　　　　　　　　　　　［姚］

343. 多了一提，少了一撇。（字一）　　　　　　　　　［孙］

344. 左边凑一千，右边减一千。两边紧相连，担子挑在肩。（字一）

　　　　　　　　　　　　　　　　　　　　　　　　　［任］

345. 四方建铁塔，江西来接洽。此为供给侧，个个都应答。（字一）

　　　　　　　　　　　　　　　　　　　　　　　　　［合］

346. 排行老四，男儿称名。壮岁当兵，抱负于身。西北别后，定居
南宁。着手打拼，创业终成。（字一）　　　　　　　　［丁］

347. 张弓搭上待发射，耳边传声听得见。将军三支定天山，草船借
它施妙计。有火能够飞上天，个个联合奔上前。（字一）　［箭］

348. 古来清明少有晴。（字一）　　　　　　　　　　　　［湖］

349. 党中央号召上下团结一致。（字一）　　　　　　　　［品］

350. 放了上集接下集。（字一）　　　　　　　　　　　　［林］

351. 日复一日有奔头。（字一）　　　　　　　　　　　　［奋］

352. 公字当头应推广。（字一）　　　　　　　　　　　　［兴］

353. 应有一点爱国心。（字一）　　　　　　　　　　　　［宝］

354. 千古牵连一笔钩。（字一）　　　　　　　　　　　　［乱］

355. 着力为重点。（字一）　　　　　　　　　　　　　　［办］

356. 一日千里人跃进。（字一）　　　　　　　　　　　　［香］

357. 又到集上听南音。（字一）　　　　　　　　　　　　［难］

358. 心头只一转。（字一）　　　　　　　　　　　　　　［总］

359. 镜中人。（字一）　　　　　　　　　　　　　　　　［入］

360. 千里塞北。（字一）　　　　　　　　　　　　　　　［乖］

361. 孤星落日牛归去。（字一）　　　　　　　　　　　　［一］

362. 竹短草长入目来。（字一）　　　　　　　　　　　　［算］

363. 举头庭上听莺声。（字一）　　　　　　　　　　　　［应］

364. 明日要去听音乐。（字一）　　　　　　　　　　　　［月］

365. 疏林半隐读书声。（字一）　　　　　　　　　　　　［梳］

366. 走就有，站就无，坐就有，躺就无，找遍乡村看不见，到城里去都有它。（字一） 　　　　　　　　［土］

四、四年级每日灯谜

1. 先先后后。（字一） 　　　　　　　　　　　　　　［告］

2. 出口成交。（字一） 　　　　　　　　　　　　　　［咬］

3. 一只黑狗，不叫不吼。（字一） 　　　　　　　　　［默］

4. 无马可骑。（字一） 　　　　　　　　　　　　　　［大］

5. 呆头呆脑。（字一） 　　　　　　　　　　　　　　［吕］

6. 一点一点大，人人都有它。（字一） 　　　　　　　［头］

7. 三人小组。（字一） 　　　　　　　　　　　　　　［奈］

8. 只因自大一点，惹得人人讨厌。（字一） 　　　　　［臭］

9. 自小在一起，目前少联系。（字一） 　　　　　　　［省］

10. 扣得有力。（字一） 　　　　　　　　　　　　　［拐］

11. 合格成品。（字一） 　　　　　　　　　　　　　［吕］

12. 左右部位调换。（字一） 　　　　　　　　　　　［陪］

13. 街中积土要清除。（字一） 　　　　　　　　　　［行］

14. 首先到达。（字一） 　　　　　　　　　　　　　［送］

15. 白头蓝底红全身。（字一） 　　　　　　　　　　［血］

16. 遇水一片汪洋，逢木可闻花香。（字一） 　　　　［每］

17. 节日有鱼。（字一） 　　　　　　　　　　　　　［鲁］

18. 进口可可。（字一） 　　　　　　　　　　　　　［丁］

19. 倚山而立。（字一） 　　　　　　　　　　　　　［端］

20. 是黑不是黑，点睛就能飞。（字一） 　　　　　　［乌］

21. 一个字，千张嘴，要想活，给它水。（字一） 　　［舌］

22. 比赛获得第一，全靠点滴积累。（字一）　　　　　　　［金］

23. 先生一出统兵权。（字一）　　　　　　　　　　　　［师］

24. 门前集市不安宁。（字一）　　　　　　　　　　　　［闹］

25. 牵牛星。（字一）　　　　　　　　　　　　　　　　［旦］

26. 不要交叉。（字一）　　　　　　　　　　　　　　　［六］

27. 动员有力。（字一）　　　　　　　　　　　　　　　［贺］

28. 去了五中来六中。（字一）　　　　　　　　　　　　［三］

29. 今后要留心读书。（字一）　　　　　　　　　　　　［念］

30. 两点一直大一点。（字一）　　　　　　　　　　　　［状］

31. 姓字半藏实乃佳。（字一）　　　　　　　　　　　　［好］

32. 子弹完了比棍棒。（字一）　　　　　　　　　　　　［一］

33. 出口果汁。（字一）　　　　　　　　　　　　　　　［沽］

34. 引进人才留得住。（字一）　　　　　　　　　　　　［主］

35. 赞成先进再先进。（字一）　　　　　　　　　　　　［贝］

36. 靠人才开创大业。（字一）　　　　　　　　　　　　［亚］

37. 人有它大，天没它大。（字一）　　　　　　　　　　［一］

38. 各有风格。（字一）　　　　　　　　　　　　　　　［枫］

39. 不足一丈见方。（字一）　　　　　　　　　　　　　［史］

40. 着色方为艳。（字一）　　　　　　　　　　　　　　［丰］

41. 不置可否。（字一）　　　　　　　　　　　　　　　［口］

42. 寸土不丢保村庄。（字一）　　　　　　　　　　　　［床］

43. 有了才，方生财。（字一）　　　　　　　　　　　　［贝］

44. 有心为志。（字一）　　　　　　　　　　　　　　　［士］

45. 百花园里百花开。（字一）　　　　　　　　　　　　［元］

46. 白云岩上白云飞。（字一）　　　　　　　　　　　　［山］

47. 啤酒厂出酒。（字一）　　　　　　　　　　　　　　［碑］

48.《小芳》唱罢唱《小草》。（字一）　　　　　　　　　［方］

49. 多劳多得，少劳少得。（字一）　　　　　　　　　　［罗］

50. 进又进不得，退又退不得。（字一） 　　　　　　［双］

51. 大雪小雪不见雪。（字一） 　　　　　　　　　　［尖］

52. 看见大姐、二姐、小姐，没有看见三姐。（字一） 　　［奈］

53. 小心至上。（字一） 　　　　　　　　　　　　　　［丁］

54. 好像四方在联系。（字一） 　　　　　　　　　　［累］

55. 中医处方。（字一） 　　　　　　　　　　　　　［知］

56. 自头至尾都靠此人。（字一） 　　　　　　　　　［任］

57. 春雨连绵妻独宿。（字一） 　　　　　　　　　　［一］

58. 虎丘山上并无虎。（字一） 　　　　　　　　　　［岳］

59. 一一给予关心。（字一） 　　　　　　　　　　　［美］

60. 福建省中部。（字一） 　　　　　　　　　　　　［门］

61. 你盼我来我盼你。（数学名词一） 　　　　　　　［相等］

62. 一季开始，百里挑一。（唐诗人一） 　　　　　　［李白］

63. 听像公鸡叫，看似母鸡蛋。（字母一） 　　　　　［O］

64. 中国要稳定。（福建地名一） 　　　　　　　　　［华安］

65. 平安中国。（自治区名一） 　　　　　　　　　　［宁夏］

66. 小喇叭广播。（文学名词一） 　　　　　　　　　［童话］

67. 园中又一日。（节日一） 　　　　　　　　　　　［元旦］

68. 南方比较小。（高校简称一） 　　　　　　　　　［北大］

69. 已经晓得。（昆虫一） 　　　　　　　　　　　　［知了］

70. 以前不认识。（称谓一） 　　　　　　　　　　　［先生］

71. 奔走相告。（田径名词一） 　　　　　　　　　　［跑道］

72. 脚下世界。（体育项目一） 　　　　　　　　　　［足球］

73. 一点一点求知。（字一） 　　　　　　　　　　　［短］

74. 否。（考试用语一） 　　　　　　　　　　　　　［不及格］

75. 个个见了笑。（字一） 　　　　　　　　　　　　［天］

76. 森。（玩具一） 　　　　　　　　　　　　　　　［积木］

77. 风月无边。（打数学符号二） 　　　　　　　　　［×＝］

78. 上有兄长，下有弟妹。（民航用语一） 　　　　　　［空姐］

79. 画中深处有重影。（学校简称一） 　　　　　　　　［双十］

80. 不说脏话粗话。（学科一） 　　　　　　　　　　　［语文］

81. 优秀率高。（三字口语一） 　　　　　　　　　　　［差不多］

82. 东西峻岭北崎岖。（福建地名一） 　　　　　　　　［南平］

83. 愿四季少了夏秋冬。（福建地名一） 　　　　　　　［永春］

84. 金银铜铁。（城市名一） 　　　　　　　　　　　　［无锡］

85. 暗语。（三字口语一） 　　　　　　　　　　　　　［不明白］

86. 大为怀疑。（手机用语一） 　　　　　　　　　　　［微信］

87. 仙人在何方。（省名一） 　　　　　　　　　　　　［山西］

88. 长江、黄河、珠江、淮河。（省名一） 　　　　　　［四川］

89. 立竿见影。（英文大写字母一） 　　　　　　　　　　［L］

90. 只有海空占优势。（《三国演义》人名一） 　　　　［陆逊］

91. 一言以蔽之。（文学名词一） 　　　　　　　　　　［隐语］

92. 都是死脑筋。（科技产品一） 　　　　　　　　　　［无人机］

93. 怯懦者躲起来了。（动物一） 　　　　　　　　　　［熊猫］

94. 模样依旧。（科举名词一） 　　　　　　　　　　　［状元］

95. 为椰城点赞。（三字俗语一） 　　　　　　　　　　［夸海口］

96. 总是烧钱。（生理现象一） 　　　　　　　　　　　［老花］

97. 小提琴怎评等级。（动物一） 　　　　　　　　　　［考拉］

98. 得了金牌真不错。（体育名词一） 　　　　　　　　［第一棒］

99. 首发登场应肯定。（礼貌用语一） 　　　　　　　　［早上好］

100. 为有暗香来。（饮料品牌一） 　　　　　　　　　　［芬达］

101. 令人高兴的结局。（食品一） 　　　　　　　　　　［开心果］

102. 又窝囊又傻。（动画片人物一） 　　　　　　　　　［熊二］

103. 空姐始终没有来。（称谓一） 　　　　　　　　　　［女工］

104. 七一遇兄长。（鸟名一） 　　　　　　　　　　　　［八哥］

105. 溜之大吉。（礼貌用语一） 　　　　　　　　　　　［走好］

106. 总不在家。(俗称一) [老外]

107. 水的沸点。(网站名称一) [百度]

108. 几个单身汉。(智力游戏名称一) [数独]

109. 点起烛火犹念伊。(拼音字母一) [i]

110. 松柏结子。(唐诗人一) [李白]

111. 半耕半读心得怡。(学校用语一) [讲台]

112. 实在冰冷。(食品一) [果冻]

113. 要离开别忘了戴帽子。(省会名一) [西安]

114. 蜡炬燃处哀声传。(英文小写字母一) [i]

115. 背景不明。(城市一) [北京]

116. 章法清晰。(核心价值观词语一) [文明]

117. 举起双手拥护。(称谓一) [用户]

118. 随意堆叠。(电脑用语一) [乱码]

119. 南京初雪。(气象用语一) [小雨]

120. 一文不取，贡献在前。(称谓一) [义工]

121. 幼童爱读书。(学校用语一) [小学]

122. 离职之前进一言。(字一) [识]

123. 腾空而起。(体育项目一) [跳高]

124. 情系中华。(核心价值观词语一) [爱国]

125. 合二而一。(字一) [面]

126. 迁入京中。(字一) [适]

127. 不敢高声语。(文学体裁一) [小小说]

128. 放生笼中鸟。(《三国演义》人物一) [张飞]

129. 北京时间一点整。(动物一) [燕子]

130. 失之交臂。(字一) [文]

131. 灵活变化。(字一) [灿]

132. 主见差一点。(字一) [现]

133. 机构改革。(字一) [朵]

134. 人人埋头干。（字一）   ［坐］

135. 大人走来了。（字一）   ［子］

136. 拉她也不来。（字一）   ［接］

137. 有一半，有一半，又有一半。（称谓一） ［朋友］

138. 弯道治理。（地名一）   ［台湾］

139. 灯火熄灭黎明前。（花名一）   ［丁香］

140. 湖光水月在画中。（红色圣地一）   ［古田］

141. 百姓当家。（核心价值观词语一）   ［民主］

142. 百思不得其解。（《西游记》神话人物一） ［悟空］

143. 孩子作业家长代。（成语一）   ［小题大做］

144. 一点登机，三点抵川。（城市一）   ［杭州］

145. 不准动武。（语文名词一）   ［应用文］

146. 破除个人迷信。（字一）   ［谜］

147. 泳坛健儿放长假。（成语一）   ［游手好闲］

148. 女娲炼石为哪般。（语文名词一）   ［填空］

149. 调查组。（国名一）   ［日本］

150. 出警后一心除恶。（核心价值观词语一） ［敬业］

151. 文明猜谜。（网站一）   ［雅虎］

152. 鼠笼出售。（口语一）   ［卖关子］

153. 武夷、乌龙、水仙。（花名一）   ［山茶花］

154. 春到海南。（城市一）   ［青岛］

155. 出重拳，扫黑除恶。（电脑操作用语一） ［双击］

156. 己亥年三令五申。（《西游记》神话人物一）［猪八戒］

157. 纽约画展。（应用软件一）   ［美图秀秀］

158. 介入一部分。（音乐名词一）   ［音阶］

159. 哥儿们有一套。（微信用语一）   ［朋友圈］

160. 剃光头。（六字口语一）   ［推得一干二净］

161. 火见它就灭，请别把水猜。（字一）   ［一］

162. 全程导游没变换。（四字时政新词一） [一带一路]

163. 一旦用心有奔头。（足球队名一） [恒大]

164. 太阳躲进云层里。（网络设施俗称一） [光猫]

165. 太阳出来喜洋洋。（礼貌用语一） [生日快乐]

166. 同呼吸，共进退，四方合作谋中兴。（字一） [逼]

167. 先机已失错铸成。（字一） [风]

168. 明月当空清水流。（字一） [晴]

169. 闺女出门尚年幼。（字一） [娃]

170. 去掉上边，只留下边。（字一） [公]

171. 孔雀收屏。（《三国演义》人名一） [关羽]

172. 撒手不管必然松。（字一） [散]

173. 门旁边，站个人，说他不是一个人。（字一） [们]

174. 早上一别人归来。（字一） [桌]

175. 人要一直求上进。（字一） [企]

176. 落榜之后雄心在。（字一） [休]

177. 二人同时卧倒。（礼貌用语一） [对不起]

178. 眼药水使用说明。（成语一） [引人注目]

179. 三八二十四。（体育项目一） [女子双打]

180. 外面四角，里面十角。（字一） [园]

181. 三山五岳。（名胜一） [八达岭]

182. 如何是好。（体育名词一） [女子组]

183. 先天不足后天补。（字一） [从]

184. 明月落阶前。（字一） [阳]

185. 二足并拢，以示服从。（字一） [是]

186. 言出必兑现。（字一） [说]

187. 芳草迷离接六桥。（字一） [旁]

188. 不要白头要进取。（字一） [最]

189. 先手棋用当头炮。（字一） [秋]

190. 头戴官帽，不可漂浮。(字一) 　　　　　　　[实]

191. 后排去前站。(字一) 　　　　　　　　　　　[拉]

192. 做人不要守旧。(字一) 　　　　　　　　　　[故]

193. 吾上有三兄。(鸟名一) 　　　　　　　　　[八哥]

194. 四方同心擒寇首。(字一) 　　　　　　　　　[富]

195. 当前自首没几个。(字一) 　　　　　　　　　[少]

196. 巨轮出港。(城市名一) 　　　　　　　　　[上海]

197. 少年不知愁滋味。(饮料名一) 　　　　　　[娃哈哈]

198. 查完之后再对换。(节日一) 　　　　　　　[元旦]

199. 洗脸盆扎猛子。(四字俗语一) 　　　　　[脑袋进水]

200. 妈妈的吻。(称谓一) 　　　　　　　　　　[母亲]

201. 长江、黄河的尽头。(城市名一) 　　　　　[海口]

202. 历来要分清。(建筑材料一) 　　　　　　　[沥青]

203. 人行春色里。(户外活动一) 　　　　　　　[踏青]

204. 单刀走四方。(字一) 　　　　　　　　　　　[超]

205. 争先恐后推倒山。(字一) 　　　　　　　　　[急]

206. 一门团聚佳节前。(字一) 　　　　　　　　　[闰]

207. 言不及义。(字一) 　　　　　　　　　　　　[议]

208. 欲续上篇作诗无言。(字一) 　　　　　　　　[等]

209. 油倒了，水流开。(字一) 　　　　　　　　　[甲]

210. 杏花前头人依恋。(字一) 　　　　　　　　　[茶]

211. 不利你我。(乐器一) 　　　　　　　　　　[吉他]

212. 太阳照山崖。(名胜一) 　　　　　　　　　[日光岩]

213. 爷爷打先锋。(古代数学家名一) 　　　　　[祖冲之]

214. 春兰秋菊夏荷冬梅。(花名一) 　　　　　　[四季花]

215. 贵州今腾飞。(字一) 　　　　　　　　　　　[黑]

216. 冰块瓦解水土流失。(字一) 　　　　　　　　[决]

217. 今要主动一点。(字一) 　　　　　　　　　　[玲]

218. 花前滴水两相依。（字一） 　　　　[满]

219. 失败之后尚进取。（字一） 　　　　[赏]

220. 二王今安在。（字一） 　　　　　　[琴]

221. 双方没有大缺点。（字一） 　　　　[哭]

222. 孤星小桥云水间。（字一） 　　　　[宁]

223. 观潮不见潮。（字一） 　　　　　　[又]

224. 一来便灭虫。（字一） 　　　　　　[烛]

225. 天上日偏西。（字一） 　　　　　　[但]

226. 蜚语流言非吾过。（字一） 　　　　[虫]

227. 成功后要谨言行。（字一） 　　　　[勤]

228. 缺斤少两开溜了。（体育项目一） [短跑]

229. 吾当诚为首。（字一） 　　　　　　[语]

230. 含泪闻乡音。（字一） 　　　　　　[木]

231. 改日增派人手来。（字一） 　　　　[拿]

232. 吵闹半生为哪般。（字一） 　　　　[问]

233. 习习入户有风来。（字一） 　　　　[扇]

234. 用心了才有此举。（字一） 　　　　[兴]

235. 布头有差错。（字一） 　　　　　　[希]

236. 征人去不归。（字一） 　　　　　　[歪]

237. 打破固有框框。（字一） 　　　　　[十]

238. 一一到此集合。（字一） 　　　　　[些]

239. 日上竿头竹影移。（字一） 　　　　[旱]

240. 星月交辉落日时。（字一） 　　　　[胜]

241. 前前后后总相依。（字一） 　　　　[豆]

242. 东方西方齐着力。（字一） 　　　　[咖]

243. 多写一直才像样。（字一） 　　　　[栏]

244. 双方都到才圆满。（字一） 　　　　[贝]

245. 这口气一定要出。（字一） 　　　　[吃]

246. 一心挂在产量上。（字一） 　　　　　　　　　　［意］

247. 安全上下靠边点。（字一） 　　　　　　　　　　［宝］

248. 转眼间直上云端。（字一） 　　　　　　　　　　［罢］

249. 大人不在小儿在。（字一） 　　　　　　　　　　［光］

250. 进口要小心一点。（字一） 　　　　　　　　　　［惊］

251. 干在前头人至上。（字一） 　　　　　　　　　　［金］

252. 尽可能省点再省点。（字一） 　　　　　　　　　［尺］

253. 盲目不得要用心。（字一） 　　　　　　　　　　［忘］

254. 回去一周，却又没去。（字一） 　　　　　　　　［叩］

255. 背景分明。（地名一） 　　　　　　　　　　　　［北京］

256. 一来二去。（字一） 　　　　　　　　　　　　　［米］

257. 日月见真心。（福建地名一） 　　　　　　　　　［三明］

258. 苗圃拆围墙。（福建地名一） 　　　　　　　　　［莆田］

259. 百川缺一水纵横。（福建地名一） 　　　　　　　［泉州］

260. 娘子军列队。（体育项目一） 　　　　　　　　　［女排］

261. 横行于江中。（字一） 　　　　　　　　　　　　［汪］

262. 三人同日离别。（节气一） 　　　　　　　　　　［春分］

263. 园中一轮明月升。（节日一） 　　　　　　　　　［元旦］

264. 心领神会。（昆虫一） 　　　　　　　　　　　　［知了］

265. 囝。（食品一） 　　　　　　　　　　　　　　　［包子］

266. 要好姐妹都在。（字一） 　　　　　　　　　　　［女］

267. 并非两日。（汽车品牌一） 　　　　　　　　　　［丰田］

268. 不露脸。（食品一） 　　　　　　　　　　　　　［面包］

269. 前面栈桥连海边。（字一） 　　　　　　　　　　［淋］

270. 一桥飞架南北。（字一） 　　　　　　　　　　　［工］

271. 数字虽小，却在百万之上。（字一） 　　　　　　［一］

272. 展翼飞羽共随去。（字一） 　　　　　　　　　　［田］

273. 说是人一个，数数万万千。（字一） 　　　　　　［亿］

274. 加劲劳动，个个有份。（字一） [力]

275. 垃圾堆里找得到。（字一） [土]

276. 大小参差。（字一） [灯]

277. 平生善权衡。（字一） [禾]

278. 一分为二看是非。（字一） [丰]

279. 大小一一俱全。（字一） [奈]

280. 一一扣住。（字一） [担]

281. 失去的友爱又回来。（字一） [受]

282. 岂可虚度年华。（外国作家一） [安徒生]

283. 旭日腾空鸿鸟飞。（江西地名一） [九江]

284. 一清二楚。（福建地名一） [三明]

285. 一寸光阴一寸金。（贵州地名一） [贵阳]

286. 高楼出口处。（福建地名一） [厦门]

287. 掌握世界。（体育项目一） [手球]

288. 赤橙黄绿青蓝紫。（国名一） [以色列]

289. 本。（国名一） [加拿大]

290. 秦晋先后结盟。（文学形式一） [春联]

291. 两心共惆怅。（数学名词一） [周长]

292. 天下无不散之筵席。（数学名词一） [通分]

293. 此曲只应天上有。（音乐名词一） [高音]

294. 手舞足蹈。（广播操用语一） [四肢运动]

295. 瓜儿离不开藤，藤儿离不开瓜。（网络用语一） [QQ]

296. 中华崛起。（节气一） [立夏]

297. 百里挑一。（节气一） [白露]

298. 风卷梧桐秋去也。（节气一） [冬至]

299. 有你的一半，也有我的一半。（教育用语一） [平均分]

300. 面向新事物。（国名一） [朝鲜]

301. 申请调动。（学校简称一） [一中]

302. 何人解得何人解。（食品一） 　　　　　　　　　［可可］

303. 枇杷与琵琶。（饮料名一） 　　　　　　　　　　［可口可乐］

304. 一见如故。（食品一） 　　　　　　　　　　　　［快熟面］

305. 最后登台更精彩。（礼貌用语一） 　　　　　　　［晚上好］

306. 争先留下垂钓钩。（水产一） 　　　　　　　　　［龟］

307. 苑英草出鸟归来。（鸟名一） 　　　　　　　　　［鸳鸯］

308. 恍然大悟。（昆虫一） 　　　　　　　　　　　　［知了］

309. 工人个个团结紧。（植物一） 　　　　　　　　　［天竹］

310. 岭前草木诱人来。（植物一） 　　　　　　　　　［山茶］

311. 与吾同伴入林间。（树名一） 　　　　　　　　　［梧桐］

312. 儿童相见不相识。（戏剧名词一） 　　　　　　　［小生］

313. 先天不足，后天有余。（医界称呼一） 　　　　　［大夫］

314. 四方植树，喜上眉梢。（环保名词一） 　　　　　［噪声］

315. 人间草木知多少。（生活用品一） 　　　　　　　［茶几］

316. 细看园中影，旧貌变新颜。（节日一） 　　　　　［元旦］

317. 真空之中。（节日简称一） 　　　　　　　　　　［三八］

318. 五一旅行。（宋代人名一） 　　　　　　　　　　［陆游］

319. 党号召钻研知识，个个不例外。（字一） 　　　　［口］

320. 七一登峰。（北京名胜一） 　　　　　　　　　　［八达岭］

321. 从上至下，广为团结。（字一） 　　　　　　　　［座］

322. 湖光水影月当空。（字一） 　　　　　　　　　　［古］

323. 日出之时又来到。（字一） 　　　　　　　　　　［对］

324. 一旦相聚续前情。（字一） 　　　　　　　　　　［恒］

325. 一贯用心向前进。（字一） 　　　　　　　　　　［生］

326. 湖隐古月莲初放。（字一） 　　　　　　　　　　［涟］

327. 给力有方闻佳声。（字一） 　　　　　　　　　　［加］

328. 倾心东北有十载。（字一） 　　　　　　　　　　［毕］

329. 言必成诗特别牛。（字一） 　　　　　　　　　　［寺］

330. 两小无嫌猜。(交流平台一)　　　　　　[微信]

331. 后半部续前半部。(字一)　　　　　　　[陪]

332. 三点京中有人来。(字一)　　　　　　　[信]

333. 双方受讥不敢言。(字一)　　　　　　　[咒]

334. 除权前不要买卖。(字一)　　　　　　　[支]

335. 携手给力共造势。(字一)　　　　　　　[九]

336. 见其出，是十一。(字一)　　　　　　　[基]

337. 栅栏西北有人户。(字一)　　　　　　　[偏]

338. 裁员之后另安排。(字一)　　　　　　　[咖]

339. 一言既出当兑现。(字一)　　　　　　　[说]

340. 为人正直莫讳言。(字一)　　　　　　　[伟]

341. 陌头人归日落时。(字一)　　　　　　　[附]

342. 双双赖床。(礼貌用语一)　　　　　　[对不起]

343. 总是前前后后都去了。(字一)　　　　　[心]

344. 有申通无中通。(字一)　　　　　　　　[一]

345. 这里靠近西站。(字一)　　　　　　　　[童]

346. 雄心虚心还宽心。(字一)　　　　　　　[花]

347. 一直有心共患难。(字一)　　　　　　　[吕]

348. 邑上放烟火。(字一)　　　　　　　　　[咽]

349. 小雪下了雨。(字一)　　　　　　　　　[当]

350. 其中一共有多少。(字一)　　　　　　　[三]

351. 把手松开放背后。(字一)　　　　　　　[肥]

352. 影后一人来云南。(字一)　　　　　　　[参]

353. 清水河下河水清。(字一)　　　　　　　[哥]

354. 泪眼模糊情心碎。(字一)　　　　　　　[清]

355. 提前支付了一毛。(字一)　　　　　　　[托]

356. 三点平安到川中。(字一)　　　　　　　[州]

357. 不肯落后要先行。(字一)　　　　　　　[征]

358. 明月当空方离去。（字一） 　　　　　　　　　　［一］

359. 中宵可见月环蚀。（字一） 　　　　　　　　　　［示］

360. 入伍之后更上进。（节日简称一） 　　　　　　　［五一］

361. 饥不择食得先吃。（字一） 　　　　　　　　　　［叽］

362. 四面围墙门不闭。（字一） 　　　　　　　　　　［团］

363. 最先得手为少数。（字一） 　　　　　　　　　　［撮］

364. 择日上映。（字一） 　　　　　　　　　　　　　［央］

365. 曲径人归来。（字一） 　　　　　　　　　　　　［及］

366. 离开内阁十八载。（字一） 　　　　　　　　　　［闲］

五、五年级每日灯谜

1. 三个点心慢慢尝。（字一） 　　　　　　　　　　　［品］

2. 送别出关，昂首而去。（字一） 　　　　　　　　　［迎］

3. 人要用心抓重点。（字一） 　　　　　　　　　　　［伴］

4. 已有前提谁发言。（字一） 　　　　　　　　　　　［推］

5. 破格用人无先例。（字一） 　　　　　　　　　　　［则］

6. 僧人去尽寺半存。（字一） 　　　　　　　　　　　［增］

7. 牺牲个人献赤心。（字一） 　　　　　　　　　　　［十］

8. 铲除毒根务须出力。（字一） 　　　　　　　　　　［麦］

9. 先天不足后天补。（字一） 　　　　　　　　　　　［从］

10. 芳华方逝如花谢。（字一） 　　　　　　　　　　　［十］

11. 水回山转日落时。（字一） 　　　　　　　　　　　［浔］

12. 西讨东征成一统。（字一） 　　　　　　　　　　　［证］

13. 其中有一小人。（字一） 　　　　　　　　　　　　［奈］

14. 难中方见有真心。（字一） 　　　　　　　　　　　［咋］

15. 一夕别后人又聚。（字一） 　　　　　　　　　　　　［例］

16. 一点爱心献足下。（字一） 　　　　　　　　　　　　［定］

17. 边走边说。（城市新规则一） 　　　　　　　　　　　［步行道］

18. 天天都是出头日。（字一） 　　　　　　　　　　　　［替］

19. 别后一夕人独立。（字一） 　　　　　　　　　　　　［例］

20. 若要分离别叮咛。（城市名一） 　　　　　　　　　　［西安］

21. 看着方，其实圆，外面尖，里头卷。（字一） 　　　　［圈］

22. 加人就潜水，拉黑更安静。（字一） 　　　　　　　　［犬］

23. 左右各加一，凑成整十万。（字一） 　　　　　　　　［伯］

24. 分开不自然，合并不真实。（字一） 　　　　　　　　［伪］

25. 没有基恩的基因。（字一） 　　　　　　　　　　　　［心］

26. 哪个进球不艰难？（五言唐诗一） 　　　　　　　　［粒粒皆辛苦］

27. 扮相一流。（军事名词一） 　　　　　　　　　　　　［装甲］

28. 排斥拆字要不得。（字一） 　　　　　　　　　　　　［非］

29. 小学大学齐开学。（字一） 　　　　　　　　　　　　［尖］

30. 彩云追月。（英文字母） 　　　　　　　　　　　　　［Q］

31. 儿童食品。（店招一） 　　　　　　　　　　　　　　［小吃］

32. 下笔于帘后。（商品一） 　　　　　　　　　　　　　［毛巾］

33. 架上鸡鸭连声叫。（字一） 　　　　　　　　　　　　［加］

34. 务必出力抓重点。（字一） 　　　　　　　　　　　　［冬］

35. 月大多一日。（时间用词一） 　　　　　　　　　　　［明天］

36. 岷山之下江水流。（称谓一） 　　　　　　　　　　　［民工］

37. 还不去接车。（字一） 　　　　　　　　　　　　　　［连］

38. 一一参与排洪水。（字一） 　　　　　　　　　　　　［其］

39. 采得草药一整日。（国名一） 　　　　　　　　　　　［约旦］

40. 来人有变动。（食品一） 　　　　　　　　　　　　　［大米］

41. 人防改革。（队列名词一） 　　　　　　　　　　　　［方队］

42. 格言警局常常可见。（字一） 　　　　　　　　　　　［口］

43. 一点补充。（字一） 　　　　　　　　　　　　［允］

44. 一抹新月，三间平房。（字一） 　　　　　　　［血］

45. 指头触电有何感觉。（字一） 　　　　　　　　［摩］

46. 乘除少一点。（字一） 　　　　　　　　　　　［文］

47. 早晚会出事。（礼貌用语一） 　　　　　　　　［午安］

48. 污水处理，大加赞赏。（字一） 　　　　　　　［夸］

49. 少点良心成积怨。（字一） 　　　　　　　　　［恨］

50. 大才小用无才用。（字一） 　　　　　　　　　［尖］

51. 其中半数数得清。（字一） 　　　　　　　　　［一］

52. 东西分类放。（食物一） 　　　　　　　　　　［大米］

53. 夏收秋储冬藏。（节日一） 　　　　　　　　　［春节］

54. 明日要去听音乐。（字一） 　　　　　　　　　［月］

55. 此言正好成依据。（字一） 　　　　　　　　　［证］

56. 乘人不备要北去。（字一） 　　　　　　　　　［千］

57. 公元前。（节日一） 　　　　　　　　　　　　［八一］

58. 有点骄傲。（节气一） 　　　　　　　　　　　［小满］

59. 何处产玉。（国名一） 　　　　　　　　　　　［中国］

60. 湖中显倒影。（字一） 　　　　　　　　　　　［潮］

61. 丢出去，拾回来。（字一） 　　　　　　　　　［千］

62. 首都掀起读书热。（高校名一） 　　　　　　　［北京大学］

63. 人面不知何处去。（二字口语一） 　　　　　　［丢脸］

64. 第一个到教室。（学校用语一） 　　　　　　　［先进班级］

65. 失足摔倒才叫爹。（字一） 　　　　　　　　　［跌］

66. 统领三军独吟诗。（字一） 　　　　　　　　　［师］

67. 古城墙头听蛙声。（字一） 　　　　　　　　　［凹］

68. 游子李白闻乡音。（字一） 　　　　　　　　　［香］

69. 根、茎、叶。（水果名一） 　　　　　　　　　［无花果］

70. 铁定尽收金银铜。（城市名一） 　　　　　　　［无锡］

71. 二四六八十。（成语一）　　　　　　　　　　　　　［无独有偶］

72. 中间一题真容易。（成语一）　　　　　　　　　　　［左右为难］

73. 儿子二个都走了。（字一）　　　　　　　　　　　　　［元］

74. 有个孔方兄。（字一）　　　　　　　　　　　　　　　［儿］

75. 献点爱心给战士。（字一）　　　　　　　　　　　　　［宾］

76. 二等品积压。（字一）　　　　　　　　　　　　　　　［晶］

77. 两个丹丸都掉了。（字一）　　　　　　　　　　　　　［册］

78. 新月挂帆前，猜中就有钱。（字一）　　　　　　　　　［币］

79. 百年松树，五月芭蕉。（成语一）　　　　　　　　　［粗枝大叶］

80. 一直向上不偏斜。（字一）　　　　　　　　　　　　　［正］

81. 太忙，还来不及看。（成语一）　　　　　　　　　　［等闲视之］

82. 一鞠躬二鞠躬三鞠躬。（时令俗称一）　　　　　　　［礼拜六］

83. 明月当空人尽仰。（字一）　　　　　　　　　　　　　［昂］

84. 四围山色笼雾中。（字一）　　　　　　　　　　　　　［备］

85. 人人树立四化志。（字一）　　　　　　　　　　　　　［德］

86. 至少两个没签到。（字一）　　　　　　　　　　　　　［剑］

87. 古稀之年有后福。（字一）　　　　　　　　　　　　　［辐］

88. 午前就看《西游记》。（字一）　　　　　　　　　　　［浒］

89. 草下掩旗帜。（字一）　　　　　　　　　　　　　　　［节］

90. 职位有变，其心不移。（字一）　　　　　　　　　　　［聪］

91. 纵写一句便如何。（字一）　　　　　　　　　　　　　［向］

92. 听其声，感到怪，不可大意。（字一）　　　　　　　　［奇］

93. 短处一点一点克服掉。（字一）　　　　　　　　　　　［知］

94. 大错，错错错。（字一）　　　　　　　　　　　　　　［爽］

95. 今后要腾飞，眼前须节省。（字一）　　　　　　　　　［食］

96. 各方变化大，重点巧安排。（字一）　　　　　　　　　［图］

97. 前前在后后，后后在前前。（字一）　　　　　　　　　［豆］

98. 矿石何处寻。（自治区名一）　　　　　　　　　　　　［广西］

99. 知人知面亦知心。（福建地名一）　　　　　　　　　［三明］

100. 知错马上改。（体育课用语一）　　　　　　　　　［立正］

101. 有空来见一下。（食品一）　　　　　　　　　　　［方便面］

102. 个人得失抛脑后。（字一）　　　　　　　　　　　［用］

103. 瀑布纵横挂前川。（字一）　　　　　　　　　　　［洲］

104. 撇下生母心太狠。（字一）　　　　　　　　　　　［毒］

105. 千日改革告成。（字一）　　　　　　　　　　　　［但］

106. 黄河之洪可休矣。（字一）　　　　　　　　　　　［由］

107. 画堂深处歌舞声。（字一）　　　　　　　　　　　［古］

108. 悔不用心早读书。（字一）　　　　　　　　　　　［诲］

109. 公字当头应推广。（字一）　　　　　　　　　　　［兴］

110. 医院盖起三层楼。（字一）　　　　　　　　　　　［直］

111. 同来雅集，都在说谜。（字一）　　　　　　　　　［谁］

112. 吾既出口，驷马难追。（节日简称一）　　　　　　［五四］

113. 既要主动，又要大方。（字一）　　　　　　　　　［国］

114. 依依难舍归国心。（字一）　　　　　　　　　　　［压］

115. 他去也，怎把心儿放。（字一）　　　　　　　　　［作］

116. 一片丹心共为公。（字一）　　　　　　　　　　　［么］

117. 有人不老实。（字一）　　　　　　　　　　　　　［为］

118. 千姿百态一一开。（字一）　　　　　　　　　　　［伯］

119. 底线传中，射门进球。（字一）　　　　　　　　　［闽］

120. 不顾白头要进取。（字一）　　　　　　　　　　　［最］

121. 一钩新月挂西楼。（字一）　　　　　　　　　　　［禾］

122. 浪遏飞舟。（字一）　　　　　　　　　　　　　　［心］

123. 技术合作，不留一手，不留一点。（字一）　　　　［枝］

124. 台湾始终归一体。（字一）　　　　　　　　　　　［弘］

125. 清峦拥树蔽山村。（字一）　　　　　　　　　　　［变］

126. 未吐一字泪先流。（字一）　　　　　　　　　　　［相］

127. 村前尚有四分田。（字一） [噪]

128. 争先把位让人。（食品一） [色拉]

129. 大势已定，无须固执。（字一） [夯]

130. 甜咸苦辣各味具备。（字一） [口]

131. 隐格呢女装。（字一） [妮]

132. 人才重作安排。（字一） [禾]

133. 先写了一撇，后写了一画。（字一） [孕]

134. 人生何处一相逢。（字一） [倚]

135. 戏彩娱双亲。（成语一） [哄堂大笑]

136. 点金牌，算银牌。（成语一） [数一数二]

137. 看榜落选。（成语一） [一览无余]

138. 司机辛苦了。（礼貌用语一） [劳驾]

139. 春城无处不飞花。（礼貌用语一） [多谢]

140. 向晚意不适。（礼貌用语一） [早上好]

141. 望断南飞雁。（礼貌用语一） [久仰]

142. 子女与你心相连。（礼貌用语一） [您好]

143. 三十六计选上着。（礼貌用语一） [走好]

144. 宽以待人。（礼貌用语一） [不要紧]

145. 称其要到外面走走。（成语一） [呼之欲出]

146. 爷爷沏茶。（南北朝人名一） [祖冲之]

147. 江河淮汉。（省名一） [四川]

148. 湖光水月画中看。（革命圣地一） [古田]

149. 丸药。（五言唐诗一句） [粒粒皆辛苦]

150. 打得鸳鸯各一方。（数学名词一） [公分母]

151. 考试不作弊。（数学名词一） [真分数]

152. 千里莺啼。（音乐名词一） [重唱]

153. 头天不开放。（集邮用语一） [首日封]

154. 奇木天下绝。（体育项目一） [单杠]

155. 看不见的战线。（计算机用语一）　　　　　　　　［盲打］

156. 流水落花春去也。（节气一）　　　　　　　　　　［夏至］

157. 赤日炎炎似火烧。（节气一）　　　　　　　　　　［大暑］

158. 增添人口心倍愁。（节气一）　　　　　　　　　　［立秋］

159. 已是悬崖百丈冰。（节气一）　　　　　　　　　　［大寒］

160. 拉拉队喊起来。（单位一）　　　　　　　　　　［加油站］

161. 日光灯管。（食品名一）　　　　　　　　　　　［三明治］

162. 美酒一杯歌一曲。（饮料名一）　　　　　　　［可口可乐］

163. 清水汪汪，月光明明。（食品牌子一）　　　　　　［旺旺］

164. 每临水区鸟飞归。（鸟名一）　　　　　　　　　　［海鸥］

165. 劈岩移山，筑田植柳。（水果一）　　　　　　　　［石榴］

166. 临别题字。（书法名词一）　　　　　　　　　　　［行书］

167. 配合良好。（古称谓一）　　　　　　　　　　　　［娘子］

168. 一见如故。（道路设施一）　　　　　　　　　　　［立交］

169. 姑嫂比武。（体育项目一）　　　　　　　　　［女子双打］

170. 工人全知道。（口语一）　　　　　　　　　　　［天晓得］

171. 节日天天超额。（字一）　　　　　　　　　　　　　［替］

172. 个个不生第二胎。（珠算口诀一）　　　　　　　［一一得一］

173. 草桥流水动云空。（字一）　　　　　　　　　　　　［涝］

174. 选对一半，其实算错。（字一）　　　　　　　　　　［过］

175. 虽是引进一直未用。（字一）　　　　　　　　　　　［强］

176. 周末恰逢双十一。（字一）　　　　　　　　　　　　［哇］

177. 党中央成全了我。（字一）　　　　　　　　　　　　［五］

178. 一直不迟到。（字一）　　　　　　　　　　　　　　［旦］

179. 在广汉混了二十载。（字一）　　　　　　　　　　　［渡］

180. 叶儿叶儿乱翻飞。（字一）　　　　　　　　　　　　［兢］

181. 芳心唯寄月空中。（字一）　　　　　　　　　　　　［丹］

182. 湖畔花前两依依。（字一）　　　　　　　　　　　　［满］

183. 凭记忆演奏。（口语一） ［不靠谱］

184. 千载古迹重相叠。（字一） ［舌］

185. 村头有人待母归。（字一） ［梅］

186. 从今开始不孤单。（字一） ［众］

187. 全无一个能成双。（字一） ［二］

188. 开始猜谜太容易。（字一） ［狱］

189. 观玄妙观无玄妙。（礼貌用语一） ［再见］

190. 产品实行三包。（字一） ［晶］

191. 愁心散尽火也消。（字一） ［禾］

192. 两点一到一定送到。（字一） ［达］

193. 引进人才能变化。（字一） ［七］

194. 头头务必要出力。（字一） ［冬］

195. 为之男儿，排行老四。（字一） ［丁］

196. 捶首痛心如刀扎。（字一） ［捅］

197. 为人正直莫讳言。（字一） ［伟］

198. 天下之大独占鳌头。（字一） ［一］

199. 东湖双鸳鸯。（字一） ［鹏］

200. 名声若日月。（字一） ［明］

201. 没有言语有前情。（字一） ［悟］

202. 听从安排，一直不考虑。（字一） ［后］

203. 居心不正一笔勾。（字一） ［局］

204. 扫尽残雪入闺中。（字一） ［挂］

205. 愤怒的眼泪。（航空名词一） ［气流］

206. 入门原是弹冠客。（字一） ［阉］

207. 来日到达净土寺。（字一） ［时］

208. 冬初来问安。（字一） ［阁］

209. 寻根第一个。（发型一） ［寸头］

210. 为人放肆不上进。（汽车品牌一） ［大众］

211. 惊忧之心全解除。（字一） 〔就〕

212. 创业首先看前景。（字一） 〔普〕

213. 伯前叔后安排好。（字一） 〔仪〕

214. 至高无上赤子心。（字一） 〔一〕

215. 从警半生，一心除恶。（核心价值观词语一） 〔敬业〕

216. 谁要发言乃举手。（字一） 〔携〕

217. 不来就不好意思。（字一） 〔土〕

218. 将要分离却少叮咛。（省会名一） 〔西安〕

219. 公字为先显人格。（字一） 〔容〕

220. 可分类作调整。（著名动画形象一） 〔米奇〕

221. 昨日离去方回来。（字一） 〔咋〕

222. 月隐花头叶变样。（字一） 〔葫〕

223. 调张飞西行。（数学名词一） 〔周长〕

224. 隐约山岳入空中。（字一） 〔兵〕

225. 一直引以为戒。（字一） 〔戎〕

226. 孔教孟学尽有得。（字一） 〔子〕

227. 用心付出得芳心。（字一） 〔丹〕

228. 逢人不举头。（北京地名一） 〔大兴〕

229. 伏后宫中现哀心。（字一） 〔哭〕

230. 枝头眉月鸣飞鸟。（字一） 〔和〕

231. 月中出来现分开。（礼貌用语一） 〔再见〕

232. 飞步凌绝顶。（体育项目一） 〔跳高〕

233. 老赵走了不后悔。（字一） 〔悄〕

234. 江水流逝有月光。（字一） 〔左〕

235. 往里瞧来往里看。（礼貌用语一） 〔不要见外〕

236. 亲近之下吐心声。（字一） 〔新〕

237. 人怀其母记前情。（字一） 〔悔〕

238. 清点剩余二十万。（字一） 〔芳〕

239. 千载一时几人归。（字一）　　　　　　　　　　　［凭］

240. 四方齐心安天下。（字一）　　　　　　　　　　　［爽］

241. 摘下竹笠抬起头。（字一）　　　　　　　　　　　［拉］

242. 为儿前程总费心。（字一）　　　　　　　　　　　［税］

243. 唯叹落难失先机。（字一）　　　　　　　　　　　［咒］

244. 灾后改种巧安排。（节日一）　　　　　　　　　　［中秋］

245. 八载苦心付东流。（字一）　　　　　　　　　　　［休］

246. 扑灭烟火人方散。（字一）　　　　　　　　　　　［一］

247. 自始至终团结人。（字一）　　　　　　　　　　　［夭］

248. 河水方退请先归。（字一）　　　　　　　　　　　［订］

249. 人一无奈如木偶。（字一）　　　　　　　　　　　［禁］

250. 年前着手分土地。（字一）　　　　　　　　　　　［拖］

251. 岁末一人别壮士。（字一）　　　　　　　　　　　［奖］

252. 杆上路灯映半窗。（字一）　　　　　　　　　　　［卧］

253. 一一人内三叩首。（字一）　　　　　　　　　　　［唱］

254. 一知半解要不得。（字一）　　　　　　　　　　　［否］

255. 与友一别必伤心。（字一）　　　　　　　　　　　［反］

256. 方见闺中啼哭声。（字一）　　　　　　　　　　　［哇］

257. 白头依旧共向前。（字一）　　　　　　　　　　　［借］

258. 雾中西湖如少女。（字一）　　　　　　　　　　　［洛］

259. 行人请走人行道。（字一）　　　　　　　　　　　［青］

260. 黯然无声暮色浓。（字一）　　　　　　　　　　　［黑］

261. 为人点滴和为先。（字一）　　　　　　　　　　　［秋］

262. 点滴之变始成为。（字一）　　　　　　　　　　　［办］

263. 其次必须抓重点。（字一）　　　　　　　　　　　［欺］

264. 凄凉听几声。（三字口号一）　　　　　　　　　［一二一］

265. 客心犹系灞桥头。（字一）　　　　　　　　　　　［涤］

266. 学徒火了。（二字常用语一）　　　　　　　　　　［生气］

267. 门径无行迹。（航空用语一）　　　　　　　　　　［空客］

268. 冰箱靠墙放，两门都齐全，不是新模样，就是声音响。（字一）

　　　　　　　　　　　　　　　　　　　　　　　　　［旧］

269. 是手不念手，把话说出口。初听一声啼，再听声音低。（字一）

　　　　　　　　　　　　　　　　　　　　　　　　　［提］

270. 日落不坐不躺，日出反而不亮。（字一）　　　　　　［音］

271. 千篇本无一篇同。（字一）　　　　　　　　　　　　［体］

272. 一言不合就出来秀。（字一）　　　　　　　　　　　［诱］

273. 土方款儿笔。（乘法口诀一）　　　　　　　　［三四十二］

274. 看看如何听相声。（字一）　　　　　　　　　　　　［向］

275. 有钼矿、银矿，没有金矿。（字一）　　　　　　　　［眼］

276. 西点不少酒不够。（字一）　　　　　　　　　　　　［洒］

277. 馒头配鹅头，还是吃不够。（字一）　　　　　　　　［饿］

278. 有人收藏念珠。（字一）　　　　　　　　　　　　　［诸］

279. 说明之后做调整，不到一月就兑现。（字一）　　　　［脱］

280. 加了花椒不开心。（俗语一）　　　　　　　　　［添麻烦］

281. 风平浪静。（城市名一）　　　　　　　　　　　　［宁波］

282. 防务一生力为尽。（字一）　　　　　　　　　　　　［隆］

283. 入学不宜迟。（礼貌用语一）　　　　　　　　　［早上好］

284. 从不自量。（称谓一）　　　　　　　　　　　　［老丈人］

285. 年迈犹在售古董。（成语一）　　　　　　　　　［倚老卖老］

286. 三九寒天没货运。（乐器名称一）　　　　　　　　［冬不拉］

287. 四点入川。（广告用语一）　　　　　　　　　　　［1:1:1］

288. 纠正立正姿势。（机构一）　　　　　　　　　　［检查站］

289. 白玉无瑕称第一。（汽车品牌一）　　　　　　　　　［皇冠］

290. 三十分钟的雨量。（体育用语一）　　　　　　　　［下半时］

291. 巧舌如簧。（外交用语一）　　　　　　　　　　　　［会谈］

292. 提前用餐。（生活用语一）　　　　　　　　　　　［吃早点］

293. 饱餐一天。（天文名词一） [日全食]

294. 天明时告别。（竞赛用语一） [亮分]

295. 不出所料，今日有冰。（食品一） [果冻]

296. 真不是东西。（工商名词一） [假货]

297. 群众的语言。（气象术语一） [多云]

298. 春去人还在。（旅游名词一） [三日游]

299. 并列第一。（发型一） [平头]

300. 吟别玫瑰前。（乐器一） [口琴]

301. 电梯运行。（成语一） [能上能下]

302. 不要泼冷水。（体育用语一） [发令]

303. 深夜来访。（网络名词一） [黑客]

304. 本期一月发行。（字一） [棋]

305. 妙改三点装。（字一） [娑]

306. 瓜前李下变了样。（字一） [孤]

307. 聚散之后又巧遇。（字一） [聂]

308. 没有心情见旁人。（字一） [倩]

309. 不出头后不成字。（字一） [杯]

310. 品茶之后到西湖。（字一） [澡]

311. 尔玉传国闻之喜。（字一） [玺]

312. 骨鲠在喉。（银行用语一） [吞卡]

313. 初谋成谜自沉醉。（字一） [谜]

314. 白头得子总提起。（成语一） [老生常谈]

315. 个个快来上学去。（日常用具一） [筷子]

316. 孤身辗转无相依。（食品一） [瓜子]

317. 冷泉前后竹相映。（家用电器一） [冰箱]

318. 四十载来，有何变化。（植物一） [荷花]

319. 爷爷喜过乙酉年。（家禽一） [公鸡]

320. 山东日落时。（水产一） [鱼]

321. 花前李下另有安排。（蔬果一）　　　　　　　　　［茄子］

322. 下底传中进一球。（水产一）　　　　　　　　　　［虾］

323. "借问酒家何处有"，牧童如何来引导。（人体部位一）　［手指］

324. 摆脱关联现转机。（人体部位一）　　　　　　　　［耳朵］

325. 人到古稀，点点奉献。（交通工具一）　　　　　　［火车］

326. 二十一中出佳人。（生活用品一）　　　　　　　　［鞋］

327. 李白乘舟将欲行。（《水浒传》诨号一）　　　　　　［旱地忽律］

328. 村前扎草人，田中逐鸣鸟。（商品一）　　　　　　［茶叶］

329. 看似入眠相。（人体器官一）　　　　　　　　　　［眼］

330. 大都值得怀疑。（交流平台一）　　　　　　　　　［微信］

331. 龙颜大怒。（奥运名词一）　　　　　　　　　　　［圣火］

332. 含羞传简。（字体一）　　　　　　　　　　　　　［草书］

333. 误听以为是孔融。（灭绝动物一）　　　　　　　　［恐龙］

334. 喇叭声传听未真。（节日一）　　　　　　　　　　［腊八］

335. 甩干机的功能。（字一）　　　　　　　　　　　　［法］

336. 小人乱作一团。（字一）　　　　　　　　　　　　［令］

337. 神十已升空，四方尽庆贺。（字一）　　　　　　　［祝］

338. 天大在何方？（网络用语一）　　　　　　　　　　［线下］

339. 刀变形不能用力。（字一）　　　　　　　　　　　［刁］

340. 淡酒浓汤皆有益。（字一）　　　　　　　　　　　［溢］

341. 将其放翻，一一拿下。（字一）　　　　　　　　　［并］

342. 先生贵姓，免贵姓李。（字一）　　　　　　　　　［季］

343. 晚节不保，后患多多。（字一）　　　　　　　　　［蕊］

344. 稻子。（卡通人物一）　　　　　　　　　　　　　［米老鼠］

345. 推到三座山。（字一）　　　　　　　　　　　　　［帛］

346. 风正一帆悬。（字一）　　　　　　　　　　　　　［卫］

347. 吟哦咏叹此栏前。（字一）　　　　　　　　　　　［噪］

348. 干瞪双眼。（字一）　　　　　　　　　　　　　　［平］

349. 呀的一声伞翻飞。（字一）　　　　　　　　　　　　［丫］

350. 心不着急靠边走。（字一）　　　　　　　　　　　　［趟］

351. 跨上新台阶。（学校用语一）　　　　　　　　　　　［升级］

352. 昔日一别今团聚。（字一）　　　　　　　　　　　　［昚］

353. 你心牵挂子和女。（礼貌用语一）　　　　　　　　　［您好］

354. 月月守户旁。（人体部位一）　　　　　　　　　　　［肩膀］

355. 奢侈者多不可用。（称谓一）　　　　　　　　　　　［大人］

356. 摊点增加来推销。（字一）　　　　　　　　　　　　［叉］

357. 先写半点，后写半划。（字一）　　　　　　　　　　［战］

358. 至高无上，奉献在前。（省名一）　　　　　　　　　［云南］

359. 何来尾气？（成语一）　　　　　　　　　　　［油然而生］

360. 先查其中，后查上下。（国名一）　　　　　　　　　［日本］

361. 小崔换装。（鸟名一）　　　　　　　　　　　　　　［山雀］

362. 明有一个，暗有两个。（字一）　　　　　　　　　　［日］

363. 字字去了盖，别作子字猜。（字一）　　　　　　　　［一］

364. 面带喜色。（花名一）　　　　　　　　　　　　　　［含笑］

365. 岁岁除夕方相会。（字一）　　　　　　　　　　　　［咄］

366. 家喻户晓。（应用文体一）　　　　　　　　　　　　［通知］

六、六年级每日灯谜

1. 弯道慢行。（铁路交通用语一）　　　　　　　　　　［直快］

2. 一错再错，铸成大错。（字一）　　　　　　　　　　［爽］

3. 声声鼓乐起西东。（字一）　　　　　　　　　　　　［胡］

4. 老百姓与军队。（称谓一）　　　　　　　　　　　　［民兵］

5. 昨夜灯前见。（字一）　　　　　　　　　　　　　　［炸］

6. 呈上力作报佳音。（字一）　　　　　　　　　　［加］

7. 连进四球能称雄。（字一）　　　　　　　　　　［熊］

8. 要上西楼莫作声。（字一）　　　　　　　　　　［末］

9. 一贯用心，习以为常。（字一）　　　　　　　　［惯］

10. 半对半对，凑成一对。（字一）　　　　　　　　［双］

11. 不到京中就不对。（字一）　　　　　　　　　　［否］

12. 为难当头助人为乐。（字一）　　　　　　　　　［欢］

13. 孙子告辞，当下就要去南京。（字一）　　　　　［小］

14. 寒凝大地发春华。（包装用语一）　　　　　［放于冷处］

15. 人言可畏休多言。（字一）　　　　　　　　　　［偎］

16. 四月五日清明节。（围棋用语一）　　　　　　　［九段］

17. 先知先觉，后知后觉，不知不觉。（字一）　　　［告］

18. 且喜有后劲。（字一）　　　　　　　　　　　　［嘉］

19. 将士象马炮卒。（字一）　　　　　　　　　　　［轶］

20. 父女到北京。（字一）　　　　　　　　　　　　［姣］

21. 下幕不要古装剧。（字一）　　　　　　　　　　［刷］

22. 同心白头约，一帆独归西。（福建地名一）　　　［石狮］

23. 计划用水。（节日简称一）　　　　　　　　　　［五四］

24. 月下花前把手牵。（农用品一）　　　　　　　　［化肥］

25. 不要恶心，要有爱心、虚心和苦心。（竞赛用语一）［亚军］

26. 宝玉出走，袭人无依。（字一）　　　　　　　　［宠］

27. 人可用心转化，放宽心吧。（花名一）　　　　　［荷花］

28. 四面有山皆入画。（字一）　　　　　　　　　　［田］

29. 兄长立即赶到前头。（体育项目一）　　　　　　［竞走］

30. 撒手不得，务须干涉。（健身项目一）　　　　　［散步］

31. 藏身日落时，一一隐山间。（体育项目一）　　　［射击］

32. 常望南归不得归。（体育项目一）　　　　　　　［吊环］

33. 激动得无语泪先流。（字一）　　　　　　　　　［放］

34. 晴空一色远无边。（外币一） 　　　　　　　　　　［日元］

35. 毁掉森林，后患就在眼前。（字一） 　　　　　　　　［想］

36. 打造两座金字塔。（消费用语一） 　　　　　　　　　［AA制］

37. 怎样写好字。（体育比赛用语一） 　　　　　　　　　［女子组］

38. 花芳阵阵遍码头。（中国地名一） 　　　　　　　　　［香港］

39. 反扣成立。（字一） 　　　　　　　　　　　　　　　［啦］

40. 一块人民币。（教学用语一） 　　　　　　　　　　　［单元］

41. 熄灭灯火黎明前。（花名一） 　　　　　　　　　　　［丁香］

42. 明白方知万事休。（《西游记》人物一） 　　　　　　［悟空］

43. 不合算。（数学名词一） 　　　　　　　　　　　　　［分数］

44. 首次夺冠。（体操用语一） 　　　　　　　　　　　　［一二一］

45. 脸皮一阵刷白。（食物一） 　　　　　　　　　　　　［面粉］

46. 只设冠军，不设亚军。（成语一） 　　　　　　　　　［独一无二］

47. 残菊飘零满地金。（《三国演义》人名一） 　　　　　［黄盖］

48. 下下下。（字一） 　　　　　　　　　　　　　　　　［一］

49. X先生。（人体部位一） 　　　　　　　　　　　　　［无名指］

50. 好雨知时节。（体育用语一） 　　　　　　　　　　　［最佳落点］

51. 二人卧轨。（字一） 　　　　　　　　　　　　　　　［巫］

52. 说了一嘴马上溜。（体育项目一） 　　　　　　　　　［短道速滑］

53. 考试得零分。（食品一） 　　　　　　　　　　　　　［蛋卷］

54. 我的上海父兄。（国际地域一） 　　　　　　　　　　［阿拉伯］

55. 爸爸胖了妈妈瘦了。（成语一） 　　　　　　　　　　［重男轻女］

56. 当头一棒。（三字俗语一） 　　　　　　　　　　　　［伤脑筋］

57. 进口连衣裙。（字一） 　　　　　　　　　　　　　　［尹］

58. 绝色梅艳芳，香消花已谢。（字一） 　　　　　　　　［丰］

59. 山西落日。（字一） 　　　　　　　　　　　　　　　［亚］

60. 低头不见抬头见。（字一） 　　　　　　　　　　　　［抵］

61. 一汪清水月分明。（字一） 　　　　　　　　　　　　［旺］

62. 火车从湖南省会开出。（家具一） 〔长沙发〕

63. 丸药。（五言唐诗一） 〔粒粒皆辛苦〕

64. 我们是共产主义接班人。（包装用语一） 〔小心向上〕

65. 含十见如来。（字一） 〔姑〕

66. 我去之前歌声响。（字一） 〔戈〕

67. 中有一点，又有一点。（字一） 〔蚤〕

68. 万紫千红雁声里。（字一） 〔艳〕

69. 塔前破寺有风声。（字一） 〔封〕

70. 有月当头笑声扬。（字一） 〔肖〕

71. 赤橙蓝绿紫。（成语一） 〔青黄不接〕

72. 大小起变化，银花开万家。（字一） 〔灯〕

73. 星星依旧伴新月。（字一） 〔怕〕

74. 六一下加四，去八进十一。（字一） 〔章〕

75. 分别执手泪珠抛。（字一） 〔九〕

76. 不同意放在最后。（成语一） 〔摇头摆尾〕

77. 小心跌倒碰着头。（字一） 〔买〕

78. 手持面条待水开。（成语一） 〔等而下之〕

79. 一元二角四分。（台湾作家一） 〔三毛〕

80. 融四岁，能让梨。（歌曲一） 〔小小的我〕

81. 愚公之居。（成语一） 〔开门见山〕

82. 丹心一点血凝成。（字一） 〔盘〕

83. 小车东行迎日出。（字一） 〔早〕

84. 有一点误会。（字一） 〔义〕

85. 兴隆声里尤向前。（字一） 〔龙〕

86. 人难免有点错误。（字一） 〔仪〕

87. 两把靠背椅，一扇百叶窗。（字一） 〔鼎〕

88. 增添人口心倍愁。（节气一） 〔立秋〕

89. 独立分析不循旧。（字一） 〔新〕

90. 全省人口要西移。（字一） [程]

91. 山中春雨月无边。（字一） [奉]

92. 一点误会莫动武。（字一） [文]

93. 周边之土成一统。（字一） [再]

94. 落日之时远舟归。（字一） [过]

95. 把手在哪里。（国名一） [巴西]

96. 一来就开会。（字一） [荟]

97. 古貌一变，绿阴一片。（字一） [叶]

98. 山山重叠拨云层。（字一） [屈]

99. 双星对悬月近人。（字一） [脊]

100. 柳眼半舒卿见否。（字一） [相]

101. 三潭印月擎荷盖。（字一） [蕊]

102. 归帆系在草桥南。（字一） [萤]

103. 阁中四面可观山。（字一） [略]

104. 演出时间，请勿喧哗。（字一） [清]

105. 半江月照四方同。（字一） [渭]

106. 一入西川水势平。（字一） [酬]

107. 街中似有仙人迹。（字一） [催]

108. 儿女共沾巾。（字一） [姚]

109. 轻舟小辑穿浪行。（字一） [必]

110. 敲断金钗红烛冷。（字一） [蚤]

111. 用心分析。（字一） [朋]

112. 双峰倒映横山下。（字一） [帚]

113. 倒钩射门，连进三球。（字一） [闷]

114. 三十六计，多系上着。（字一） [梦]

115. 一去二三里。（字一） [童]

116. 游子方离母牵挂。（字一） [海]

117. 重赏之下，必有千金。（字一） [婴]

118. 虽则胜了又胜，却是慎之又慎。（字一） [兢]

119. 越说越糊涂，猜猜就清楚。（字一） [谜]

120. 幽兰山下二度开。（字一） [兹]

121. 双星桥在市中心。（字一） [帝]

122. 匠心独运赋秋声。（字一） [丘]

123. 禾苗破土生。（字一） [乘]

124. 包裹领取处。（成语一） [待人接物]

125. 单骑定巴蜀。（成语一） [一马平川]

126. 莘。（成语一） [三十而立]

127. 何为正视。（成语一） [义无反顾]

128. 魂魄。（成语一） [鬼话连篇]

129. 身在草庐旁，志存万里外。（成语一） [舍近求远]

130. 看花花无语。（成语一） [不明不白]

131. 签到处。（成语一） [人过留名]

132. 小孩悄悄话。（成语一） [人微言轻]

133. 晶莹的泪，悄悄落地。（成语一） [明珠暗投]

134. 心算不如电脑快。（成语一） [机敏过人]

135. 拆开信来吓一跳。（成语一） [人言可畏]

136. 设计悬浮列车。（成语一） [图谋不轨]

137. 囊括全部冠军。（成语一） [片甲不留]

138. 领导首先要过硬。（成语一） [当头一棒]

139. 万户捣衣声。（成语一） [打成一片]

140. 旁敲侧击，恰到火候。（成语一） [歪打正着]

141. 抚爱。（成语一） [手下留情]

142. 卷我屋上三重茅。（成语一） [风吹草动]

143. 仗。（成语一） [一落千丈]

144. 剪不断，理还乱。（成语一） [难分难解]

145. 坐着待客不礼貌。（成语一） [令人起敬]

146. 养在深闺人未识。（成语一）　　　　　　［其貌不扬］

147. 架炮、跑马、横车、飞象、上士、出将。（成语一）［按兵不动］

148. 棋艺交流离了题。（成语一）　　　　　　［不在话下］

149. 没有想去屋里拿。（成语一）　　　　　　［不思进取］

150. 领导深入基层。（成语一）　　　　　　　［居高临下］

151. 两老额上添皱纹。（成语一）　　　　　　［头头是道］

152. 长裤改短裤。（成语一）　　　　　　　　［双管齐下］

153. 家家落实责任制。（成语一）　　　　　　［无所不包］

154. 清除所有蜘蛛网。（成语一）　　　　　　［一丝不挂］

155. 五彩云霞空中飘。（成语一）　　　　　　［天真烂漫］

156. 宅男宅女发短信。（成语一）　　　　　　［深居简出］

157. 小嘴嘟起面含嗔。（成语一）　　　　　　［一鼓作气］

158. 仰泳决赛。（成语一）　　　　　　　　　［背水一战］

159. 谈论诗词谜。（成语一）　　　　　　　　［有言在先］

160. 者。（成语一）　　　　　　　　　　　　［有目共睹］

161. 忽闻岸上踏歌声。（三字俗语一）　　　　　　［送人情］

162. 怒发冲冠。（三字俗语一）　　　　　　　　　［气头上］

163. 削足适履。（三字俗语一）　　　　　　　　　［穿小鞋］

164. 老年人的饮食爱好。（五字俗语一）　　　　［吃软不吃硬］

165. 生旦末丑登台亮相。（五字俗语一）　　　　［眼不见为净］

166. 老大意转拙。（三字俗语一）　　　　　　　　［小聪明］

167. 北风呼呼雪纷飞。（六字俗语一）　　　　［吹得天花乱坠］

168. 口罩。（四字俗语一）　　　　　　　　　　［嘴上一套］

169. 踏破铁鞋无觅处。（三字俗语一）　　　　　　［行不得］

170. 一年只有五天在家。（五字俗语一）　　　　［三百六十行］

171. 专找熟人通电话。（五字俗语一）　　　　　［不打不相识］

172. 原始思维。（三字口语一）　　　　　　　　　［想当初］

173. 群情激愤。（三字口语一）　　　　　　　　　［通通气］

174. 阴暗面。（四字口语一） 　　　　　　　　［脸上无光］

175. 赛艇奖牌。（三字口语一） 　　　　　　　［划得来］

176. 唯有南北关系好。（三字口语一） 　　　　［坏东西］

177. 少来要滑头。（字一） 　　　　　　　　　［妙］

178. 擒贼先擒王。（四字常用语一） 　　　　　［从头抓起］

179. 强迫游泳。（四字常用语一） 　　　　　　［拉人下水］

180. 挠痒痒要使劲。（三字常用语一） 　　　　［抓重点］

181. 秋收万颗子。（科技名词一） 　　　　　　［纳米］

182. 一枝红杏出墙来。（四字常用语一） 　　　［对外开放］

183. 背负青天朝下看。（礼貌用语一） 　　　　［高见］

184. 咱不减肥。（礼貌用语一） 　　　　　　　［自己保重］

185. 举杯邀明月。（礼貌用语一） 　　　　　　［敬请光临］

186. 拨开云雾。（礼貌用语一） 　　　　　　　［明天见］

187. 这里的黎明静悄悄。（礼貌用语一） 　　　［早安］

188. 匡衡夜读。（礼貌用语一） 　　　　　　　［借光］

189. 人关还须再调整。（礼貌用语一） 　　　　［不送］

190. 二伏。（礼貌用语一） 　　　　　　　　　［对不起］

191. 后起之秀。（礼貌用语一） 　　　　　　　［晚上好］

192. 风打门来门自开。（礼貌用语一） 　　　　［没关系］

193. 一季开始。（明代人名一） 　　　　　　　［李自成］

194. 四面囤粮。（《三国演义》名一） 　　　　［周仓］

195. 前面走错了，后面一直去。（《三国演义》人名一） 　［赵云］

196. 寒梅初发青溪畔。（《水浒传》人名一） 　［宋清］

197. 万紫千红开满园。（《水浒传》人名一） 　［花荣］

198. 春秋半部，日月同辉。（《水浒传》人名一） 　［秦明］

199. 十次肇事九次快。（《水浒传》人名一） 　［徐宁］

200. 忽见陌头杨柳色。（《水浒传》人名一） 　［张青］

201. 左顾右盼。（《水浒传》人名一） 　　　　［张横］

202. 刀枪入库，马放南山。（《水浒传》人名一）　　　　　[武松]

203. 天各一方月影重。（《水浒传》人名一）　　　　　　[吴用]

204. 疑是横川落笔端。（台湾作家一）　　　　　　　　　[三毛]

205. 高堂明镜悲白发。（神话人物一）　　　　　　　　　[张果老]

206. 伯虎一再隐姓。（《西游记》人物一）　　　　　　　[唐三藏]

207. 衣冠不整下堂来。（黄山景点一）　　　　　　　　　[迎客松]

208. 日沉西岭一半秋。（北京名胜一）　　　　　　　　　[香山]

209. 张清绝技。（黄山景点一）　　　　　　　　　　　　[飞来石]

210. 横岭两侧俱空蒙。（安徽名胜一）　　　　　　　　　[黄山]

211. 旅美见闻录。（中国古代作品一）　　　　　　　　　[西游记]

212. 骏马奔驰人才出。（字一）　　　　　　　　　　　　[俊]

213. 一年之计。（五言唐诗一句）　　　　　　　　[当春乃发生]

214. 清点余钱。（五言唐诗一句）　　　　　　　　[花落知多少]

215. 垂涎三尺。（文学形式一）　　　　　　　　　　　　[顺口溜]

216. 掩卷长叹。（语文名词一）　　　　　　　　　　　　[观后感]

217. 往来无白丁。（应用文体一）　　　　　　　　　　　[通知书]

218. 联合国宪章。（数学名词一）　　　　　　　　　　[最大公约]

219. 枫林小径。（地理名词一）　　　　　　　　　　　　[赤道]

220. 逆水行舟。（地理名词一）　　　　　　　　　　　　[上游]

221. 春夏秋冬来复去。（生物名词一）　　　　　　　　　[年轮]

222. 奥运会会徽图。（美术名词一）　　　　　　　　　　[连环画]

223. 君歌且休听我歌。（音乐名词一）　　　　　　　　　[轮唱]

224. 哈里之战。（音乐名词一）　　　　　　　　　　　　[打击乐]

225. 到中流击水。（体育项目一）　　　　　　　　　　　[冲浪]

226. 十扣柴扉九不开。（足球术语一）　　　　　　　　[一次破门]

227. 格格整十七。（计算机用语一）　　　　　　　　　　[回车]

228. 失明也可拨电话。（计算机用语一）　　　　　　　　[盲打]

229. 国内改革须先行。（计算机用语一）　　　　　　　　[主页]

230. 何人不起故园情。（中药名一）　　　　　　　　［当归］

231. 节前有约去汕头。（食品一）　　　　　　　　　［山药］

232. 既要真心，又要虚心。（中药名一）　　　　　　［三七］

233. 情不自禁。（病名一）　　　　　　　　　　　　［感冒］

234. 巨额经商。（军事名词一）　　　　　　　　　　［大本营］

235. 千营共一呼。（军事名词一）　　　　　　　　　［军号］

236. 梁山英雄排座次。（交通用语一）　　　　　　　［泊位］

237. 跃上葱茏四百旋。（交通用语一）　　　　　　　［绕道］

238. 行为不公。（法律名词一）　　　　　　　　　　［走私］

239. 大地微微暖气吹。（节气一）　　　　　　　　　［小暑］

240. 彻底平冤案。（节气一）　　　　　　　　　　　［大雪］

241. 有粮之后天下安。（天文名词一）　　　　　　　［月食］

242. 昆仑山上一棵草。（教育用语一）　　　　　　　［高中生］

243. 飞雪漫天舞。（教育用语一）　　　　　　　　　［空白卷］

244. 大饼油条豆腐浆。（教育用语一）　　　　　　　［早点名］

245. 惟妙惟肖。（象棋术语一）　　　　　　　　　　［挺相］

246. 豹头环眼，燕颔虎须。（象棋术语一）　　　　　［飞相］

247. 云也手拉手。（围棋术语一）　　　　　　　　　［执白］

248. 嗷嗷待哺。（围棋术语一）　　　　　　　　［连续叫吃］

249. 雏凤凌空。（围棋术语一）　　　　　　　　　　［小飞］

250. 人在困中苦求变。（饮料名一）　　　　　　　　［茶叶］

251. 小米二字，重新搭配。（食品一）　　　　　　　［粽子］

252. 月上柳梢花自芳。（植物一）　　　　　　　　　［夜来香］

253. 纵使相逢应变样。（花名一）　　　　　　　　　［木兰］

254. 填平荒川，筑田种树。（水果一）　　　　　　　［芒果］

255. 我们的队伍向太阳。（摄影用语一）　　　　　　［集体照］

256. 却嫌脂粉污颜色。（文艺用语一）　　　　　　　［彩排］

257. 射击场上夺魁首，摔跤比赛获桂冠。（文娱形式一）　［打扑克］

258. 一路昂首向前进。（戏剧名词一） [道白]

259. 教育孩子敬长辈。（称谓一） [令尊大人]

260. 真心对人。（医界称呼一） [大夫]

261. 从不为自己着想。（称谓一） [老人家]

262. 好不了，坏不了，论职位，不得了。（称谓一） [女王]

263. 喜鹊飞一圈。（环保名词一） [爱鸟周]

264. 沙地变少也。（环保名词一） [水土流失]

265. 锢。（文化用品一） [回形针]

266. 半江瑟瑟半江红。（文化用品一） [水彩]

267. 听不进去。（仪器一） [耳塞]

268. 五一国庆传捷报。（成语一） [节节胜利]

269. 而立。（时节俗称一） [年三十]

270. 燃放鞭炮须谨慎。（俗语一） [小心点]

271. 初听布谷声声叫。（电视用语一） [新闻联播]

272. 妇女节前夕起航。（口语一） [三七开]

273. 女子今有行。（礼貌用语一） [走好]

274. 图中绿树成荫。（植物一） [冬青]

275. 勤出力，多造林。（花名一） [木槿]

276. 儿时常看《西游记》。（成语一） [少见多怪]

277. 军号响，红旗飘。（成语一） [有声有色]

278. 布下三面包围圈。（字一） [匝]

279. 学生后入场。（称谓一） [先进教师]

280. 灵犀一点怀中国。（字一） [蝈]

281. 岁岁重阳，今又重阳。（数学名词一） [循环节]

282. 鹤发童颜。（食品一） [长寿面]

283. 人生何处不离群。（比赛用词一） [总得分]

284. 这位就是负责人。（人体部位一） [手指头]

285. 日落之后过赤道。（四字俗语一） [一夜走红]

286. 笑问客从何处来。（汽车部件一） 〔方向盘〕

287. 早餐有，午饭没，晚餐有，夜宵没。（天文现象一） 〔日食〕

288. 云鬓丹巾裹。（微信用语一） 〔发红包〕

289. 若有一言便相许。（字一） 〔诺〕

290. 目空一切未改变。（国名一） 〔日本〕

291. 虽已空前没绝后。（字一） 〔浊〕

292. 来人首先留一手。（字一） 〔拳〕

293. 出门来问可寻根。（字一） 〔问〕

294. 凡心合随江水逝。（字一） 〔恐〕

295. 花下隐约脸半遮。（字一） 〔荟〕

296. 闭口不问图省心。（字一） 〔团〕

297. 一旦抽查有票根。（字一） 〔标〕

298. 江天一色无纤尘。（电脑名词一） 〔清空〕

299. 广安木材放圈外。（食品一） 〔麻团〕

300. 何不带人去河西。（经济作物一） 〔可可〕

301. 山里月初要下雪。（字一） 〔归〕

302. 江帆西来欲东行。（日用品一） 〔浴巾〕

303. 高空不要抛东西。（字一） 〔宄〕

304. 重新摆布更漂亮。（字一） 〔帅〕

305. 自留清白在人间。（字一） 〔大〕

306. 当天前呼后拥到。（《水浒传》人名一） 〔吴用〕

307. 一点无求鉴真心。（字一） 〔泰〕

308. 共食不饱。（字一） 〔几〕

309. 一直深入到基层。（字一） 〔去〕

310. 二〇一六。（智力玩具一） 〔九连环〕

311. 春季同游三人行。（唐诗人一） 〔李白〕

312. 荷包上先绣点字。（字一） 〔药〕

313. 向前依旧有坦途。（字一） 〔但〕

314. 每到人前总受欺。（字一） 　　　　　　［侮］

315. 江东代有人才出。（字一） 　　　　　　［式］

316. 日企厂家不划算。（数学口诀一） 　　　　［四六二十四］

317. 打隧道技术一流。（动物一） 　　　　　　［穿山甲］

318. 国有宁日。（福建地名一） 　　　　　　　［华安］

319. 上下团结如一人。（字一） 　　　　　　　［娱］

320. 池前折桂听蛙声。（字一） 　　　　　　　［洼］

321. 街头一时变了样。（字一） 　　　　　　　［得］

322. 心已无意听雨声。（字一） 　　　　　　　［昱］

323. 下岗后又跑买卖。（字一） 　　　　　　　［岐］

324. 禁止儿童放鞭炮。（三字口语一） 　　　　［小不点］

325. 立在一旁请莫言。（字一） 　　　　　　　［靖］

326. 真心服从分配。（称谓一） 　　　　　　　［大夫］

327. 变化少一点点。（字一） 　　　　　　　　［沾］

328. 灯烛床前更二点。（字一） 　　　　　　　［痰］

329. 欲需先取。（节气一） 　　　　　　　　　［谷雨］

330. 池间水清夕阳沉。（国名一） 　　　　　　［也门］

331. 口角当在此间生。（字一） 　　　　　　　［嘴］

332. 用心却遭慢待，偏心反而高兴。（字一）　　［台］

333. 未言之谊开口唱。（城市名称一） 　　　　［宜昌］

334. 当初不合争露头。（节气一） 　　　　　　［小雪］

335. 来日迁安赴筵席。（字一） 　　　　　　　［宴］

336. 抽烟要控制。（日用品一） 　　　　　　　［吸管］

337. 左右随从共十一。（字一） 　　　　　　　［坠］

338. 眼前枝头起变化。（国名一） 　　　　　　［日本］

339. 芳草离离人独立。（字一） 　　　　　　　［茌］

340. 安南一带收成好。（字一） 　　　　　　　［了］

341. 首得胜利开好头。（花名一） 　　　　　　［月季］

342. 力不足难以言勇。（字一）　　　　　　　　［诵］

343. 捐弃前嫌广为团结。（字一）　　　　　　　［廉］

344. 立户头存入现金。（字一）　　　　　　　　［全］

345. 远近高低各不同。（交通用语一）　　　　　［错峰］

346. 昔日别去只身离。（字一）　　　　　　　　［哄］

347. 再上板桥听伊声。（字一）　　　　　　　　［一］

348. 零落之后心无悔。（字一）　　　　　　　　［霉］

349. 牵肠挂肚空对月。（字一）　　　　　　　　［场］

350. 上堂已了各西东。（字一）　　　　　　　　［吐］

351. 非要挤挤才满意。（字一）　　　　　　　　［丰］

352. 画堂深处人独立。（字一）　　　　　　　　［估］

353. 测试时一无所知。（教育用语一）　　　　　［考生］

354. 格格不入缺点大。（字一）　　　　　　　　［哭］

355. 分开是一页，合起是一页，若问它干嘛？答案要你解。（字一）

　　　　　　　　　　　　　　　　　　　　　　［题］

356. 换个时间做笔录。（老师批改行为一）　　　［改日记］

357. 演讲两小时，行程几分钟。（成语一）　　　［说长道短］

358. 山东打闪山西下雨。（节约标语一）　　　　［省电省水］

359. 西安一日游，游罢秀一秀。（字一）　　　　［晒］

360. 碎成两三块。（民俗一）　　　　　　　　　［破五］

361. 一举兴亡作动员。（字一）　　　　　　　　［喷］

362. 提前两点走，人来就上车。（字一）　　　　［输］

363. 一脉相承。（印刷品一）　　　　　　　　　［传单］

364. 暗中生疑。（文书用语一）　　　　　　　　［公开信］

365. 桃李不言。（食品一）　　　　　　　　　　［话梅］

366. 南岳一望中。（古代科学家一）　　　　　　［张衡］

七、初一年级每日灯谜

1. 终有离别时。（体育用语一）　　　　　　　　　［最后得分］

2. 飞机迷航，请求指示。（旅游设施一）　　　　　［空中索道］

3. 择邻断机为了啥？（教育用语一）　　　　　　　［希望小学］

4. 她的外甥。（网络用语一）　　　　　　　［伊妹儿（E-mail）］

5. 兄长未婚。（称谓一）　　　　　　　　　　　　　［空嫂］

6. 扫除黑恶连锅端。（数学名词一）　　　　　　　　［整除］

7. 听到卧倒口令声。（成语一）　　　　　　　　　［五体投地］

8. 好像等于三分之一。（字一）　　　　　　　　　　　［二］

9. 赴汤蹈火，人人出力。（医学词一）　　　　　　　［烫伤］

10. 三至五点入川来。（城市名一）　　　　　　　　　［兰州］

11. 为师保送一人。（新词语一）　　　　　　　　　　［帅呆］

12. 天天赴宴腰如桶。（礼貌用语一）　　　　　　　［请多保重］

13. 航班班次大增加。（成语一）　　　　　　　　　［有机可乘］

14. 梳子梳头。（成语一）　　　　　　　　　　　　［一触即发］

15. 无须手拎。（电信名词一）　　　　　　　　　　　［免提］

16. 弟子明白。（学校组织一）　　　　　　　　　　　［学生会］

17. 刃字巧变化。（字一）　　　　　　　　　　　　　　［勺］

18. 消灭蚂蚁虫，一定调结构。（字一）　　　　　　　　［骚］

19. 动员上方，提高人地位。（字一）　　　　　　　　　［呐］

20. 温情始终在，青春早已逝。（节气一）　　　　　　　［清明］

21. 来日轧空头，小散大交割。（日常用品一）　　　　　［电灯］

22. 人近古稀争上进，雄心犹在献一生。（电脑名词一）　　［软件］

23. 稍话回川传音讯。（字一）　　　　　　　　　　　　［训］

24. 锣声鼓声听未真。（省名一）　　　　　　　［广东］

25. 周扒皮学鸡叫了二声。（字一）　　　　　　［古］

26. 韩江先得月，一水连三桥。（广东地名一）　［潮州］

27. 谢绝参观妇产科。（五言唐诗一）　　　　　［人生不相见］

28. 官僚摆谱，将军挺肚。（乐器一）　　　　　［架子鼓］

29. 人人参与也有我。（字一）　　　　　　　　［徐］

30. 人民币一次存入。（字一）　　　　　　　　［美］

31. 盘问得双眉紧锁须儿翘。（字一）　　　　　［阅］

32. 慢速跑步能健身。（新词语一）　　　　　　［奔小康］

33. 脑袋瓜不小，就是有点笨。（蔬菜一）　　　［大头菜］

34. 空降部队攻山头。（成语一）　　　　　　　［先下后上］

35. 120 海鸥牌。（家用电器一）　　　　　　　　［打蛋机］

36. 大刀向鬼子的头上砍去。（字一）　　　　　［归］

37. 开枪为他送行。（四字常言一）　　　　　　［打击别人］

38. 请客不用烟酒茶。（中国地理名词一）　　　［东三省］

39. 溜冰切不可大意。（安全提示用语一）　　　［小心地滑］

40. 十二月抵沪。（银行用语一）　　　　　　　［清户］

41. 禾中长草心不忙。（节气一）　　　　　　　［芒种］

42. 该出言也该出力。（字一）　　　　　　　　［劾］

43. 潜下深水分开找。（舞蹈名词一）　　　　　［探戈］

44. 半部草案。（礼貌用语一）　　　　　　　　［早安］

45. 最先下基层。（北京名胜一）　　　　　　　［日坛］

46. 领先就是样样走在前。（动物一）　　　　　［羚羊］

47. 甲字出头，不是申字。（字一）　　　　　　［岬］

48. 两道闪电雨点下。（字一）　　　　　　　　［专］

49. 热泪盈眶。（金鱼品种一）　　　　　　　　［水泡眼］

50. 善事从我做起。（成语一）　　　　　　　　［好自为之］

51. 怎样熄灭酒精灯。（篮球用语一）　　　　　［盖帽］

52. 宅于家中不遭殃。（成语一） [在所难免]

53. 唐僧西行图个啥。（成语一） [一本正经]

54. 姚明独自在守候。（成语一） [高人一等]

55. 读英语书，说表态话。（成语一） [不可言状]

56. 暮冬声声更动听。（字一） [栋]

57. 头上乌鸦叫。（三字口语一） [顶呱呱]

58. 似是三十会知音。（字一） [汁]

59. 三番两次将断交。（诗歌体裁一） [五言绝句]

60. 子丑寅卯辰巳午未申亥。（成语一） [鸡犬不留]

61. 六一一回来，自当冬后去。（节气一） [立夏]

62. 鸡声留韵无新意。（字一） [旧]

63. 算来一尺一，读来是四声。若问什么字，请向庙字看。（字一）

[寺]

64. 一生为吏。（字一） [史]

65. 前台二人明日走。（字一） [脍]

66. 北京绿化带。（《水浒传》人名一） [燕青]

67. 清明前夜。（节日一） [元宵]

68. 八戒步入火焰山。（四字菜肴名一） [红烧猪蹄]

69. 是非必须分开看。（字一） [丰]

70. 轻舟已过万重山。（NBA 球队一） [快船]

71. 风凉话。（成语一） [冷言冷语]

72. 悲声不在楼头放。（字一） [杯]

73. 终生念伊减姿容。（字一） [一]

74. 闻乡音，未吐一字泪两行。（字一） [湘]

75. 东西南北皆是。（国名一） [中非]

76. 岁寒三友见松竹。（德国城市名一） [不来梅]

77. 早不说晚不说。（字一） [许]

78. 抢占中腹。（成语一） [不着边际]

79. 家丑不可外扬。（歌曲名一）　　　　　　　　［美丽的传说］

80. 后入库的没检查。（四字用语一）　　　　　　［先进经验］

81. "坏"作何解？（四字口语一）　　　　　　　　［不好意思］

82. 水帘洞外何所见。（成语一）　　　　　　　　　［口若悬河］

83. 孟母三迁。（医学名词一）　　　　　　　　　　［转移因子］

84. 八达岭上月如牙。（字一）　　　　　　　　　　　　［瓜］

85. 晓得了就吱一声。（字一）　　　　　　　　　　　　［知］

86. 圆脸变长脸。（食品一）　　　　　　　　　　　　［拉面］

87. 为人用心，高看两眼。（字一）　　　　　　　　　　［伴］

88. 开彩前日到首都。（字一）　　　　　　　　　　　　［影］

89. 致力组建二十三中。（字一）　　　　　　　　　　　［勤］

90. 猜得出色必封侯。（字一）　　　　　　　　　　　　［猴］

91. 舍下曲径通金顶。（字一）　　　　　　　　　　　　［吸］

92. 南开紧跟清华北大跑。（字一）　　　　　　　　　　［奔］

93. 好像本来就不聪明。（字一）　　　　　　　　　　　［竹］

94. 二人横目志难合。（字一）　　　　　　　　　　　　［德］

95. 提起从前泪痕在。（字一）　　　　　　　　　　　　［箭］

96. 脱去衣衫全变样。（字一）　　　　　　　　　　　　［珍］

97. 成本一定要下降。（字一）　　　　　　　　　　　　［未］

98. 干了再干，还要放手。（字一）　　　　　　　　　　［拜］

99. 丹唇未启笑先闻。（字一）　　　　　　　　　　　　［哈］

100. 篱横竹覆处，隐隐有家人。（字一）　　　　　　　　［篇］

101. 重阳重九两难分。（字一）　　　　　　　　　　　　［果］

102. 板桥曙色添牛迹。（字一）　　　　　　　　　　　　［星］

103. 求出正方形，除非加直线。（字一）　　　　　　　　［匝］

104. 山里乡乡变了样。（字一）　　　　　　　　　　　　［幽］

105. 四方归心，统一和平。（字一）　　　　　　　　　　［秤］

106. 孤老不孤，有人照顾。（字一）　　　　　　　　　　［佬］

107. 豆蔻年华只眼前。（字一）　　　　　　　　　　　［省］

108. 六桥如画艳阳里。（字一）　　　　　　　　　　　［冥］

109. 匠心独运补残篇。（字一）　　　　　　　　　　　［匾］

110. 天下何人不识君。（字一）　　　　　　　　　　　［琦］

111. 天上人间两渺茫。（字一）　　　　　　　　　　　［巫］

112. 开发浦东时，萌动新构思。（字一）　　　　　　　［潮］

113. 画楼人依小窗阁，帘外斜风吹细雨。（字一）　　　［彤］

114. 锅漏漏干船漏满。（成语一）　　　　　　　　　［破釜沉舟］

115. 回首一望怨恨生。（成语一）　　　　　　　　　［反目成仇］

116. 毛遂自荐。（成语一）　　　　　　　　　　　　［推己及人］

117. 夫人要去西湖。（乐器一）　　　　　　　　　　　［二胡］

118. 没钱买鞋穿。（成语一）　　　　　　　　　　　［金无足赤］

119. 喷薄欲出蔚云霞。（成语一）　　　　　　　　　［阳刚之美］

120. 山雨欲来风满楼。（成语一）　　　　　　　　　［居高临下］

121. 东京北京互通贸易。（成语一）　　　　　　　　［日中为市］

122. 登程寄语泪暗垂。（成语一）　　　　　　　　　［行云流水］

123. 是进亦忧退亦忧。（成语一）　　　　　　　　　［乐在其中］

124. 水帘洞外何所见。（成语一）　　　　　　　　　［口若悬河］

125. 为何用秤。（成语一）　　　　　　　　　　　　［不知轻重］

126. 马路噪音多，实在真讨厌。（成语一）　　　　　［怨声载道］

127. 开枪，为他送行。（三字俗语一）　　　　　　　　［别发火］

128. 得陇难望蜀。（三字俗语一）　　　　　　　　　　［巴不得］

129. 剪发旧称剃头。（三字俗语一）　　　　　　　　　［不讲理］

130. 台胞来观光，惊叹面貌改。（五字俗语一）　　　［发现新大陆］

131. 流萤如火。（五字俗语一）　　　　　　　　　　［有点飘飘然］

132. 来回猛扣一百记。（六字俗语一）　　　　　　　［各打五十大板］

133. 钢盔。（五字俗语一）　　　　　　　　　　　　［硬着头皮上］

134. 未忍飞蛾扑，还将纨扇遮。（三字俗语一）　　　　［可怜虫］

135. 临终望儿归。（四字俗语一） ［死要面子］

136. 牛排降价。（三字俗语一） ［贱骨头］

137. 离人一曲阳春和。（四字口语一） ［别唱高调］

138. 人生地不熟。（五字口语一） ［只有天晓得］

139. 忿。（五字口语一） ［别放在心上］

140. 巷里抓丁。（三字口语一） ［捉弄人］

141. 荷尽已无擎雨盖。（五字口语一） ［留下个把柄］

142. 朝如青丝暮成雪。（四字常用语一） ［发生变化］

143. 捕杀。（四字常用语一） ［抓住要害］

144. 日高三丈犹拥被。（四字常用语一） ［想不起来］

145. 春风杨柳拂窗前。（四字常用语一） ［格外垂青］

146. 伞兵中埋伏。（五字常用语一） ［落后要挨打］

147. 残菊飘零满地金。（《三国演义》人名一） ［黄盖］

148. 相逢一笑泯恩仇。（《水浒传》人名一） ［乐和］

149. 信手涂鸦屋舍中。（称谓一） ［漫画家］

150. 关云长千里走单骑。（《水浒传》人名一） ［顾大嫂］

151. 战斗里成长。（《水浒传》人名一） ［武大］

152. 才高八斗。（《水浒传》诨名一） ［智多星］

153. 逢人只说三分话。（《水浒传》人名一） ［安道全］

154. 唯将真心留笔底。（台湾作家一） ［三毛］

155. 点点滴滴为儿女，日月牵挂。（中国运动员一） ［姚明］

156. 奔驰轿车为红色。（外国运动员一） ［乔丹］

157. 放眼世界。（名画家一） ［张大千］

158. 往事知多少。（神话人物一） ［盘古］

159. 昨日之日不可留。（国名一） ［乍得］

160. 针对她和你。（国名一） ［扎伊尔］

161. 耿耿星河欲曙天。（国名一） ［约旦］

162. 长夜漫漫何时旦。（国名一） ［巴黎］

163. 岁首京口一相逢。（北京名胜一）　　　　　　　　　　［景山］

164. 画中新月挂前峰。（辽宁名胜一）　　　　　　　　　　［千山］

165. 失物送上门。（五言唐诗一）　　　　　　　　　　　　［不见有人还］

166. 仙逝。（五言唐诗一）　　　　　　　　　　　　　　　［空山不见人］

167. 说话不离格。（语文名词一）　　　　　　　　　　　　［方言］

168. 松绑才有出路。（数学名词一）　　　　　　　　　　　［解方程］

169. 一笔画三千。（美术名词一）　　　　　　　　　　　　［速写］

170. 冰上舞曲。（音乐名词一）　　　　　　　　　　　　　［滑音］

171. 歌管楼台声细细。（音乐名词一）　　　　　　　　　　［轻音乐］

172. 春天一日游。（音乐名词一）　　　　　　　　　　　　［合奏］

173. 战争让女人走开。（体育项目一）　　　　　　　　　　［男子单打］

174. 天上有个太阳。（体育用语一）　　　　　　　　　　　［界外球］

175. 足以致怒。（病名一）　　　　　　　　　　　　　　　［脚气］

176. 只此一家别无分店。（军事名词一）　　　　　　　　　［独立营］

177. 枪伤。（武器一）　　　　　　　　　　　　　　　　　［中子弹］

178. 直言难奏效。（交通用语一）　　　　　　　　　　　　［绕道而行］

179. 三军过后尽开颜。（交通用语一）　　　　　　　　　　［旅途愉快］

180. 能言善语。（外交用语一）　　　　　　　　　　　　　［会谈］

181. 乡试。（法律名词一）　　　　　　　　　　　　　　　［选举人］

182. 进士。（法律名词一）　　　　　　　　　　　　　　　［被选举人］

183. 日月潭边寄情心。（节气一）　　　　　　　　　　　　［清明］

184. 先有粮而后可安天下。（节气一）　　　　　　　　　　［谷雨］

185. 长大成了半瓶醋。（节气一）　　　　　　　　　　　　［小满］

186. 斜阳西下起炊烟。（天文名词一）　　　　　　　　　　［日偏食］

187. 一言堂变群言堂。（气象用语一）　　　　　　　　　　［少云转多云］

188. 高处不胜寒。（气象用语一）　　　　　　　　　　　　［低温］

189. 脱颖而出。（教育用语一）　　　　　　　　　　　　　［尖子生］

190. 我要读书。（教育用语一）　　　　　　　　　　　　　［上学期］

191. 泉源在庭户。（单位一） 〔派出所〕

192. 厂里产品力求更新。（调味品一） 〔咖喱〕

193. 秋灯黯然月光明。（调味品一） 〔丁香〕

194. 酸甜咸辣苦相思。（食品一） 〔五味豆〕

195. 普遍实行责任制。（食品一） 〔大面包〕

196. 两次到山东，山东变了样。（水产一） 〔鳎鱼〕

197. 林边堤旁对月鸣。（鸟名一） 〔杜鹃〕

198. 重放的鲜花。（花名一） 〔千里香〕

199. 产后须进补，固本又益人。（书法名词一） 〔颜体〕

200. 独酌无相亲。（集邮名词一） 〔孤品〕

201. 寂寞嫦娥舒广袖。（文艺形式一） 〔单人舞〕

202. 巡逻在祖国的边防线上。（环保名词一） 〔环境保护〕

203. 从戈壁归来。（生活用品一） 〔双人沙发〕

204. 教师的希望。（学校组织一） 〔学生会〕

205. 改革困境务须开放。（商标一） 〔格力〕

206. 从左到右从前到后。（曲艺形式一） 〔二人转〕

207. 芳心错许人散伙。（字一） 〔炆〕

208. 风中箫声未知意。（字母一） 〔X〕

209. 边城秋日犹飘香。（字一） 〔灶〕

210. 上下团结如一人。（字一） 〔娱〕

211. 看戏又要去听歌。（字一） 〔戈〕

212. 元字写错少一画。（二字口语一） 〔完了〕

213. 若有框框直须破。（字一） 〔匪〕

214. 分头取道挥手别。（抗战名词一） 〔八路军〕

215. 生水不能喝。（俗语一） 〔吃得开〕

216. 没有一个是文盲。（应用文体一） 〔通知书〕

217. 星星又伴眉月上。（字一） 〔冬〕

218. 花前化解积怨心。（字一） 〔苑〕

219. 一波未平，一波又起。（数学符号一） 　　　　　　　[≈]

220. 赢得万人瞩目。（成语一） 　　　　　　　　　　　　[不负众望]

221. 乌鸦投石巧解渴。（生活用品一） 　　　　　　　　　[饮水机]

222. 各方离去独自归。（字一） 　　　　　　　　　　　　[夏]

223. 池塘晨霜半化开。（自然灾害一） 　　　　　　　　　[地震]

224. 唯余掌声响。（摄影用语一） 　　　　　　　　　　　[自拍]

225. 剪下前襟开始缝。（学校用语一） 　　　　　　　　　[初一]

226. 当天分开，一定小心。（数学名词一） 　　　　　　　[大于]

227. 几声鸡啼扰兴。（口令语一） 　　　　　　　　　　　[一二三四]

228. 该多出力少说话。（字一） 　　　　　　　　　　　　[劾]

229. 矿工井上待接班。（成语一） 　　　　　　　　　　　[等而下之]

230. 闺楼宜半掩，无事且听弦。（字一） 　　　　　　　　[闲]

231. 一组疏篱影倒出。（字一） 　　　　　　　　　　　　[带]

232. 层云隐约笼仙山。（字一） 　　　　　　　　　　　　[倔]

233. 医院条文一清二楚。（西点一） 　　　　　　　　　　[三明治]

234. 不在言语看行动。（字一） 　　　　　　　　　　　　[衢]

235. 今旦行吟游西湖。（乐器一） 　　　　　　　　　　　[二胡]

236. 休闲林下戈未解。（字一） 　　　　　　　　　　　　[阀]

237. 别开一格自成家。（字一） 　　　　　　　　　　　　[豪]

238. 夺冠军者为歌后。（字一） 　　　　　　　　　　　　[软]

239. 不得长鞭不肯行。（游击战术一） 　　　　　　　　　[打了就走]

240. 正草隶篆无范本。（成语一） 　　　　　　　　　　　[行之有效]

241. 没有不散的筵席。（体育名词一） 　　　　　　　　　[团体总分]

242. 一不及格就唾弃。（字一） 　　　　　　　　　　　　[呸]

243. 近水楼台先得月。（字一） 　　　　　　　　　　　　[滑]

244. 做人首先要正。（字一） 　　　　　　　　　　　　　[伞]

245. 同道闻仁修大义。（称谓一） 　　　　　　　　　　　[文人]

246. 同心安家十一载。（称谓一） 　　　　　　　　　　　[土豪]

247. 章华台下暮夜中。（字一） 〔茗〕

248. 人生抱负点滴始。（字一） 〔资〕

249. 原厂没有变化。（字一） 〔疢〕

250. 对上级直呼其名。（三字常言一） 〔不称职〕

251. 千载浮云一望收。（字一） 〔丢〕

252. 帘一摆动意君来。（字一） 〔帝〕

253. 片甲不留。（发型一） 〔光头〕

254. 双方配合竟夺金。（游乐设施一） 〔哈哈镜〕

255. 搞不到手，只得求人。（《水浒传》人名一） 〔高俅〕

256. 下台更持低姿态。（字一） 〔恣〕

257. 老了后靠子。（字一） 〔孝〕

258. 夜半无人私语时。（四字口语一） 〔小声一点〕

259. 当天玉门雨倾盆。（CCTV栏目一） 〔今日关注〕

260. 芳心错许如刀割。（字一） 〔刘〕

261. 看错病，几成精神病。（字一） 〔疯〕

262. 这周准要引水来。（哈尔滨景观一） 〔冰雕〕

263. 妆后凭倚栏杆前。（字一） 〔娄〕

264. 改造山水费时日。（字一） 〔浔〕

265. 酒席散后又相逢。（字一） 〔渡〕

266. 雪，一直在下，一直在下。（字一） 〔霜〕

267. 白头才见孔仲尼。（字一） 〔乒〕

268. 一对变态叶。（福建地名一） 〔古田〕

269. 破格用人似有我。（字一） 〔赊〕

270. 后期又有变动。（交际用语一） 〔朋友〕

271. 须把咽喉吞世界。（乒乓球术语一） 〔吃球〕

272. 世界和平。（成语一） 〔天下无敌〕

273. 欲谋上计莫心急。（字一） 〔趋〕

274. 中州一改旧面貌。（字一） 〔恒〕

275. 前后配合巧转移。（字一）　　　　　　　　　　　　[喻]

276. 近水楼棚先得月。（字一）　　　　　　　　　　　　[渭]

277. 中堂对联送上门。（字一）　　　　　　　　　　　　[闹]

278. 只讲自己的强项。（四字口头语一）　　　　　　　　[不如不说]

279. 大连少女就是美。（字一）　　　　　　　　　　　　[姜]

280. 连山起烟雾。（字一）　　　　　　　　　　　　　　[风]

281. 一到西安近黄昏。（字一）　　　　　　　　　　　　[酉]

282. 剩利分给这一人。（高校简称一）　　　　　　　　　[北大]

283. 泣涕忽沾裳。（成语一）　　　　　　　　　　　　　[一衣带水]

284. 东南日出西边雨。（节气一）　　　　　　　　　　　[小雪]

285. 八尺见方距离近。（字一）　　　　　　　　　　　　[咫]

286. 笔墨所不能形容。（字典用语一）　　　　　　　　　[难字表]

287. 点横撇捺不成文。（字一）　　　　　　　　　　　　[之]

288. 偶入宫中不见人。（字一）　　　　　　　　　　　　[喝]

289. 意乱无心听筝声。（字一）　　　　　　　　　　　　[昱]

290. 有爱心一点无忧。（字一）　　　　　　　　　　　　[忱]

291. 只教一学徒。（宣传品一）　　　　　　　　　　　　[传单]

292. 剃头不要开玩笑。（称谓一）　　　　　　　　　　　[正经理]

293. 理发师收徒。（成语一）　　　　　　　　　　　　　[从头学起]

294. 一周假日有空暇。（字一）　　　　　　　　　　　　[倜]

295. 用人一定要先考量。（字一）　　　　　　　　　　　[奢]

296. 重孝之后礼先行。（春秋人名一）　　　　　　　　　[孔子]

297. 杀之儆猴效未奏。（菜肴一）　　　　　　　　　　　[白斩鸡]

298. 台上八成作秀中。（字一）　　　　　　　　　　　　[松]

299. 艰难临头全靠拼。（商业用语一）　　　　　　　　　[双11]

300. 峰头月影堂中印。（字一）　　　　　　　　　　　　[嵩]

301. 不贪一文，力求成功。（称谓一）　　　　　　　　　[义工]

302. 天宇无纤云。（微信用语一）　　　　　　　　　　　[清空]

303. 赛事作了新规定。（成语一） 　　　　　　　　［今非昔比］

304. 你左我右同进门。（字一） 　　　　　　　　　［阀］

305. 一旦托付于先生。（字一） 　　　　　　　　　［得］

306. 上前一小步。（三字口语一） 　　　　　　　　［不大行］

307. 提前召回尤必要。（二字谦辞一） 　　　　　　［叨扰］

308. 甘苦同心建新家。（称谓一） 　　　　　　　　［土豪］

309. 初秋离鲁赴南宁。（水产一） 　　　　　　　　［丁香鱼］

310. 人一生，命相连。（字一） 　　　　　　　　　［叩］

311. 百搭缺它是白搭。（字一） 　　　　　　　　　［一］

312. 十载同心宛如初。（江西省地名一） 　　　　　　［吉安］

313. 此花开尽更无花。（礼貌用语一） 　　　　　　　［多谢了］

314. 看颜色漂亮，听声音响亮。（字一） 　　　　　　［靓］

315. 一见就知是师兄。（称谓一） 　　　　　　　　　［帅哥］

316. 户庭无尘杂。（单位一） 　　　　　　　　　　　［卫生院］

317. 提拔之前听分派。（商店用语一） 　　　　　　　［折扣］

318. 始料不及提前到。（字一） 　　　　　　　　　　［抖］

319. 雨后当头月，高空起箫声。（字一） 　　　　　　［霄］

320. 一曲风飘飘。（选举名词一） 　　　　　　　　　［唱票］

321. 感情融洽无所憾。（字一） 　　　　　　　　　　［青］

322. 裙子下端有皱褶。（三字俗语一） 　　　　　　　［摆不平］

323. 寒梅雪艳初绽放。（饮品一） 　　　　　　　　　［凉白开］

324. 请把手放在背后。（安徽省地名一） 　　　　　　［合肥］

325. 一离仙山凡心动。（字一） 　　　　　　　　　　［伉］

326. 自幼性癖。（三字网游行为一） 　　　　　　　　［打小怪］

327. 年后多半爱顶碰。（字一） 　　　　　　　　　　［舜］

328. 待兄去后才答应。（字一） 　　　　　　　　　　［允］

329. 可以调查研究。（招生用语一） 　　　　　　　　［准考证］

330. 一经落红杏无香。（字一） 　　　　　　　　　　［久］

331. 离岛一载又相聚。（动物一）　　　　　　　　　　　［山鸡］

332. 初八开始收川贝。（字一）　　　　　　　　　　　　［顺］

333. 盏中无遗情难假。（器皿一）　　　　　　　　　　　［真空杯］

334. 三十方知愁滋味。（字一）　　　　　　　　　　　　［苦］

335. 二胡演奏成时尚。（流行词语一）　　　　　　　　　［拉风］

336. 万先生平易近人。（字一）　　　　　　　　　　　　［金］

337. 王安石首创日字谜。（字一）　　　　　　　　　　　［碧］

338. 连理枝头残雪飞。（字一）　　　　　　　　　　　　［霖］

339. 晓月光明落西峰。（字一）　　　　　　　　　　　　［峣］

340. 要亲近得走走。（字一）　　　　　　　　　　　　　［新］

341. 挑出百万同心人。（字一）　　　　　　　　　　　　［拾］

342. 决策前后看结果。（字一）　　　　　　　　　　　　［枣］

343. 一鸟飞临栖枝头。（字一）　　　　　　　　　　　　［枭］

344. 声音一出现了丑。（字一）　　　　　　　　　　　　［生］

345. 发球之势要改变。（字一）　　　　　　　　　　　　［抛］

346. 初夏送人——别。（字一）　　　　　　　　　　　　［道］

347. 夫妻各驾一辆车。（反腐名词一）　　　　　　　　　［双开］

348. 放手开拓，砥砺前行。（字一）　　　　　　　　　　［磊］

349. 而立之年贡献大。（字一）　　　　　　　　　　　　［奔］

350. 清楚后为时已晚。（字一）　　　　　　　　　　　　［梦］

351. 合作改革请加入。（新称谓一）　　　　　　　　　　［大咖］

352. 草鱼刀鱼，并非一鱼。（字一）　　　　　　　　　　［蓟］

353. 一来又生乱了。（农作物一）　　　　　　　　　　　［麦子］

354. 双方给力有奔头。（新称谓一）　　　　　　　　　　［大咖］

355. 每家各念自家经。（供水名词一）　　　　　　　　　［一户一表］

356. 幽境空山兰初发。（字一）　　　　　　　　　　　　［兹］

357. 独钓寒江雪。（网络用语一）　　　　　　　　　　　［一人下线］

358. 前番离散盼兄来。（字一）　　　　　　　　　　　　［税］

359. 琴棋书画样样会。（体育项目一） 　　　　　　［四项全能］

360. 双方一见就生气。（小病症一） 　　　　　　　　［口吃］

361. 我虽白头雄心在。（字一） 　　　　　　　　　　　［徐］

362. 欲语泪先流。（字一） 　　　　　　　　　　　　　　［冒］

363. 山寺多半藏宝玉。（民俗一） 　　　　　　　　　　［守岁］

364. 万山红遍。（运动员一） 　　　　　　　　　　　　［林丹］

365. 北定中原，人归一统。（字一） 　　　　　　　　　［宿］

366 这口气一定要出。（字一） 　　　　　　　　　　　　［吃］

八、初二年级每日灯谜

1. 箫声琴韵意甚苦。（字一） 　　　　　　　　　　　　［辛］

2. 人要有一点品格。（字一） 　　　　　　　　　　　　［器］

3. 想来还得长心眼。（字一） 　　　　　　　　　　　　［木］

4. 九州联网。（民俗物品一） 　　　　　　　　　　　［中国结］

5. 二者必居其一。（礼貌用语一） 　　　　　　　　　［对不住］

6. 抱着古书啃。（三字俗语一） 　　　　　　　　　　［吃老本］

7. 鼎足各据一方。（字一） 　　　　　　　　　　　　　［品］

8. 送雄留其雌。（数学名词一） 　　　　　　　　　　［公分母］

9. 盈门喜气呈祥瑞。（店招一） 　　　　　　　　　　［家乐福］

10. 湘女泪洒复赛后。（字一） 　　　　　　　　　　　　［樱］

11. 当要改写清零后。（节气一） 　　　　　　　　　　　［小雪］

12. 不使人间有横行。（字一） 　　　　　　　　　　　　［史］

13. 乱云飞渡天有变。（字一） 　　　　　　　　　　　　［叁］

14. 世界这么大，我想去看看。（三字玩具一） 　　　　［溜溜球］

15. 靠才能生钱，工作有奉献，收入增加得庆祝，两次先进需表

扬。（字一） [贝]

16. 东边一百合，西边有八千；东边挂在天，西边栽在田。（字一）

[科]

17. 六倍一打，千倍一担。（字一） [两]

18. 童话植树。（语言学名词一） [小语种]

19. 变态凶手很小气。（字一） [抠]

20. 男子宣布参加歌手赛。（语文名词一） [汉语拼音]

21. 不要扔了还有用。（字一） [甮]

22. 听说会一直开花。（字一） [卉]

23. 欲先进，需上进。（节气一） [谷雨]

24. 待日落时，与足下会。（字一） [徒]

25. 瑞气盈门。（摄影名词一） [全家福]

26. 胜境。（成语一） [不败之地]

27. 忙不及看。（成语一） [等闲视之]

28. 一来就闻狗叫声。（字一） [江]

29. 总而言之。（成语一） [不由分说]

30. 内。（排球用语一） [单人拦网]

31. 错过战机。（排球用语一） [打时间差]

32. 浪花里飞出欢乐的歌。（化妆品一） [曲发水]

33. 高层住宅。（广告用语一） [用户至上]

34. 只争朝夕。（国际名词一） [日中友好]

35. 南来北去共比翼。（旅游用语一） [往返双飞]

36. 半圆形高层建筑。（国外机构代称一） [五角大楼]

37. 一声不吭溜得快。（体育项目一） [短道速滑]

38. 日将落时已近西。（字一） [酱]

39. 节约用电，随手熄灯。（礼貌语一） [请多关照]

40. 品位不同，前辈给力。（饮料名一） [咖啡]

41. 一人两名，交替使用。（首都名一） [多哈]

42. 今日得宽余。（字一） ［旦］

43. 学长总是话淘淘。（成语一） ［老生常谈］

44. 种瓜得瓜不卖瓜。（成语一） ［自食其果］

45. 只骗中年人。（成语一） ［童叟无欺］

46. 病体自愈。（成语一） ［患得患失］

47. 剥了皮也认得出你。（字一） ［婆］

48. 扫黑表现突出在先。（字一） ［默］

49. 正在气头上，此时牛不得。（字一） ［午］

50. 会员请由东北门入。（反腐热词一） ［问责］

51. 各用其极始开怀。（学校用语一） ［不及格］

52. 不再纠缠，明智之举。（日常行为一） ［放手机］

53. 一直瞧不起自己。（礼貌用语一） ［老人家好］

54. 村落初过雨。（地域名词一） ［乡下］

55. 郑人买履。（成语一） ［不足为凭］

56. 出身籍贯未清楚。（俗语一） ［人生地不熟］

57. 通话之时互探讨。（网络用语一） ［电商］

58. 撇去儿孙又落难。（动物一） ［孔雀］

59. 寺后林间，又见兔子。（植物一） ［柳树］

60. 夜半桥边吹竹笛。（水果一） ［柚子］

61. 前锋后卫一同竞争了。（日常用品一） ［镜子］

62. 打破砂锅问到底。（电脑名词一） ［硬盘］

63. 匡衡夜读亮何来。（成语一） ［凿壁借光］

64. 桃花潭水深千尺。（成语一） ［无与伦比］

65. 十八到福州，二十到成都。（字一） ［容］

66. 女娲补天。（考试用语一） ［填空］

67. 会说话的眼睛。（医学词语一） ［视力表］

68. 习。（球类术语一） ［落点习］

69. 手拿碟儿敲起来。（音乐名词一） ［打击乐］

70. 名利始终抛一边。（字一） 　　　　　　　　　　　　　［和］

71. 赤橙黄绿青紫。（体育用语一） 　　　　　　　　　　　［扣篮］

72. 小心倒了，小心倒了，小心点。（字一） 　　　　　　　［予］

73. 性格刚烈气如雷。（自然现象一） 　　　　　　　　　　［太阳风暴］

74. 希望给企业更大自主权。（乐器一） 　　　　　　　　　［巴松管］

75. 五指就要僵硬了。（公共场所警示语一） 　　　　　　　［眼看手不动］

76. 新叶初吐似剪刀。（字一） 　　　　　　　　　　　　　［咕］

77. 见了就叫舅，一直昏了头。（字一） 　　　　　　　　　［旧］

78. 一手拿线，一手拿针。（成语一） 　　　　　　　　　　［望眼欲穿］

79. 老有所为。（称谓一） 　　　　　　　　　　　　　　　［总干事］

80. 一撇一直一点。（字一） 　　　　　　　　　　　　　　［压］

81. 一人背着弓。（字一） 　　　　　　　　　　　　　　　［夷］

82. 春游三日骑马可去。（机构简称一） 　　　　　　　　　［人大］

83. 支起炸药包，坦克来了。（饮食用语一） 　　　　　　　［早点］

84. 红色宣言。（地理名词一） 　　　　　　　　　　　　　［赤道］

85. 整天泡在泳池中。（旅游用语一） 　　　　　　　　　　［一日游］

86. 只考基础知识。（成语一） 　　　　　　　　　　　　　［高深莫测］

87. 后面在检查卫生。（节日简称一） 　　　　　　　　　　［六一］

88. 相声演员靠啥来着。（五字俗语一） 　　　　　　　　　［全凭嘴一张］

89. 结果小于三。（字一） 　　　　　　　　　　　　　　　［巢］

90. 电动机一台又一台。（国名一） 　　　　　　　　　　　［马达加斯加］

91. 结果成了灰色。（成语一） 　　　　　　　　　　　　　［混淆黑白］

92. 为有源头活水来。（福建县名一） 　　　　　　　　　　［清流］

93. 三十而立念师恩。（字一） 　　　　　　　　　　　　　［莘］

94. 乡音未改白了头。（字一） 　　　　　　　　　　　　　［相］

95. 此产品不用于此。（学科一） 　　　　　　　　　　　　［生物］

96. 十人征战一人还。（三字商业用语一） 　　　　　　　　［打九折］

97. 跳马、架炮、提车、飞相、上仕、出帅。（成语一）　［按兵不动］

98. 睛。（病名一）　　　　　　　　　　　　　　　　　　　［青光眼］

99. 本自无人识。（称谓一）　　　　　　　　　　　　　　　［书生］

100. 有人居国外，有木能通行，有女真可爱，有手会举起。（字一）

　　　　　　　　　　　　　　　　　　　　　　　　　　　［乔］

101. 水多泛灾成泥泽，木制入门需跨越。有竹编器可盛物，穿衣不觉破洞多。（字一）　　　　　　　　　　　　　　　　　　　［监］

102. 两条曲径，隔了一米。（字一）　　　　　　　　　　　　［粥］

103. 有言忌直称名姓，坐船敢抗将军令。丝旁穿梭横纱线，四面困守待援兵。（字一）　　　　　　　　　　　　　　　　　　　［韦］

104. 王家房子有四间，门向东西都不关。父母儿女分开住，听听似是恶声传。（字一）　　　　　　　　　　　　　　　　　　　［霝］

105. 午夜战斗灭歹徒。（时政用语一）　　　　　　　　　［打黑除恶］

106. 请父亲通知祖母。（六字俗语一）　　　　　　　　［求爹爹告奶奶］

107. 一生义字贯日月。（核心价值观词语一）　　　　　　　　［文明］

108. 越过高山，越过平原，跨过奔腾的黄河长江。（四字田径项目一）　　　　　　　　　　　　　　　　　　　　　　　　［三级跳远］

109. 车胤囊萤，匡衡夜读。（礼貌用语一）　　　　　　　　　［借光］

110. 足以表示第一。（人体部位一）　　　　　　　　　　　［脚指头］

111. 站着敲鼓。（军事名词一）　　　　　　　　　　　　［立体打击］

112. 神州安定，前程似锦（四字经济新词一）　　　　　　　［稳中向好］

113. 撒手不管，务须干涉。（健身项目一）　　　　　　　　　［散步］

114. 亲贤臣，远小人。（核心价值观词语一）　　　　　　　　［友善］

115. 鱼雁传书简。（四字时政热词一）　　　　　　　　　　［四个自信］

116. 奉化。（三字扑克用语一）　　　　　　　　　　　　　［三个二］

117. 一步九盘桓。（音乐名词一）　　　　　　　　　　　　［进行曲］

118. 雄鸡一唱入新年。（五字毛泽东词句一）　　　　　　［只把春来报］

119. 重布棋子会棋友。（三字新词一）　　　　　　　　　　［新局面］

120. 让他三尺又何妨。（成都地名一）　　　　　　　　　　［宽窄巷子］

121. 高出钱孙谱，入来王谢堂。（汉朝人名一）　　　　　［赵飞燕］

122. 借箭十万用奇谋。（语文篇目一）　　　　　　　　［稻草人］

123. 加以改正。（字一）　　　　　　　　　　　　　　　　［男］

124. 墙上挂灯谜。（动物一）　　　　　　　　　　　　　　［壁虎］

125. 到川北转向。（字一）　　　　　　　　　　　　　　　　［目］

126. 差一点到上海。（字一）　　　　　　　　　　　　　　　［渥］

127. 电扇的功能。（四字常言一）　　　　　　　　　　［转变作风］

128. 善弈者。（四字常言一）　　　　　　　　　　　　［下有对策］

129. 风几声，雁几声，马蹄声声又声声。（乘法口诀一）［一四得四］

130. 注意保护视力。（三字口语一）　　　　　　　　　［小心眼］

131. 舍右有我读书声。（字一）　　　　　　　　　　　　　［舒］

132. 古韵钟声东方来。（字一）　　　　　　　　　　　　　［主］

133. 四五六八九。（七字俗语一）　　　　　　　［不管三七二十一］

134. 扣合有匠心，别解显智慧。（字一）　　　　　　　　　［哲］

135. 其中变化真不小。（字一）　　　　　　　　　　　　　［老］

136. 援款各有几笔？（网络热词一）　　　　　　　　　［双十二］

137. 挑嫩的取。（作家名一）　　　　　　　　　　　　　［老舍］

138. 万户捣衣声。（成语一）　　　　　　　　　　　　［打成一片］

139. 三分之二。（成语一）　　　　　　　　　　　　　［陆续不断］

140. 谁给万物光和热。（科技名词一）　　　　　　　　［太阳能］

141. 几声清淅沥。（电信名词一）　　　　　　　　　　　［114］

142. 吕子明白衣渡江。（成语一）　　　　　　　　　　［蒙混过关］

143. 铃声听到了没有。（字一）　　　　　　　　　　　　　［零］

144. 十字支撑登上去。（字一）　　　　　　　　　　　　　［鼓］

145. 主前仆后客居中。（字一）　　　　　　　　　　　　　［冬］

146. 佛前偶来烧高香。（字一）　　　　　　　　　　　　　［倡］

147. 一扇窗，四方方，一副窗帘挂两旁。一间卧室亮堂堂，只能看
到一张床。（字一）　　　　　　　　　　　　　　　　　　　［囧］

148.涨中有落少跟进。（省会名一）　　　　　　　　　　　［长沙］

149.红颜终遂霸王意。（字一）　　　　　　　　　　　　　［项］

150.终生正直有品行。（字一）　　　　　　　　　　　　　［晶］

151.应邀先后去猜谜。（字一）　　　　　　　　　　　　　［请］

152.人生能有几回搏。（食品一）　　　　　　　　　　　　［拼盘］

153.四面一起干，情意映画中。（字一）　　　　　　　　　［田］

154.去掉偏见二字，人才脱颖而出。（字一）　　　　　　　［规］

155.毛手毛脚有毛病，实则无脚病。（字一）　　　　　　　［撬］

156.格外周到。（字一）　　　　　　　　　　　　　　　　［喁］

157.动员大厂带小厂。（字一）　　　　　　　　　　　　　［硕］

158.横山一片稻花香。（字一）　　　　　　　　　　　　　［秉］

159.象3进1，车八退一。（字一）　　　　　　　　　　　［陈］

160.开户幽窗纳万星。（字一）　　　　　　　　　　　　　［房］

161.乡下变了样，全省大翻身。（字一）　　　　　　　　　［纱］

162.风雨空中雁行斜。（字一）　　　　　　　　　　　　　［佩］

163.倒挽干戈安四方。（字一）　　　　　　　　　　　　　［哉］

164.连日残花片片落。（字一）　　　　　　　　　　　　　［毗］

165.三十年华临岁首。（字一）　　　　　　　　　　　　　［端］

166.多少心血得一言。（字一）　　　　　　　　　　　　　［谧］

167.隔纱秋波独传神。（字一）　　　　　　　　　　　　　［纱］

168.湖中出没逆行舟。（字一）　　　　　　　　　　　　　［溯］

169.横山犹在人千里。（字一）　　　　　　　　　　　　　［秉］

170.曲水横川一脉流。（字一）　　　　　　　　　　　　　［承］

171.添个小数点，加减乘除全。（字一）　　　　　　　　　［坟］

172.本人退休儿顶替。（字一）　　　　　　　　　　　　　［兀］

173.偏西残月映双峰。（字一）　　　　　　　　　　　　　［倔］

174.虽是横眉冷对，依然楚楚动人。（字一）　　　　　　　［丽］

175.巧了不空，空了不巧，既空又巧，办法真好。（字一）　［窍］

176. 分田分到王家湾。（字一） 　　　　　　　　　　　　［畺］

177. 一封书到便兴师。（成语一） 　　　　　　　　　　［信而有征］

178. 一把辛酸泪，写成《红楼梦》。（成语一） 　　　　［水落石出］

179. 闲敲棋子落灯花。（成语一） 　　　　　　　　　　［等而下之］

180. 哈哈哈。（成语一） 　　　　　　　　　　　　　　［三缄其口］

181. 千门万户瞳瞳日。（成语一） 　　　　　　　　　　［无所不晓］

182. 鸟自无言花自羞。（成语一） 　　　　　　　　　　［不露声色］

183. 两句三年得，一吟双泪流。（成语一） 　　　　　　［妙语连珠］

184. 进口设备压仓库。（成语一） 　　　　　　　　　　［引而不发］

185. 应检尽检，力避漏检。（成语一） 　　　　　　　　［以防不测］

186. 纵横计不就。（成语一） 　　　　　　　　　　　　［言犹在耳］

187. 朽木不可雕也。（成语一） 　　　　　　　　　　　［刻意求新］

188. 聪明累。（成语一） 　　　　　　　　　　　　　　［能者多劳］

189. 当心路滑。（成语一） 　　　　　　　　　　　　　［闻者足戒］

190. 歼敌宜神速。（成语一） 　　　　　　　　　　　　［不可磨灭］

191. 抄袭笨拙。（成语一） 　　　　　　　　　　　　　［自作聪明］

192. 摄影记者。（成语一） 　　　　　　　　　　　　　［相机行事］

193. 邯郸学步。（成语一） 　　　　　　　　　　　　　［行之有效］

194. 镜头对准两座山。（成语一） 　　　　　　　　　　［出将入相］

195. 针头用过即弃之。（成语一） 　　　　　　　　　　［孤注一掷］

196. 临行一曲入云霄。（四字常言一） 　　　　　　　　［别唱高调］

197. 读新书，读好书。（成语一） 　　　　　　　　　　［不念旧恶］

198. 输液。（成语一） 　　　　　　　　　　　　　　　［一败如水］

199. 装潢缺少立体感。（成语一） 　　　　　　　　　　［粉饰太平］

200. 储蓄之目的，是想早成家。（成语一） 　　　　　　［存心作对］

201. 八十万禁军谁掌管。（成语一） 　　　　　　　　　［首当其冲］

202. 今日得宽余。（成语一） 　　　　　　　　　　　　［先天不足］

203. 灯谜有格我不知。（成语一） 　　　　　　　　　　［虎口余生］

204. 等到鱼儿上钩后。（成语一）　　　　　　　　　［揭竿而起］

205. 中国东部。（成语一）　　　　　　　　　　　　［有朝一日］

206. 谋职。（四字俗语一）　　　　　　　　　　　　［没事找事］

207. 童装。（五字俗语一）　　　　　　　　　　　　［少来这一套］

208. 不戚戚于贫贱。（三字俗语一）　　　　　　　　［穷开心］

209. 朝来初听马蹄声。（三字俗语一）　　　　　　　［天晓得］

210. 着我旧时装。（五字俗语一）　　　　　　　　　［还是老一套］

211. 藐视。（四字俗语一）　　　　　　　　　　　　［小人之见］

212. 烛影摇红。（五字俗语一）　　　　　　　　　　［有点飘飘然］

213. 您看下面如何。（五字俗语一）　　　　　　　　［一个心眼儿］

214. 七仙女下凡，众姐姐担心。（四字俗语一）　　　［六神不安］

215. 分娩事早告亲友。（七字俗语一）　　　　　　［生怕人家不知道］

216. 生发油。（三字俗语一）　　　　　　　　　　　［滑头货］

217. 曹操败走华容道。（四字俗语一）　　　　　　　［性命交关］

218. 病去如抽丝。（四字俗语一）　　　　　　　　　［好不容易］

219. 问君何故陷囹圄。（五字口语一）　　　　　　　［关你什么事］

220. 只许州官放火。（三字口语一）　　　　　　　　［小不点］

221. 盲人骑瞎马，夜半临深池。（三字口语一）　　　［双保险］

222. 茫茫黑夜归返途。（四字口语一）　　　　　　　［来路不明］

223. 无畏才能擒歹徒。（五字口语一）　　　　　　　［不怕得罪人］

224. 卧看牵牛织女星。（三字口语一）　　　　　　　［瞧不起］

225. 快逃还得鞭抽急。（四字口语一）　　　　　　　［溜须拍马］

226. 输氧费。（五字口语一）　　　　　　　　　　　［花钱买气受］

227. 数达一亿出意料。（六字口语一）　　　　　　　［万万没有想到］

228. 明月松间照，清泉石上流。（二字常用语一）　　［影响］

229. 欲穷千里目，更上一层楼。（礼貌用语一）　　　［高见］

230. 争取上山，上山光荣。（二字常用语一）　　　　［峥嵘］

231. 曹孟德煮酒论英雄。（四字常用语一）　　　　　［备受称赞］

232. 爷爷念大学，孙子学围棋。（六字常用语一）　　　[上有老下有小]

233. 或以兵围之，或以火攻之。（四字常用语一）　　[可圈可点]

234. 重摆擂台到东京。（四字常用语一）　　　　　　[来日再战]

235. 撕去假面具。（四字常用语一）　　　　　　　　[扯皮现象]

236. 人到中年才相识。（四字常用语一）　　　　　　[半生不熟]

237. 智慧来自集体。（四字常用语一）　　　　　　　[才华出众]

238. 铁窗滋味未忘怀。（四字常用语一）　　　　　　[牢记在心]

239. 等量齐观。（汉代人名一）　　　　　　　　　　[张衡]

240. 良药苦口利于病。（宋代人名一）　　　　　　　[辛弃疾]

241. 的卢飞跃过檀溪。（《三国演义》人名一）　　　[马腾]

242. 岂能一语概括之。（《水浒传》人名一）　　　　[安道全]

243. 由来共与旁人言。（《水浒传》人名一）　　　　[黄信]

244. 娘子关。（外国科学家一）　　　　　　　　　　[居里夫人]

245. 瓷底之奇。（外国科学家　·）　　　　　　　　[瓦特]

246. 最后重安排。（中国音乐家一）　　　　　　　　[聂耳]

247. 暮去朝来颜色故。（童话人物一）　　　　　　　[时间老人]

248. 城郭春寒退。（市名一）　　　　　　　　　　　[温州]

249. 芳草萋萋鹦鹉洲。（市名一）　　　　　　　　　[青岛]

250. 紫陌红尘拂面来。（国名一）　　　　　　　　　[埃及]

251. 褪却红衣换淡妆。（国名一）　　　　　　　　　[不丹]

252. 活期储蓄改定期。（国名一）　　　　　　　　　[意大利]

253. 女子拔河得胜利。（国名一）　　　　　　　　　[伊拉克]

254. 携手合力，方得天下。（国名一）　　　　　　　[加拿大]

255. 花褪残红青杏小。（国名一）　　　　　　　　　[刚果]

256. 悬崖勒缰。（国名一）　　　　　　　　　　　　[危地马拉]

257. 出泥不染真君子。（国名一）　　　　　　　　　[荷兰]

258. 清晨盼望出小苗。（国名一）　　　　　　　　　[黎巴嫩]

259. 举头望明月。（首都一）　　　　　　　　　　　[仰光]

260. 投资环境。（首都一） 　　　　　　　　　　　［金边］

261. 西岭千秋雪。（山名一） 　　　　　　　　　　［长白山］

262. 多姿牡丹出洛阳。（云南名胜一） 　　　　　［丽江古都］

263. 出现变化，有劳补救。（山东名胜一） 　　　　［崂山］

264. 门里阳光照，门外水滔滔。（字一） 　　　　　［洞］

265. 二水中分天下流。（广西名胜一） 　　　　　　［漓江］

266. 不忘慈母情。（中南海建筑一） 　　　　　　　［怀仁堂］

267. 我爱中华每寸土。（北京名胜一） 　　　　　　［护国寺］

268. 水仙童子。（歌曲名一） 　　　　　　　　　［花儿与少年］

269. 一再打算。（中国古代作品一） 　　　　　　　［三十六计］

270. 旧臣。（杂志名一） 　　　　　　　　　　　　［故事大王］

271. 格林威治标准钟。（五言唐诗一句） 　　　　［天涯共此时］

272. 空调。（七言唐诗一句） 　　　　　　　　［此曲只应天上有］

273. 报错雨日。（七言唐诗一句） 　　　　　　［道是无晴却有晴］

274. 雾都。（七言唐诗一句） 　　　　　　　　［多少楼台烟雨中］

275. 棋手降级因粗心。（语文名词一） 　　　　　　［段落大意］

276. 逢人只说三分话。（语文名词一） 　　　　　　［七言绝句］

277. 笑问客从何处来。（文学名词一） 　　　　　　［章回小说］

278. 千言万语并一句。（文学名词一） 　　　　　　［长篇小说］

279. 泳坛见闻录。（文学形式一） 　　　　　　　　　［游记］

280. 列队以较高低。（修辞名词一） 　　　　　　　　［排比］

281. 小心上当。（应用文体一） 　　　　　　　　　［告别信］

282. 莫学武陵人。（语文名词一） 　　　　　　　　［应用文］

283. 环山带水小舟摇。（文学名词一） 　　　　　　　［构思］

284. 脚后跟。（成语一） 　　　　　　　　　　　［行之有效］

285. 望闻问切之后。（数学名词一） 　　　　　　　　［开方］

286. 临行密密缝。（数学名词一） 　　　　　　　　［分数线］

287. 何人设连环。（数学名词一） 　　　　　　　　　［统计］

288. 东西南北任飘零。（数学名词一）　　　　　　　　　［不定方程］

289. 打破沙锅问到底。（数学名词一）　　　　　　　　　［求根］

290. 化干戈为玉帛。（数学名词一）　　　　　　　　　　［对角和］

291. 个体摊点。（物理名词一）　　　　　　　　　　　　［单摆］

292. 赔了夫人又折兵。（物理名词一）　　　　　　　　　［失重］

293. 轻舟已过万重山。（物理名词一）　　　　　　　　　［流速］

294. 与坏人为伍。（物理名词一）　　　　　　　　　　［接触不良］

295. 了却一段相思情。（物理名词一）　　　　　　　　　［绝缘］

296. 分工包干来造林。（物理名词一）　　　　　　　　　［杠杆］

297. 学而时习之。（物理名词一）　　　　　　　　　　　［常温］

298. 朝夕盼统一，港澳先回归。（地理名词一）　　　　　［潮汐］

299. 返航之路。（地理名词一）　　　　　　　　　　　　［回归线］

300. 几回偷拭青衫泪。（地理名词一）　　　　　　　　　［暗流］

301. 虽败犹荣。（地理名词一）　　　　　　　　　　　　［北极光］

302. 明月千里照万家。（生物名词一）　　　　　　　　［光合作用］

303. 古。（生物名词一）　　　　　　　　　　　　　　　［变态叶］

304. 漫江碧透。（美术名词一）　　　　　　　　　　　　［水彩色］

305. 又搽胭脂又抹粉。（美术名词一）　　　　　　　　　［重彩］

306. 好花还得绿叶扶。（美术名词一）　　　　　　　　　［配色］

307. 却嫌脂粉污颜色。（美术名词一）　　　　　　　　　［素描］

308. 横竖横。（美术名词一）　　　　　　　　　　　　　［工笔画］

309. 黄河十八湾。（音乐名词一）　　　　　　　　　　　［流行曲］

310. 三个臭皮匠，凑成诸葛亮。（计算机用语一）　　　　［联机］

311. 不分青红皂白。（医学名词一）　　　　　　　　　　［色盲］

312. 看上去不多。（字一）　　　　　　　　　　　　　　［省］

313. 胸中藏着一把火。（医学用语一）　　　　　　　　　［烧心］

314. 清除腐败。（医学用语一）　　　　　　　　　　　［消化不良］

315. 自幼放荡不羁。（医学名词一）　　　　　　　　　［小便失禁］

316. 工作计划。（中药名一）　　　　　　　　　　［三七］

317. 冰雪严寒，郁郁葱葱。（植物一）　　　　　　［冬青］

318. 囫囵吞枣。（病名一）　　　　　　　　　　　［食物过敏］

319. 大人不在忘闩门。（病名一）　　　　　　　　［小儿麻痹］

320. 锄禾日当午。（工业用语一）　　　　　　　　［高温作业］

321. 花的变化。（农业名词一）　　　　　　　　　［锄草］

322. 频年不解兵。（军事用语一）　　　　　　　　［持久战］

323. 满座重闻皆掩泣。（军事名词一）　　　　　　［催泪弹］

324. 祝捷酒。（军事名词一）　　　　　　　　　　［战利品］

325. 爱国不分先后。（交通用语一）　　　　　　　［早晚通行］

326. 千里江陵一日还。（交通用语一）　　　　　　［航速］

327. 一年更比一年好。（交通用语一）　　　　　　［超载］

328. 打起黄莺儿。（交通用语一）　　　　　　　　［禁鸣］

329. 其实地上本无路。（交通用语一）　　　　　　［人行便道］

330. 来往不逢人。（交通用语一）　　　　　　　　［单行道］

331. 打开天窗说亮话。（外交用语一）　　　　　　［对外声明］

332. 白云无尽时。（外交用语一）　　　　　　　　［特别会谈］

333. 一个巴掌拍不响。（外交用语一）　　　　　　［联合声明］

334. 窃窃私语。（外交用语一）　　　　　　　　　［秘密会谈］

335. 月上柳梢头，人约黄昏后。（外交用语一）　　［照会］

336. 当官要为民作主。（法律名词一）　　　　　　［权利人］

337. 饭前洗手饭后漱口。（法律名词一）　　　　　［食品卫生法］

338. 莫待晓风吹。（法律用语一）　　　　　　　　［提前释放］

339. 巴黎特使。（法律名词一）　　　　　　　　　［法人代表］

340. 尺牍规范大全。（音乐名词一）　　　　　　　［简谱］

341. 笙歌四起。（音乐名词一）　　　　　　　　　［音乐周］

342. 绕梁三日。（音乐名词一）　　　　　　　　　［保持音］

343. 领导有方。（音乐名词一）　　　　　　　　　［指挥棒］

344. 缓辔徐行。(体育项目一)　　　　　　　　　　　　［马拉松］

345. 两伊战争。(体育项目一)　　　　　　　　　　　　［女子双打］

346. 处处烽火鏖战急。(排球术语一)　　　　　　　　　［多点进攻］

347. 德智体美劳都得到发展。(体育项目一)　　　　　　［五项全能］

348. 告别蛇年。(机械词汇一)　　　　　　　　　　　　［马达］

349. 姑娘不轻浮。(体育项目一)　　　　　　　　　　　［女子举重］

350. 过目成诵。(排球用语一)　　　　　　　　　　　　［背快］

351. 当心！淫秽扑克有毒。(体育用语一)　　　　　　　［黄牌警告］

352. 火并王伦。(体育用语一)　　　　　　　　　　　　［冲刺］

353. 教唆罪。(体育用语一)　　　　　　　　　　　　　［推人犯规］

354. 男儿有泪不轻弹。(球类术语一)　　　　　　　　　［控制落点］

355. 天明又作人间别。(比赛用语一)　　　　　　　　　［亮分］

356. 把国家和集体荣誉放在第一位。(体育用语一)　　　［个人名次］

357. 客车闯红灯。(球类术语　)　　　　　　　　　　　［拉人犯规］

358. 来也匆匆，去也匆匆。(排球术语一)　　　　　　　［双快］

359. 雨歇各西东。(体育用语一)　　　　　　　　　　　［落后两分］

360. 八刀。(体育用语一)　　　　　　　　　　　　　　［把分拉开］

361. 无力救楚投汨罗。(水上运动名词一)　　　　　　　［屈体跳水］

362. 泼妇骂大街。(体育项目一)　　　　　　　　　　　［女子跳高］

363. 没用心一错再错，肯上进是非分明。(计算机用语一)　［网址］

364. 御膳食谱。(计算机用语一)　　　　　　　　　　　［主菜单］

365. 离乱前后两分明。(计算机用语一)　　　　　　　　［电脑］

366. 宰相肚里能撑船。(计算机用语一)　　　　　　　　［内存容量大］

九、初三年级每日灯谜

1. 春风不度玉门关。（法律名词一）　　　　　　　［绿卡］

2. 行云流水，直见琴心。（法律名词一）　　　　　［法人］

3. 审敌情孟起用计。（经济用语一）　　　　　　　［超预算］

4. 独驾孤舟过江去。（经济名词一）　　　　　　　［个体经济］

5. 余。（储蓄用语一）　　　　　　　　　　　　　［存入一笔现金］

6. 生平多磨难。（储蓄用语一）　　　　　　　　　［活期存折］

7. 珍珠如土金如铁。（银行名词一）　　　　　　　［贬值］

8. 春眠不觉晓。（银行名词一）　　　　　　　　　［利息］

9. 扎寨皓魄下。（财会用语一）　　　　　　　　　［月底结账］

10. 去年花里逢君别。（节气一）　　　　　　　　　［春分］

11. 晴转阴后有零星小雨。（节气一）　　　　　　　［清明］

12. 四季生辉。（天文名词一）　　　　　　　　　　［光年］

13. 一。（天文名词一）　　　　　　　　　　　　　［日环食］

14. 天下事天下之天下。（气象用语一）　　　　　　［连续降雨］

15. 皓月良宵频传语。（气象用语一）　　　　　　　［明晚多云］

16. 让世界充满爱。（气象用语一）　　　　　　　　［全球变暖］

17. 盼望金榜题名时。（教育用语一）　　　　　　　［期中考］

18. 免费传授优生学。（教育用语一）　　　　　　　［义务教育］

19. 婴儿登记。（教育用语一）　　　　　　　　　　［新生名册］

20. 青黛参天二千尺。（教育用语一）　　　　　　　［高材生］

21. 虚心向人求教。（学科名一）　　　　　　　　　［化学］

22. 失街亭不责王平。（象棋术语一）　　　　　　　［单提马］

23. 冬天里的一把火。（象棋术语一）　　　　　　　［冷着］

24. 斩颜良诛文丑。（象棋术语一） ［双将杀］

25. 玉颜不及寒鸦色。（围棋术语一） ［黑胜白］

26. 神州掀起读书热。（高校一） ［中国人民大学］

27. 朝朝勤苦读。（高校一） ［复旦大学］

28. 寒凝大地发春华。（食品一） ［冷冻花生］

29. 作文不虚构。（美术名词一） ［写生］

30. 燕青智扑擎天柱。（食品一） ［巧克力］

31. 梨花一枝带春雨。（饮料名一） ［白开水］

32. 叶子的变化。（动物一） ［田鼠］

33. 一对畸形儿。（昆虫一） ［孑孓］

34. 电。（动物一） ［卷尾猴］

35. 今日一别乐融融。（花名一） ［含笑］

36. 纵使相逢应变样。（花名一） ［木兰］

37. 相思又一年。（蔬菜一） ［四季豆］

38. 刺两三下就舒坦。（植物一） ［五针松］

39. 反手上篮。（书法名词一） ［连笔字］

40. 一号拦网。（集邮名词一） ［首日封］

41. 拿起粉笔，一挥而就。（文艺形式一） ［快板书］

42. 泪飞顿作倾盆雨。（文艺形式一） ［悲剧］

43. 十三学得琵琶成。（五字文艺活动一） ［少年音乐会］

44. 五色云霞映晓日。（京剧行当一） ［彩旦］

45. 包场观剧不零售。（商业用语一） ［统一发票］

46. 二男新战死。（商业用语一） ［打对折］

47. 静静的顿河。（广告用语一） ［一流水平］

48. 转赠。（服务用语一） ［专车接送］

49. 舍南舍北皆春水。（地产广告用语一） ［房源充足］

50. 网开一面。（广告用语一） ［实行三包］

51. 淡味不合爷孙胃口。（广告用语一） ［老少咸宜］

52. 厚刀钝刀无买主。（商业用语一） ［薄利多销］

53. 掌声忽起。（称谓一） ［突击手］

54. 铜雀春深锁二乔。（称谓一） ［女收藏家］

55. 门户之见。（称谓一） ［观察家］

56. 大难来临。（成语一） ［无微不至］

57. 千门万户曈曈日。（称谓一） ［发明家］

58. 路曼曼其修远兮。（部队称谓一） ［旅长］

59. 五车书已留儿读。（称谓一） ［知识分子］

60. 自小精厨艺。（称谓一） ［大会主席］

61. 绕城清溪潺潺流。（环保名词一） ［水循环］

62. 飘飘荡荡到人间。（环保名词一） ［降尘］

63. 负隅顽抗。（环保名词一） ［卫生死角］

64. 因为灶小须改装。（环保名词一） ［烟尘］

65. 上游不洁下游浊。（环保名词一） ［污染源］

66. 活泼开放。（生活用品一） ［生发水］

67. 田忌纳孙膑之策。（生活用品一） ［马赛克］

68. 星移上下心联一。（文化用品一） ［生日卡］

69. 不劳动者不得食。（服装一） ［工作服］

70. 言不由衷。（纺织品一） ［白背心］

71. 也傍桑阴学种瓜。（公共场所一） ［儿童乐园］

72. 发挥优势，走向未来。（成语一） ［扬长而去］

73. 爱护花木，勿拴牲口。（成语一） ［不折不扣］

74. 齐心齐心，大造其林。（字一） ［樊］

75. 首创者。（成语一） ［先发制人］

76. 五一绕道上高峰。（山名一） ［六盘山］

77. 七一。（交通名词一） ［直通车］

78. 把一切献给党。（成语一） ［生死与共］

79. 咬定青山不放松。（革命史名词一） ［根据地］

80. 因革命献身者。（成语一） 　　　　　　　　　　[于今为烈]

81. 军事论文。（成语一） 　　　　　　　　　　　　[纸上谈兵]

82. 边防擒敌。（排球用语一） 　　　　　　　　　　[扣在界内]

83. 教师的天职。（科学家一） 　　　　　　　　　　[爱迪生]

84. 饿着肚子看月食。（俗语一） 　　　　　　　　　[不吃眼前亏]

85. 亦步亦趋。（人体部位一） 　　　　　　　　　　[脚后跟]

86. 独在异乡为异客。（单据名称一） 　　　　　　　[出门单]

87. 风入四蹄轻。（航空用语一） 　　　　　　　　　[马上起飞]

88. 闲里姑且续下联。（航天用语一） 　　　　　　　[空中对接]

89. 一不要官，二不要钱。（选举用词一） 　　　　　[弃权票]

90. 身先士卒冲在前。（三字日常行为一） 　　　　　[打领带]

91. 春去春回来。（农业名词一） 　　　　　　　　　[返青]

92. 新亲未结感遗憾。（字一） 　　　　　　　　　　[忻]

93. 扮作孩童故询问。（三字餐饮用语一） 　　　　　[装小盘]

94. 万里遥相望。（三字口语一） 　　　　　　　　　[有远见]

95. 重写点横撇捺。（称谓一） 　　　　　　　　　　[太太]

96. 马上相逢无纸笔。（人体部位一） 　　　　　　　[声带]

97. 风吹水面起涟漪。（数学符号一） 　　　　　　　[≈]

98. 迷上数理化，钻研新知识。（四字校园荣誉称号一） [三好学生]

99. 西湖至少住一周。（美术名词一） 　　　　　　　[沙雕]

100. 行贿之后被扣留。（字一） 　　　　　　　　　[损]

101. 别弄错血型，得一定小心点。（字一） 　　　　[耐]

102. 西川一取三分定。（字一） 　　　　　　　　　[非]

103. 酿雪不成微有雨。（饮料名一） 　　　　　　　[冰水]

104. 行动前必须三思。（字一） 　　　　　　　　　[甁]

105. 远帆点点如飞去。（字一） 　　　　　　　　　[虱]

106. 计划五天游云南。（足球术语一） 　　　　　　[四四二]

107. 红颜未相识。（学校用语一） 　　　　　　　　[女生]

108. 下雪了就留下来。（字一）　　　　　　　　　〔雷〕

109. 榜上不见自己名。（成语一）　　　　　　　　〔一览无余〕

110. 而今改变庄容。（医学名词一）　　　　　　　〔血压〕

111. 回望驿外断桥边。（电脑病毒名一）　　　　　〔木马〕

112. 加人就潜水，拉黑更安静。（字一）　　　　　〔犬〕

113. 有心解除无才官。（成语一）　　　　　　　　〔欲罢不能〕

114. 不忘初心，上下团结。（二字词语一）　　　　〔忐忑〕

115. 按口型配音。（语文名词一）　　　　　　　　〔状语〕

116. 三更灯火五更鸡。（四字口语一）　　　　　　〔书没白念〕

117. 认清形势得离开。（字一）　　　　　　　　　〔诊〕

118. 一心创业成高手。（网络用语一）　　　　　　〔恶搞〕

119. 分手之后得晋升。（三字口语一）　　　　　　〔别提了〕

120. 严阵以待。（数学名词一）　　　　　　　　　〔等角〕

121. 十分用心细揣度。（字一）　　　　　　　　　〔忖〕

122. 须保原封投快件。（成语一）　　　　　　　　〔不可开交〕

123. 没人拍手就趴下。（歌曲一）　　　　　　　　〔掌声响起来〕

124. 让他三尺见贤心。（字一）　　　　　　　　　〔昼〕

125. 连月争先见真心。（数学名词一）　　　　　　〔三角〕

126. 浪迹天涯任所之。（数学名词一）　　　　　　〔不定方程〕

127. 三人四点到，一同往回转。（病症一）　　　　〔咽炎〕

128. 连日又见水飞流。（作家一）　　　　　　　　〔田汉〕

129. 兵对兵，将对将。（数学名词一）　　　　　　〔同位角〕

130. 化干戈为玉帛。（数学名词一）　　　　　　　〔对角和〕

131. 平行线、垂直线、锐角。（字一）　　　　　　〔车〕

132. 怎样才能钓大鱼。（数学名词一）　　　　　　〔延长线〕

133. 弟子明白。（学校组织一）　　　　　　　　　〔学生会〕

134. 云开雨霁五更初。（节日简称一）　　　　　　〔六一〕

135. 酒醒不见两只鸡。（天文名词一）　　　　　　〔水星〕

136. 不管三七二十一。（数学名词一）　　　　　　　[有理数]

137. 杯中蛇影。（数学名词一）　　　　　　　　　　[弓形]

138. 声声阅历和泪讲。（字一）　　　　　　　　　　[肋]

139. 冬至方听击鼓声。（字一）　　　　　　　　　　[咚]

140. 升迁机会有一点。（福建地名一）　　　　　　　[上杭]

141. 山下出石灰，石灰堆成山。（字一）　　　　　　[碳]

142. 要案破后客心宽。（城市名一）　　　　　　　　[西安]

143. 公款豪宴真可怕。（成语一）　　　　　　　[大吃一惊]

144. 天一变更要小心。（数学名词一）　　　　　　　[大于]

145. 溜须皇上，走动皇后，各得五斗禄。（字一）　　[碧]

146. 宽心和衣卧其中。（字一）　　　　　　　　　　[裹]

147. 颗粒还家。（字一）　　　　　　　　　　　　　[冢]

148. 海峡两边始终连。（字一）　　　　　　　　　　[浃]

149. 心有千千结。（字一）　　　　　　　　　　　　[恁]

150. 人约黄昏后。（字一）　　　　　　　　　　　　[是]

151. 遭遇云长，孟德获释。（字一）　　　　　　　　[送]

152. 未见其人，已见其诈。（字一）　　　　　　　　[佯]

153. 恰似披星戴月人。（字一）　　　　　　　　　　[炙]

154. 但寒烟衰草凝绿。（字一）　　　　　　　　　　[茵]

155. 君王一别忘前辞。（字一）　　　　　　　　　　[壁]

156. 一片相映秋波中。（字一）　　　　　　　　　　[鼎]

157. 隔断重帘信口吹。（字一）　　　　　　　　　　[歌]

158. 古稀回到故园里。（字一）　　　　　　　　　　[辕]

159. 一抹残阳别样红。（字一）　　　　　　　　　　[殊]

160. 四方头巾绳上挂。（字一）　　　　　　　　　　[雨]

161. 知难相逢叹别离。（字一）　　　　　　　　　　[雉]

162. 节俭之人脱困境。（字一）　　　　　　　　　　[检]

163. 饭后边聊边走。（六字成语一）　　　　　[反其道而行之]

164. 安能求其千里也。（成语一） 　　　　　　　　［宁静致远］

165. 玩具小邮筒。（成语一） 　　　　　　　　　　［难以置信］

166. 风波亭千古奇冤。（成语一） 　　　　　　　　［飞来横祸］

167. 生产必须出正品。（成语一） 　　　　　　　　［不可造次］

168. 军中无戏言。（成语一） 　　　　　　　　　　［师道尊严］

169. 花和尚解脱缘缠井。（成语一） 　　　　　　　［不落俗套］

170. 花开堪折直须折。（成语一） 　　　　　　　　［当机立断］

171. 身在曹营心在汉。（成语一） 　　　　　　　　［关怀备至］

172. 谁推烛台烧宝玉。（成语一） 　　　　　　　　［险象环生］

173. 一言既出，驷马难追。（成语一） 　　　　　　［谈何容易］

174. 每于溽暑进考场。（成语一） 　　　　　　　　［屡试不爽］

175. 北。（成语一） 　　　　　　　　　　　　　　［一败如水］

176. 问君能有几多愁。（成语一） 　　　　　　　　［对答如流］

177. 曲阜。（成语一） 　　　　　　　　　　　　　［其乐无穷］

178. 现代剧。（成语一） 　　　　　　　　　　　　［于今为烈］

179. 确实无法续下联。（四字礼貌用语一） 　　　　［真对不起］

180. 妹妹的诗稿今何在。（成语一） 　　　　　　　［怒火中烧］

181. 哼哈二将出门去。（成语一） 　　　　　　　　［神不守舍］

182. 烧饼怎样入炉。（成语一） 　　　　　　　　　［俯首帖耳］

183. 金榜虽落地，桃李育满山。（成语一） 　　　　［无中生有］

184. 纸船明烛照天烧。（三字俗语一） 　　　　　　［不留神］

185. 白云无尽时。（四字俗语一） 　　　　　　　　［说来话长］

186. 白天不做亏心事。（礼貌用语一） 　　　　　　　　［晚安］

187. 引壶觞以自酌。（五字口语一） 　　　　　　［与人不相干］

188. 业余搞泥塑。（四字常用语一） 　　　　　　　［凭空捏造］

189. 更衣应到无人处。（四字常用语一） 　　　　　［脱离群众］

190. 伙伴皆惊惶。（四字常用语一） 　　　　　　　［花样翻新］

191. 定稿要大家讨论。（唐代人名一） 　　　　　　［文成公主］

192. 唐代通宝。（明代人名一） 　　　　　　　　　　［李时珍］

193. 举目数千里。（《三国演义》人名一） 　　　　　［张辽］

194. 春雨一犁且驻鞭。（外国科学家一） 　　　　　　［牛顿］

195. 轻骑到中东。（国名一） 　　　　　　　　　　　［马来西亚］

196. 巧逢小小在亭前。（首都一） 　　　　　　　　　［东京］

197. 舒展蛾眉笑靥开。（国名一） 　　　　　　　　　［伊朗］

198. 春令香山日日游。（山名一） 　　　　　　　　　［秦岭］

199. 把汝裁为三截。（山名一） 　　　　　　　　　　［横断山］

200. 一人离太行。（山名一） 　　　　　　　　　　　［大别山］

201. 说有知己猜字谜，一个横来又一撇；若是请你来帮忙，千万别把厂字猜。（字一） 　　　　　　　　　　　　　　　　　　　　　［友］

202. 藏身落日时，一一隐山间。（体育项目一） 　　　［射击］

203. 百年树，十年树，门前树。（二字常用语一） 　　［休闲］

204. 齐心一致出点子，两岸安能隔三通。（字一） 　　［斐］

205. 大漠西望月如刀。（字一） 　　　　　　　　　　［沃］

206. 因为没有心思，所以忘记一半。（战国人名一） 　［田忌］

207. 离位闲散重聚会。（网络称谓一） 　　　　　　　［亲们］

208. 枝头杏开小，云端莺飞高。（交通标志用语一） 　［禁鸣］

209. 共有二桃，足以成套。（体育项目一） 　　　　　［跳棋］

210. 猴王入龙宫，借得何兵器。（四字口语一） 　　　［光棍一条］

211. 辗转只为心上人，江头望断水云归。（机构一） 　［总工会］

212. 网上的话是本人贴的。（二字常用语一） 　　　　［偶发］

213. 楚辞。（三字口语一） 　　　　　　　　　　　　［别难过］

214. 山东剧团。（古代科技人物） 　　　　　　　　　［鲁班］

215. 上画眉毛下画鼻。（字一） 　　　　　　　　　　［公］

216. 林冲被逼上梁山。（物理名词一） 　　　　　　　［高压］

217. 见点滴就学。（字一） 　　　　　　　　　　　　［字］

218. 消灭疵点再出厂。（字一） 　　　　　　　　　　［此］

219. 黎明之前到南岳。（北京名胜一）　　　　　　　　　　［香山］

220. 一轨穿田过，直达上海市。（字一）　　　　　　　　　［申］

221. 立竿见影补漏洞。（治安用语一）　　　　　　　　　　［110］

222. 寒梅半放自吟诵。（字一）　　　　　　　　　　　　　［宋］

223. 举起杠铃腿张开，台下传来惋惜声。（字一）　　　　　［哎］

224. 儿童请求发言。（七字口语一）　　　　　　［少说几句行不行］

225. 水依山而下其势猛且急。（字一）　　　　　　　　　　［湍］

226. 听音便是意中人。（字一）　　　　　　　　　　　　　［因］

227. 溪声犹带夜雨来。（字一）　　　　　　　　　　　　　［汐］

228. 破墙而入，盗窃一空。（成语一）　　　　　　　　［凿壁偷光］

229. 十方客人会。（城市名一）　　　　　　　　　　　　［喀什］

230. 杜鹃鸣声悦耳。（字一）　　　　　　　　　　　　　　［月］

231. 言必有诈当留心。（字一）　　　　　　　　　　　　　［怎］

232. 云端闪电雨点落。（字一）　　　　　　　　　　　　　［专］

233. 春晚秋凉听琴声。（字一）　　　　　　　　　　　　　［秦］

234. 自古相逢必有分。（字一）　　　　　　　　　　　　　［憩］

235. 是非不分会损人。（字一）　　　　　　　　　　　　　［坛］

236. 夺先手巧构双杀。（字一）　　　　　　　　　　　　　［攀］

237. 环环必相扣，个个不落空。（字一）　　　　　　　　　［瑟］

238. 江左离别兮客南下。（字一）　　　　　　　　　　　　［窍］

239. 待客不分亲与疏。（语文名词一）　　　　　　　　　［主人公］

240. 劝君更尽一杯酒。（成语一）　　　　　　　　　　［敬而远之］

241. 无限风光在险峰。（成语一）　　　　　　　　　　［高山景行］

242. 菡萏香消翠叶残。（成语一）　　　　　　　　　　［光棍一条］

243. 古老的小巷，幽深而空荡。（成语一）　　　　　　［故弄玄虚］

244. 全不见半点轻狂。（体育项目一）　　　　　　　　［女子举重］

245. 蒙头大睡损健康。（法律名词一）　　　　　　　　　［被害人］

246. 红颜已老劫后生。（食品一）　　　　　　　　　　　［朱古力］

247. 调兵遣将有一套。（音乐用具一）　　　　　　［指挥棒］

248. 鸦雀无声。（体育比赛用语一）　　　　　　　［叫停］

249. 自驾出游乐呵呵。（三字口语一）　　　　　　［开玩笑］

250. 提笔忘字。（美术名词一）　　　　　　　　　［写生］

251. 只盼雾霾不要来。（成语一）　　　　　　　　［望尘莫及］

252. 赛后双领先，一片颂扬声。（字一）　　　　　［赞］

253. 三人的工作两人干。（六字俗语一）　　［一不做二不休］

254. 说一说素食。（文学名著简称一）　　　　　　［聊斋］

255. 青铜重器，曰毛公，曰大盂。（成语一）　　　［鼎鼎有名］

256. 波澜乍起。（著名网站一）　　　　　　　　　［新浪］

257. 欲擒故纵。（校历用语一）　　　　　　　　　［放假］

258. 初为人母。（称谓一）　　　　　　　　　　　［新娘］

259. 共同留下来复习。（字一）　　　　　　　　　［翼］

260. 于无声处泪飘零。（医学名词一）　　　　　　［静滴］

261. 每天都像过春节。（成语一）　　　　　　　　［度日如年］

262. 后空翻。（英文字母一）　　　　　　　　　　［H］

263. 拆去圃篱，移苗分植。（福建地名一）　　　　［莆田］

264. 虚心得头名。（传统节日一）　　　　　　　　［七夕］

265. 笑语盈屋。（学校场所一）　　　　　　　　　［音乐室］

266. 雨天拔萝卜。（成语一）　　　　　　　　　　［拖泥带水］

267. 甜甜蜜蜜还含羞。（常用中药名一）　　　　　［甘草］

268. 巾帼方队英姿飒爽。（体育用语一）　　　　　［女排精神］

269. 开会之前先关机。（食品一）　　　　　　　　［大米］

270. 杜鹃啼血。（化妆品一）　　　　　　　　　　［口红］

271. 跳高跳远都要考。（成语一）　　　　　　　　［跃跃欲试］

272. 演讲不带稿。（体育项目一）　　　　　　　　［空手道］

273. 砸不破的核桃。（国名一）　　　　　　　　　［刚果］

274. 一人席中便闻"干"。（省名简称一）　　　　　［甘］

275. 寄返故里两封信。（唐诗篇目一）　　　　　　　［回乡偶书］

276. 日驱千里抵陕西。（传统节日一）　　　　　　　　［重阳］

277. 公安断案先核对。（植物一）　　　　　　　　　　［松树］

278. 摔杯断筷为令。（标点符号一）　　　　　　　　［破折号］

279. 怎能身上缠万贯。（民间艺术一）　　　　　　［安塞腰鼓］

280. 晨起听雨声。（央视栏目一）　　　　　　　　［朝闻天下］

281. 统率三军是兄长。（称谓一）　　　　　　　　　　［帅哥］

282. 人生七十益昂头。（航天名词一）　　　　　　　［火星车］

283. 反包围。（家务一）　　　　　　　　　　　　　［套被套］

284. 抢先上山头。（足球术语一）　　　　　　　　　　［争顶］

285. 无事可干宅家中。（房地产用语一）　　　　　　［闲置房］

286. 剃头功夫学到手。（组织名一）　　　　　　　　［理事会］

287. 落红不是无情物。（盆景制作用语一）　　　　　［营养土］

288. 和言相助终有成。（字一）　　　　　　　　　　　　［诚］

289. 名角压轴，唱做俱佳。（五字礼貌用语一）　　［大家晚上好］

290. 大舍大得，小舍小得，不舍不得。（扑克用语一）　［一对尖］

291. 不知医药何来，忽然沉疴脱体。（西汉人物一）　［霍去病］

292. 成年后走出峻岭。（山名一）　　　　　　　　　［大别山］

293. 子时将尽。（三字常用语一）　　　　　　　　　［快一点］

294. 先生从前住西楼。（字一）　　　　　　　　　　　　［杉］

295. 农历十六娶新娘。（成语一）　　　　　　　　［大喜过望］

296. 左顾右盼。（体育用语一）　　　　　　　　　［运动项目］

297. 上情下达，下情上达，既不缩小，也不夸大。（电信业务一）

　　　　　　　　　　　　　　　　　　　　　　　　　　［传真］

298. 匠心独具要出新。（网络常用称谓一）　　　　　　　［亲］

299. 自由滑、速滑、花滑。（菜名一）　　　　　　　［溜三样］

300. 站直方可测身高。（网络热词一）　　　　　　　［正能量］

301. 阳光帅男。（台球运动员一）　　　　　　　　　［丁俊晖］

302. 男人站中间，妇孺列两边。（网络用语一）　　　　　　［女汉子］

303. 红孩儿甘拜下风。（服装款式一）　　　　　　　　　　［牛仔服］

304. 仁者智者来相会。（字一）　　　　　　　　　　　　　　［汕］

305. 闯王有，霸王没有，象棋中有，军棋中没有。（字一）　　［马］

306. 擎天一柱比天高。（字一）　　　　　　　　　　　　　　［未］

307. 最明白你。（电视主持人一）　　　　　　　　　　　　［董卿］

308. 老街亮灯。（演员一）　　　　　　　　　　　　　　　［陈道明］

309. 椰树中间来合影。（作曲家一）　　　　　　　　　　　［聂耳］

310. 一周要闻。（学校用语一）　　　　　　　　　　　　　［旁听］

311. 一半留给爸妈吃。（国名一）　　　　　　　　　　　　［巴哈马］

312. 敌军围困万千重。（成语一）　　　　　　　　　　　［险象环生］

313. 孩子梦想着有一双翅膀。（成语一）　　　　　　　　［小心翼翼］

314. 造船工业缘何兴起。（成语一）　　　　　　　　　　［应运而生］

315. 咱们接着赶路吧。（熟语种类一）　　　　　　　　　　［歇后语］

316. 来年生个胖小子。（四字网络用语一）　　　　　　　［下载补丁］

317. 举荐异能并搜罗。（三字网络用语一）　　　　　　　　［推特网］

318. 知音同桌，情如兄弟。（字一）　　　　　　　　　　　　［捉］

319. 放眼昆仑绝顶来。（气象用语一）　　　　　　　　　　［能见度高］

320. 相逢连连看，款款话家常。（四字网络用语一）　　　［视频聊天］

321. 当着姥爷作表态。（四字行政用语一）　　　　　　　［对外公示］

322. 你问我何时归故里。（节气一）　　　　　　　　　　　　［冬至］

323. 喜怀身孕语不休。（电视用语一）　　　　　　　　　［体育频道］

324. 一根棍子撬动地球。（食品一）　　　　　　　　　　　［巧克力］

325. 装饰出租车。（电器品牌一）　　　　　　　　　　　　　［美的］

326. 观光、食宿、购物一条龙。（物品一）　　　　　　　　［旅行包］

327. 蛟龙潜入海，嫦娥又飞天。（成语一）　　　　　　　［先下后上］

328. 一方联四方，穷根全挖光。（四字新词语一）　　　　［共同致富］

329. 十月十日出售。（网络用语一）　　　　　　　　　　　　［卖萌］

330. 亲子活动日见火。（唐宋诗人一）　　　　　　　　［李煜］

331. 十二种冒牌货。（二字流行语一）　　　　　　　　［打假］

332. 鱼汛之日，组织下水。（作家一）　　　　　　　　［鲁迅］

333. 主人开业客光顾。（成语一）　　　　　　　　［东张西望］

334. 不是门，也是门。（字一）　　　　　　　　　　　［扉］

335. 炎黄子孙，生生不息。（扑克游戏一）　　　　　　［接龙］

336. 过目不忘。（数码产品一）　　　　　　　　　　［记忆棒］

337. 十分之九在革新。（成语一）　　　　　　　　［一成不变］

338. 尔虞我诈。（冰雪运动项目一）　　　　　　　　［双人滑］

339. 用药二剂，膏药两张。（四字常用语一）　　　　［服服帖帖］

340. 风里来，雨里去，一篙相伴。（字一）　　　　　　［希］

341. 闯王府。（成语一）　　　　　　　　　　　　［自成一家］

342. 我老爸最棒。（神话人物一）　　　　　　　　　［夸父］

343. 春色未曾看。（成都名胜一）　　　　　　　　　［青羊观］

344. 一对千年木乃伊。（五言唐诗一）　　　　　　［同是长干人］

345. 沧海一声笑，滔滔两岸潮。（外国作品一）　　［哈利·波特］

346. 江西寻根三下乡。（字一）　　　　　　　　　　　［涛］

347. 粥汤越薄价越高。（五字口语一）　　　　　　［物以稀为贵］

348. 于今开卷求有益。（体育名词一）　　　　　　　［前空翻］

349. 工地休息，开始猜谜。（四字足球术语一）　　　［一停一射］

350. 丢了大奖，十分挂念。（字一）　　　　　　　　　［蒋］

351. 南京大屠杀，究竟谁所为。（字一）　　　　　　　［早］

352. 情系平川。（外国科学家一）　　　　　　　　［爱因斯坦］

353. 封神榜上定有名。（成语一）　　　　　　　　［一表非凡］

354. 两双筷子。（高等教育名词一）　　　　　　　　　［211］

355. 安全为重，重中之重。（称谓一）　　　　　　　　［婶婶］

356. 柳眼半舒卿见否。（国名一）　　　　　　　　　　［日本］

357. 直笔题词言得失。（字一）　　　　　　　　　　　［同］

358. 东楼改造后，首先要题字。（学科一） [数学]

359. 茅庐企盼得生还。（成语一） [草间求活]

360. 故把芳容半面遮。（国名一） [古巴]

361. 半饱半饥靠菜根。（交通用语一） [包机]

362. 不识子牙是何人。（蔬菜一） [生姜]

363. 投资终会有回报。（字一） [圆]

364. 隔岸相望三两户。（字一） [扉]

365. 生母撒下，嚎啕哭起。（违禁物一） [毒品]

366. 斋前花开卿终归。（活动形式一） [文化节]

十、高一年级每日灯谜

1. 乔迁太频繁。（北京名胜一） [老舍故居]

2. 打坐入定禅房中。（上海名胜一） [静安寺]

3. 湖边去后叹分离。（陕西名胜一） [汉台]

4. 陶然日暮起相思。（湖南名胜一） [爱晚亭]

5. 若要人不知，除非己莫为。（浙江名胜一） [一行遗迹]

6. 云霞朱阁任幻游。（中国古代作品一） [红楼梦]

7. 人约黄昏后。（外国作品一） [天方夜谭]

8. 一唱雄鸡天下白。（报纸名一） [光明日报]

9. 应试发榜。（报纸名一） [参考消息]

10. 书面反映。（报纸名一） [文汇报]

11. 每天开支勤记账。（报纸名一） [经济日报]

12. 出生登记不及时。（报纸名一） [新民晚报]

13. 家祭毋忘告乃翁。（报纸名一） [宁夏日报]

14. 燕山夜话。（报纸名一） [北京晚报]

15. 白了少年头，空悲切。（五言唐诗一）　　　［感时花溅泪］

16. 一公分。（五言唐诗一）　　　［独与老翁别］

17. 刚被太阳收拾去。（五言唐诗一）　　　［明月来相照］

18. 黑山阻击战。（五言唐诗一）　　　［不得到辽西］

19. 炎季。（五言唐诗一）　　　［烽火连三月］

20. 国。（五言唐诗一）　　　［总是玉关情］

21. 习拳练艺为防身。（五言唐诗一）　　　［莫学武陵人］

22. 胸中惟一己，劲头难提起。（多字成语一）　　　［心有余而力不足］

23. 伯牙摔琴。（五言唐诗一）　　　［恨无知音赏］

24. 不作懒汉妻。（五言唐诗一）　　　［嫁与长干人］

25. 但愿各得其所。（七言唐诗一）　　　［安得广厦千万间］

26. 祝寿。（宋词一）　　　［但愿人长久］

27. 泪飞顿作倾盆雨。（宋词一）　　　［空悲切］

28. 翻眼一瞟孩子王。（宋词一）　　　［白了少年头］

29. 三分天下据川中。（字一）　　　［契］

30. 盘古。（宋词一）　　　［往事知多少］

31. 个体成衣。（政治名词一）　　　［独裁］

32. 何来积土。（政治名词一）　　　［和平演变］

33. 互设大使。（政治名词一）　　　［两面派］

34. 诸葛亮舌战群儒。（政治名词一）　　　［争权］

35. 天梯。（政治名词一）　　　［工人阶级］

36. 横津但愿风波定。（政治名词一）　　　［过渡时期］

37. 南辕北辙。（政治名词一）　　　［错误路线］

38. 拒不发丧。（文学名词一）　　　［推理故事］

39. 安得广厦千万间。（文学用语一）　　　［作家群］

40. 相对无言。（修辞名词一）　　　［双关语］

41. 相期邈云汉。（数学名词一）　　　［空集］

42. 殷鉴不远。（数学名词一）　　　［近似商］

43. 林暗草惊风，将军夜引弓。（数学名词一）　　　　　　［射影］

44. 孤舟蓑笠翁，独钓寒江雪。（数学名词一）　　　　　　［公垂线］

45. 游子身上衣。（数学名词一）　　　　　　　　　　　　［母线］

46. 手工清点信件。（数学名词一）　　　　　　　　　　　［指数函数］

47. 凤凰台上凤凰游。（数学名词一）　　　　　　　　　　［相似三角形］

48. 横眉冷对千夫指。（物理名词一）　　　　　　　　　　［容抗］

49. 一致调转枪口。（物理名词一）　　　　　　　　　　　［全反射］

50. 不拘一格降人才。（物理名词一）　　　　　　　　　　［自由落体］

51. 重映《红与黑》。（物理名词一）　　　　　　　　　　［赫兹］

52. 倚闾而望。（物理名词一）　　　　　　　　　　　　　［等离子］

53. 劲要往一处使。（物理名词一）　　　　　　　　　　　［应力集中］

54. 夏日炎炎勤读书。（物理名词一）　　　　　　　　　　［热力学］

55. 心有灵犀一点通。（物理名词一）　　　　　　　　　　［互感］

56. 没有一个正扣谜。（物理名词一）　　　　　　　　　　［全反射］

57. 野渡无人舟自横。（物理名词一）　　　　　　　　　　［空载］

58. 龙吟虎啸一时发。（物理名词一）　　　　　　　　　　［共鸣］

59. 不重生男重生女。（物理名词一）　　　　　　　　　　［轻子］

60. 一点体面都没有。（物理名词一）　　　　　　　　　　［光线］

61. 换汤不换药。（化学名词一）　　　　　　　　　　　　［还原剂］

62. 孰长孰短何得知。（化学名词一）　　　　　　　　　　［当量］

63. 待到重阳日。（化学名词一）　　　　　　　　　　　　［结晶］

64. 四海翻腾云水怒。（化学名词一）　　　　　　　　　　［液化气］

65. 日日有人至日本，日本有人日日来。（化学名词一）　　［晶体］

66. 千里相逢在汕头。（化学名词一）　　　　　　　　　　［重水］

67. 海峡两岸不分离。（地理名词一）　　　　　　　　　　［陆连岛］

68. 高天滚滚寒流急。（地理名词一）　　　　　　　　　　［地热］

69. 唐僧路阻芭蕉洞。（地理名词一）　　　　　　　　　　［火山爆发］

70. 宜将剩勇追穷寇。（地理名词一）　　　　　　　　　　［休止角］

71. 茶！献茶！献香茶！（矿业用语一） ［品位提高］

72. 云破月来花弄影。（矿业用语一） ［露天开采］

73. 朝夕相处海河畔。（地理名词一） ［潮汐］

74. 也傍桑阴学种瓜。（生物名词一） ［试管植物］

75. 近朱者赤，近墨者黑。（生物名词一） ［染色体］

76. 悬梁刺股。（生物名词一） ［强迫休眠］

77. 大海扬波作和声。（疾控名词一） ［流调］

78. 一轮皓月万家灯。（生物名词一） ［光合作用］

79. 轻度老光眼。（生物名词一） ［不完全花］

80. 只是朱颜改。（生物名词一） ［不完全变态］

81. 独具只眼。（生物名词一） ［单孔目］

82. 一流产品。（生物名词一） ［水生作物］

83. 纵使相逢也不识。（生物名词一） ［互生］

84. 油漆未干，请勿靠近。（生物名词一） ［保护色］

85. 深秋临断桥。（生物名词一） ［落叶乔木］

86. 时值芳春草木荣。（生物名词一） ［盛花期］

87. 到处传播有所图。（美术名词一） ［广告画］

88. 梅须逊雪三分白。（美术名词一） ［对比色］

89. 楚人求剑。（美术名词一） ［水印木刻］

90. 朦胧水涟涟。（美术名词一） ［印象派］

91. 跃上葱茏四百旋。（音乐名词一） ［进行曲］

92. 却看妻子愁何在。（音乐名词一） ［室内乐］

93. 自幼生来爱唱歌。（音乐名词一） ［小乐曲］

94. 独怀封事上朝堂。（音乐名词一） ［无伴奏］

95. 转弯抹角诉衷肠。（音乐名词一） ［抒情曲］

96. 一代倾城逐浪花。（体育项目一） ［女子跳水］

97. 妆罢低声问夫婿。（体育项目一） ［女子柔道］

98. 曰弁曰辱曰冕。（体育用语一） ［三连冠］

99. 阿爷无大儿，木兰无长兄。（体育用语一）　　　　　［女排第一］

100. 拉拉队偃旗息鼓。（体育用语一）　　　　　　　　［场外叫停］

101. 欲与天公试比高。（足球用语一）　　　　　　　　［空中争顶］

102. 天下英雄谁知手。（体育名词一）　　　　　　　　　［准备操］

103. 频频回首送秋波。（体育名词一）　　　　　　　　　［运动项目］

104. 腰缠十万贯。（足球术语一）　　　　　　　　　　　［盘带过多］

105. 不待扬鞭自奋蹄。（体育用语一）　　　　　　　　　［提前起跑］

106. 狂怒之下离寒舍。（体育用语一）　　　　　　　　　［爆出冷门］

107. 开枪！为他送行。（体育用语一）　　　　　　　　　［射击得分］

108. 呼唤未来。（排球用语一）　　　　　　　　　　　［二传不到位］

109. 冠军捧杯热泪流。（球类用语一）　　　　　　　　　［第一落点］

110. 足见一技之长。（足球用语一）　　　　　　　　　［脚底功夫好］

111. 绝妙好辞。（体育用语一）　　　　　　　　　　　［最佳得分手］

112. 好！（体育项目一）　　　　　　　　　　　　　　　［女子棒球］

113. 马屁拍到马腿上。（排球用语一）　　　　　　　　　［打位置差］

114. 村前二小子。（计算机用语一）　　　　　　　　　　　［鼠标］

115. 虾兵蟹将。（网络称谓一）　　　　　　　　　　　　　［水军］

116. 一见钟情。（医学用语一）　　　　　　　　　　　　［心动过速］

117. 眼看招架不住。（医学用语一）　　　　　　　　　　［视力衰退］

118. 近朱者赤，近墨者黑。（医学用语一）　　　　　　　［接触感染］

119. 坎坷一生。（医学用语一）　　　　　　　　　　　　　［难产］

120. 不要硬凑。（医学名词一）　　　　　　　　　　　　　［软组织］

121. 边卒。（中药名一）　　　　　　　　　　　　　　　　［车前子］

122. 道中受阻。（病名一）　　　　　　　　　　　　　　　［白内障］

123. 欲穷千里目，更上一层楼。（病名一）　　　　　　　［高度远视］

124. 贵妃起舞。（穴位一）　　　　　　　　　　　　　　　　［环跳］

125. 国际争端我早知。（工业名词一）　　　　　　　　　［边角余料］

126. 背负青天朝下看。（数学名词一）　　　　　　　　　　［俯视图］

127. 荆轲何以匕首现。（数学名词一） 　　　　［展开图］

128. 春蚕到死丝方尽。（工业名词一） 　　　　［生产线］

129. 想方索取。（工业名词一） 　　　　［设计图］

130. 又是一年芳草绿。（农业名词一） 　　　　［返青］

131. 百货门市部。（经济名词一） 　　　　［多种经营］

132. 人比黄花瘦。（农业名词一） 　　　　［植物肥］

133. 人为。（军事名词一） 　　　　［火力点转移］

134. 借得秋月抚瑶琴。（军事名词一） 　　　　［照明弹］

135. 咬碎仇恨强咽下。（军事名词一） 　　　　［火力控制］

136. 两处茫茫皆不见。（军事名词一） 　　　　［空对空］

137. 闲花落地听无声。（军事名词一） 　　　　［软着陆］

138. 气候恶劣，没法跳伞。（五字军事用语一） 　　　　［无条件投降］

139. 鱼水情深难割舍。（军事名词一） 　　　　［民兵连］

140. 燃放鞭炮，危害不少。（五字交通用语一） 　　　　［事故多发点］

141. 饮鸩止渴。（交通用语一） 　　　　［危险品］

142. 左右皆善辩之士。（外交用语一） 　　　　［双边会谈］

143. 夜灯共此琉璃火。（外交用语一） 　　　　［照会］

144. 欲渡黄河冰塞川。（外交用语一） 　　　　［经济封锁］

145. 入伍后学会泅水。（宋代诗人一） 　　　　［陆游］

146. 天作棋盘星作子。（外交用语一） 　　　　［最高当局］

147. 马其诺防线。（法律名词一） 　　　　［环境保护法］

148. 三千江山归吴主。（法律名词一） 　　　　［国家所有权］

149. 乘船规则共遵守。（法律名词一） 　　　　［经济合同法］

150. 先遣小姑尝。（法律名词一） 　　　　［本人不服］

151. 鲁子敬不事二主。（法律名词一） 　　　　［专利权］

152. 平原盖雪杳无际。（法律用语一） 　　　　［坦白从宽］

153. 免费接生。（法律用语一） 　　　　［没收财产］

154. 祥林嫂抗婚。（法律用语一） 　　　　［自首投案］

155. 恃才傲人满招损。（经济名词一） 　　　　　　　［自负盈亏］

156. 扁舟急桨穿险滩。（经济名词一） 　　　　　　　［经济危机］

157. 来日详谈。（经济名词一） 　　　　　　　　　　［明细表］

158. 连环妙计破曹兵。（经济用语一） 　　　　　　　［统筹安排］

159. 两耳不闻窗外事。（经济用语一） 　　　　　　　［意向书］

160. 枝头落兮因风飘。（银行名词一） 　　　　　　　［支票］

161. 破冰垂钓。（贵州地名一） 　　　　　　　　　　［习水］

162. 自与友分离，致信信文无。（节气一） 　　　　　［夏至］

163. 万里蓝天任描绘。（天文名词一） 　　　　　　　［高空图］

164. 一骑红尘为谁忙。（天文名词一） 　　　　　　　［环食］

165. 牛郎织女盼七夕。（历法用语一） 　　　　　　　［星期日］

166. 无词的歌。（天文名词一） 　　　　　　　　　　［光谱］

167. 枕前发尽千般愿。（气象用语一） 　　　　　　　［夜间多云］

168. 三更灯火五更鸡。（教育用语一） 　　　　　　　［夜大学］

169. 旷课。（学科名一） 　　　　　　　　　　　　　［未来学］

170. 美术流派知多少。（学科名一） 　　　　　　　　［画法几何］

171. 不求甚解。（学科名一） 　　　　　　　　　　　［表面化学］

172. 游泳健儿苦练功。（学科名一） 　　　　　　　　［流体力学］

173. 人生七十犹读书。（学科名一） 　　　　　　　　［老年学］

174. 启蒙。（学科名一） 　　　　　　　　　　　　　［人才学］

175. 步原韵。（象棋术语一） 　　　　　　　　　　　［不变作和］

176. 坦白须及时。（市招一） 　　　　　　　　　　　［供应早点］

177. 城门失火。（食品一） 　　　　　　　　　　　　［烧带鱼］

178. 晓看红湿处。（食品一） 　　　　　　　　　　　［天府花生］

179. 闲坐说玄宗。（食品一） 　　　　　　　　　　　［话李］

180. 幽篁映沼新抽翠。（茶名一） 　　　　　　　　　［竹叶青］

181. 眉如霜染须似雪。（食品一） 　　　　　　　　　［银丝挂面］

182. 松林遮蔽石头城。（植物一） 　　　　　　　　　［柠檬］

183. 纵有垂杨未觉春。（植物一）　　　　　　　　[冬青]

184. 花前两度见君颜。（花名一）　　　　　　　　[芙蓉]

185. 浅斟细酌乐无涯。（文艺形式一）　　　　　　[喜剧小品]

186. 月圆之后花蕾绽。（出版名词一）　　　　　　[十六开]

187. 此曲只应天上有。（出版名词一）　　　　　　[卷一]

188. 《离骚》重印。（出版名词一）　　　　　　　[原作再版]

189. 网开一面。（出版名词一）　　　　　　　　　[封三]

190. 岁岁重阳。（报刊用语一）　　　　　　　　　[连载两日]

191. 又是一年春来到。（报刊用语一）　　　　　　[转载]

192. 不准私下赠送。（出版名词一）　　　　　　　[公开发行]

193. 红颜羞未开。（出版名词一）　　　　　　　　[彩色封面]

194. 互教互学懂得快。（商业用语一）　　　　　　[广交会]

195. 右如何变成左。（商业用语一）　　　　　　　[出口加工]

196. 临去秋波那一转。（商业用语一）　　　　　　[回头生意]

197. 今其室十无四五焉。（广告用语一）　　　　　[只此一家]

198. 白骨化作佳人来。（广告用语一）　　　　　　[精装美丽]

199. 笨重。（广告用语一）　　　　　　　　　　　[轻便灵活]

200. 蛙声十里出山泉。（广告用语一）　　　　　　[一流音响]

201. 衣装七天可交货。（广告用语一）　　　　　　[服务周到]

202. 步履跟跄疑欲倒。（商业用语一）　　　　　　[行情看跌]

203. 运筹于帷幄之中。（称谓一）　　　　　　　　[设计家]

204. 郊游方晓春色到。（称谓一）　　　　　　　　[下乡知青]

205. 一个鸡子的家当。（贬称一）　　　　　　　　[穷光蛋]

206. 从来不自量。（称谓一）　　　　　　　　　　[老丈人]

207. 两方破格纳人才。（称谓一）　　　　　　　　[团员]

208. 何人不起故园情。（称谓一）　　　　　　　　[思想家]

209. 麻花鸡蛋先别上。（新称谓一）　　　　　　　[80后]

210. 跳进黄河洗不清。（环保名词一）　　　　　　[水体污染]

211. 暇时勤把扫帚拂。（环保名词一）　　　　　［空间除尘］

212. 卞太后劝曹丕。（环保名词一）　　　　　　［植被保护］

213. 给他扔个救生圈。（保险名词一）　　　　　［投保人］

214. 约掌谋破曹。（生活用品一）　　　　　　　［打火机］

215. 蜂蝶纷纷过墙去。（服饰一）　　　　　　　［花领带］

216. 向阳花木早逢春。（法律用语一）　　　　　［提前释放］

217. 俏也不争春，只把春来报。（食品一）　　　［话梅］

218. 心恋黛玉不言短。（环保名词一）　　　　　［爱林护林］

219. 数九锻炼身体。（近代史名词一）　　　　　［五四运动］

220. 课间操。（政治名词一）　　　　　　　　　［学生运动］

221. 谁可砸缸救溺童。（物理名词一）　　　　　［光能］

222. 教龄。（成语一）　　　　　　　　　　　　［有生之年］

223. 笑口常开。（常用词一）　　　　　　　　　［老有所乐］

224. 当户理红妆。（建筑名词一）　　　　　　　［室内装饰］

225. 雨中儿媳送伞来。（成语一）　　　　　　　［天下为公］

226. 四面青山侧耳听。（电视栏目一）　　　　　［一周要闻］

227. 成批装载沉香木。（字一）　　　　　　　　　［揩］

228. 巴士底狱固若金汤。（成语一）　　　　　　［牢不可破］

229. 中原半壁沉沦后。（字一）　　　　　　　　　［渚］

230. 勿使许攸存二心。（口语一）　　　　　　　　［忽悠］

231. 不经意间岁华新。（成语一）　　　　　　　［忘年之交］

232. 月牙又挂酒楼前。（字一）　　　　　　　　　［涤］

233. 开谈谁不说红楼。（画家一）　　　　　　　［齐白石］

234. 古今同是此月，来对一江流水。（乐器一）　［胡琴］

235. 不容你分说。（国名一）　　　　　　　　　［塞舌尔］

236. 后继无粮基本乱。（字一）　　　　　　　　　［堪］

237. 塔前传来琵琶声。（手机软件一）　　　　　［APP］

238. 相逢叹了一声气。（字一）　　　　　　　　　［亟］

239. 有道是生气易得病。（医学名词一） ［路怒症］

240. 登览不可迟。（交通用语一） ［上高速］

241. 地上多于枝上花。（启事用语一） ［必有重谢］

242. 十里松山切心回。（字一） ［画］

243. 食无一粒粟。（三字法律名词一） ［零口供］

244. 无论胜负，都别趴下。（俗语一） ［赢得起，输得起］

245. 三分梯田靠人种。（字一） ［僵］

246. 民以食为天。（商业用语一） ［服务至上］

247. 赏一记响亮耳光。（商业用语一） ［大抽奖］

248. 海葬。（体育用语一） ［故意放水］

249. 删除木马才安全。（《红楼梦》人物一） ［宋妈］

250. 月圆之时叹别离。（考试用语一） ［满分］

251. 抛开街边那点事。（行政词语一） ［执行力］

252. 《蜗居》一时成风。（四字口语一） ［小家子气］

253. 从此替爷征。（四字常用语一） ［改变性格］

254. 这地区唯有此道，别无他径。（四字新词一） ［一带一路］

255. 思凡。（四字常用语一） ［希望落空］

256. 白桦树前初相见。（外国首都名一） ［柏林］

257. 一点钟后下来一下。（海产品名一） ［虾米］

258. 二代之后开始败。（字一） ［贰］

259. 秋后方到首都游。（安全用语一） ［防火］

260. 往还孤影复茕茕。（物流用语一） ［行程单］

261. 文姬归汉起笳声。（三字口语一） ［别胡吹］

262. 不久之前生差错。（字一） ［羟］

263. 如欲破宋任前部。（称谓一） ［保安］

264. 订正开支项目。（称谓一） ［校花］

265. 闭口不谈之者也。（字一） ［呼］

266. 花前分离又相思。（字一） ［鼓］

267. 撩乱飞红满一身。（生物名词一）　　　　　　　　　［染色体］

268. 先谋而动则心安。（字一）　　　　　　　　　　　［谧］

269. 长坂坡张飞布疑阵。（体育名词一）　　　　　　　［马拉松跑］

270. 孟子学停母断杼。（机械名一）　　　　　　　　　［气割机］

271. 孤苦伶仃到人间。（商贸用语一）　　　　　　　　［下单］

272. 复读记得牢。（成语一）　　　　　　　　　　　　［念念不忘］

273. 留下残雪落枝头。（外国作家一）　　　　　　　　［雨果］

274. 椒目。（流行语一）　　　　　　　　　　　　　　［辣眼睛］

275. 第一世界的经济。（足球术语一）　　　　　　　　［头球摆渡］

276. 今日男士也扮靓。（四字常用语一）　　　　　　　［天公作美］

277. 机缘失后难再得。（法律名词一）　　　　　　　　［维权］

278. 张清如何见张青。（医学名词一）　　　　　　　　［脱水］

279. 直到开春冰水消。（中超球队一）　　　　　　　　［恒大］

280. 飞将军自重霄入。（军事名词一）　　　　　　　　［空降师］

281. 白干一载后悔了。（字一）　　　　　　　　　　　［惶］

282. 要上进日日求变。（四川地名一）　　　　　　　　［西昌］

283. 不识春夏与秋冬。（植物学名词一）　　　　　　　［一年生］

284. 龙吟虎啸一时发。（物理名词一）　　　　　　　　［共鸣］

285. 认可即便付梓。（成语一）　　　　　　　　　　　［行将就木］

286. 江西别后一夕逢。（字一）　　　　　　　　　　　［洌］

287. 山间谷底几逢错。（医学名词一）　　　　　　　　［中风］

288. 冲口而出是非多。（字一）　　　　　　　　　　　［壮］

289. 燕子楼阁锁佳人。（泛称一）　　　　　　　　　　［关系户］

290. 查户口多点一人。（字一）　　　　　　　　　　　［喉］

291. 探望幼儿园。（四字常用语一）　　　　　　　　　［小处着眼］

292. 基层也想冲破重围。（长相特征一）　　　　　　　［下巴突出］

293. 一贫如洗两眼泪。（口语一）　　　　　　　　　　［哭穷］

294. 知之为知之。（政治热词一）　　　　　　　　　　［两会］

295. 真心深入老区里。（字一） [晶]

296. 收现金要当面点清。（选举用语一） [得票数]

297. 秦汉从来不差钱。（新词语一） [富二代]

298. 玄德再访卧龙冈。（七言唐诗一） [前度刘郎今又来]

299. 日暮掩柴扉。（商业用语一） [晚关门]

300. 出误区，同心向前帮后进。（字一） [砸]

301. 内部改革不深入。（字一） [溅]

302. 移车出库有点点难。（字一） [瘫]

303. 只识弯弓射大雕。（交通俗语一） [打飞的]

304. 增损离合见功夫。（违法行为一） [强拆]

305. 挥锄向烈日。（工厂用语一） [高温作业]

306. 你我他都来抢红包。（外地名一） [金三角]

307. 儿时很少吃到荤。（新称谓一） [小鲜肉]

308. 山水画中一轻舟。（字一） [崇]

309. 出手阔绰宋公明。（河流一） [松花江]

310. 多一半还少二百。（字一） [囱]

311. 来自老百姓。（新称谓一） [民间达人]

312. 皓首一起人同心。（中药名一） [百合]

313. 白首方悔读书迟。（教育名词一） [老年大学]

314. 判断错误上圈套。（酒名一） [XO]

315. 仿佛塔西有声传。（交通名词一） [TAXI]

316. 如今看重中美合作。（字一） [琴]

317. 走红之路不平坦。（艺术名词一） [成名曲]

318. 江西又是好收成。（称谓一） [女汉子]

319. 千言万语汇成一句话。（反腐词语一） [约谈]

320. 岂能中饱私囊。（民间艺术一） [安塞腰鼓]

321. 经过多少坎坷路。（数学名词一） [不平行]

322. 仙姑染病口不言。（成语一） [何患无辞]

323. 扬言决不轻饶。（超市设施一）　　　　　　　　　［称重处］

324. 每出考场心忧郁。（成语一）　　　　　　　　　［屡试不爽］

325. 想怎么打就怎么打。（数学名词一）　　　　　　［任意角］

326. 直入三门作动员。（纪检用语一）　　　　　　　［问责］

327. 胡人计划众皆知。（两岸关系语一）　　　　　　［九二共识］

328. 多亏双方进一言。（字一）　　　　　　　　　　［谎］

329. 调门一转唱东北。（字一）　　　　　　　　　　［闱］

330. 茶歌赠与采茶哥。（字一）　　　　　　　　　　［钦］

331. 发明能够获补助。（外用药一）　　　　　　　　［创可贴］

332. 短斤少两已查实。（四字常言一）　　　　　　　［经验不足］

333. 头领缺乏男子气。（称谓一）　　　　　　　　　［老大娘］

334. 逆流而上。（政治名词一）　　　　　　　　　　［反动派］

335. 照着妖头就是一钉耙。（字一）　　　　　　　　［耍］

336. 愚公移山意若何。（文学词语一）　　　　　　　［思路畅通］

337. 婚前草率磨合苦。（食品一）　　　　　　　　　［蘑菇］

338. 刘备有、张飞有、曹操有，人人都要有。（字一）　　［德］

339. 魏武挥鞭话梅林。（卫生用语一）　　　　　　　［不喝生水］

340. 恢复本来面目。（化学名词一）　　　　　　　　［还原］

341. 煤电水油气。（体育项目一）　　　　　　　　　［五项全能］

342. 何为万物之灵。（法律名词一）　　　　　　　　［自然人］

343. 鲁迅诞生一世纪。（成语一）　　　　　　　　　［百年树人］

344. 细听蟋蟀不住鸣。（《木兰诗》句一）　　　　　［唧唧复唧唧］

345. 直到五点抵云南。（字一）　　　　　　　　　　［滇］

346. 吕布被扣，乞公放松。（字一）　　　　　　　　［操］

347. 纲、目、科、属。（二字口语一）　　　　　　　［没门］

348. 昙。（成语一）　　　　　　　　　　　　　　　［拨云见日］

349. 十取一人。（国名一）　　　　　　　　　　　　［加拿大］

350. 此番用心已尽悉。（字一）　　　　　　　　　　［田］

351. 但闻左右尽歌声。（字一） 　　　　　　　　　　［戳］

352. 声声鼓乐起东西。（字一） 　　　　　　　　　　［胡］

353. 猜谜气氛被点燃。（四字常用语一） 　　　　　　［打得火热］

354. 来了鼓上蚤，走了铁叫子。（成语一） 　　　　　［及时行乐］

355. 花和尚神情凝重。（《三国演义》人名一） 　　　［鲁肃］

356. 欲投湖东闻鼓声。（字一） 　　　　　　　　　　［股］

357. 看上去好像是空的。（唐代诗人一） 　　　　　　［张若虚］

358. 饭后要上林间来。（干果一） 　　　　　　　　　［板栗］

359. 平静地说起你。（国名一） 　　　　　　　　　　［安道尔］

360. 毕业后还是老样子。（新名词一） 　　　　　　　［原生态］

361. 加油后到达粤北。（汽车品牌一） 　　　　　　　［奥迪］

362. 决赛第二名，也值得表扬。（国名一） 　　　　　［赞比亚］

363. 妙诗半成梦已断。（名胜一） 　　　　　　　　　［少林寺］

364. 风声嗖嗖，雷声阵阵。（成语一） 　　　　　　　［吹吹打打］

365. 酒驾始终会后悔。（动物一） 　　　　　　　　　［海马］

366. 压轴节目精彩登场。（礼貌用语一） 　　　　　　［晚上好］

十一、高二年级每日灯谜

1. 兰开二度幽山外。（字一） 　　　　　　　　　　　［嵫］

2. 教育后辈当尽孝。（字一） 　　　　　　　　　　　［辙］

3. 诗人自古谁为最，名姓并称齐上纸。（字一） 　　　［楮］

4. 上一环扣下一环。（字一） 　　　　　　　　　　　［坏］

5. 风吹草低见牛羊。（字一） 　　　　　　　　　　　［茱］

6. 女真侵宋分南北。（字一） 　　　　　　　　　　　［案］

7. 江湖流落一书生。（字一） 　　　　　　　　　　　［瑚］

8. 星星傍晚斜村头。（字一） 　　　　　　　　　　　　［樽］

9. 自古有聚必有别。（字一） 　　　　　　　　　　　　［憨］

10. 雄踞一方称霸王。（字一） 　　　　　　　　　　　　［嗡］

11. 野渡无人舟自横。（字一） 　　　　　　　　　　　　［激］

12. 秋千人杳月西斜。（字一） 　　　　　　　　　　　　［炙］

13. 双目相比，难分上下。（字一） 　　　　　　　　　　［瞿］

14. 残阳如血映水中。（字一） 　　　　　　　　　　　　［盥］

15. 立马昆仑。（字一） 　　　　　　　　　　　　　　　［缶］

16. 杀头犹似风吹帽。（字一） 　　　　　　　　　　　　［爻］

17. 远山新月月如钩。（字一） 　　　　　　　　　　　　［胤］

18. 年怕中秋月怕半。（成语一） 　　　　　　　［望而生畏］

19. 移居南宁近七载。（化学物质一） 　　　　　［尼古丁］

20. 曹孟德中计斩蔡瑁。（成语一） 　　　　　　［操之过急］

21. 花的变化。（成语一） 　　　　　　　　　　［一念之差］

22. 打渔杀家。（成语一） 　　　　　　　　　　［恩将仇报］

23. 傻瓜也不会浪费。（节日一） 　　　　　　　［愚人节］

24. 诽谤者族，偶语者弃市。（成语一） 　　　　［民不聊生］

25. 春风得意马蹄疾。（成语一） 　　　　　　　［乐在其中］

26. 只怨放翁将妻休。（成语一） 　　　　　　　［光怪陆离］

27. 飞去的帽子，被白拿去受用。（成语一） 　　［张冠李戴］

28. 了却终身坐钓台。（五字俗语一） 　　　　　［一竿子到底］

29. 不管三七二十一。（数学名词一） 　　　　　［无理数］

30. 东风不与周郎便。（七字俗语一） 　　　　［英雄难过美人关］

31. 但使龙城飞将在。（四字常用语一） 　　　　［不许胡来］

32. 侍儿扶起娇无力。（四字常用语一） 　　　　［真不带劲］

33. 林冲误入白虎堂。（五字常用语一） 　　　　［人往高处走］

34. 视而不见。（唐代人名一） 　　　　　　　　［张若虚］

35. 身体强健才能干四化。（清代人名一） 　　　［康有为］

36. 一孔之见。（清代人名一） [张之洞]

37. 独有犨卿缓步来。（清代人名一） [林则徐]

38. 火热的诗篇。（清代人名一） [章太炎]

39. 秦始皇统一中国。（《水浒传》人名一） [王定六]

40. 借问酒家何处有。（《红楼梦》人名一） [探春]

41. 苑英之下双鸾栖。（《红楼梦》人名一） [鸳鸯]

42. 松风忽作劲涛声。（《红楼梦》人名一） [林如海]

43. 有如隔别在断桥。（《红楼梦》人名一） [娇杏]

44. 安装木马。（《红楼梦》人名一） [宋妈]

45. 笑折红梅打檀郎。（《红楼梦》人名一） [花袭人]

46. 莫让年华付水流。（《红楼梦》人名一） [惜春]

47. 话说湖南千古事。（《红楼梦》人名一） [史湘云]

48. 寂寞开无主。（《红楼梦》人名一） [花自芳]

49. 座中皆少女。（《红楼梦》人名一） [多姑娘]

50. 燕太子寄望于荆轲。（外国作家一） [巴尔扎克]

51. 已是黄昏独自愁。（外国作家一） [莫里哀]

52. 唧唧。（学习用具一） [复读机]

53. 辕门射戟。（首都一） [布拉格]

54. 从此君王不早朝。（山西名胜一） [永乐宫]

55. 深奥之处好生看。（江苏名胜一） [玄妙观]

56. 布恋貂婵，遂不从公台之言。（外国名胜一） [爱丽舍宫]

57. 书房闲谈趣不同。（中国古代作品一） [聊斋志异]

58. 一顾倾人城，再顾倾人国。（外国作品一） [乱世佳人]

59. 女方申请配房报告。（外国作品一） [伊索寓言]

60. 落实责任制，妻子得实惠。（外国作品一） [包法利夫人]

61. 十五日多云。（杂志名一） [半月谈]

62. 入入入。（五言唐诗一） [对影成三人]

63. 独自徘徊。（五言唐诗一） [来往不逢人]

64. 两周之后。（五言唐诗一）　　　　　　　　　　　　［十四为君妇］

65. 阿斗居处春意浓。（五言唐诗一）　　　　　　　　　［禅房花木深］

66. 金陵十二钗。（七言唐诗一）　　　　　　　　　　　［宁无一人是男儿］

67. 岁岁快乐。（七言唐诗一）　　　　　　　　　　　　［今年欢笑复明年］

68. 红艳一枝冲栏开。（传说人物一）　　　　　　　　　　　［花木兰］

69. 昽。（七言唐诗一）　　　　　　　　　　　　　　　［一朝选在君王侧］

70. 二顾茅庐。（七言唐诗一）　　　　　　　　　　　　［前度刘郎今又来］

71. 女子学校暂放假。（七言唐诗一）　　　　　　　　　［千金散尽还复来］

72. 望子。（七言唐诗一）　　　　　　　　　　　　　　［一时回首月中看］

73. 雾满龙岗千嶂暗。（七言唐诗一）　　　　　　　　　［山在虚无缥缈间］

74. 到黄昏点点滴滴。（七言唐诗一）　　　　　　　　　［清明时节雨纷纷］

75. 历史局限性。（宋词一）　　　　　　　　　　　　　［此事古难全］

76. 色味已变。（宋词一）　　　　　　　　　　　　　　［只有香如故］

77. 勉强开支。（宋词一）　　　　　　　　　　　　　　［无可奈何花落去］

78. 阴天。（宋词一）　　　　　　　　　　　　　　　　［也无风雨也无晴］

79. 昔先后三顾，遂令天下成三分。（宋词一）　　　　　　　［莫莫莫］

80. 李逵对镜频叹息。（宋词一）　　　　　　　　　　　［独自怎生得黑］

81. 傍晚使用眼药水。（宋词一）　　　　　　　　　　　［到黄昏点点滴滴］

82. 如能减肥死亦足。（宋词一）　　　　　　　　　　　［衣带渐宽终不悔］

83. 一朝被蛇咬。（宋词一）　　　　　　　　　　　　　　［几年离索］

84. 千古绝底之谜。（宋词一）　　　　　　　　　　　　［至今此意无人晓］

85. 医务工作者会议。（宋词一）　　　　　　　　　　　［满座衣冠似雪］

86. 直面人生。（宋词一）　　　　　　　　　　　　　　［纵使相逢应不识］

87. 风波浪里度年华。（宋词一）　　　　　　　　　　　［江海寄余生］

88. 嫦娥应悔偷灵药。（宋词一）　　　　　　　　　　　［何似在人间］

89. 老师育才志不凡。（宋词一）　　　　　　　　　　　［生当作人杰］

90. "梅香，泡茶。""晓得，去泡哉！"（《千家诗》句一）

　　　　　　　　　　　　　　　　　　　　　　　　　［春到人间草木知］

91. 双手过膝，两耳垂肩。（《岳阳楼记》句一）　　［前人之述备矣］

92. 鉴真东渡磨难重。（曹操诗一）　　［去日苦多］

93. 隔日有雨，喜作一曲。（《岳阳楼记》句一）　　［后天下之乐而乐］

94. NOT ENOUGH。（《桃花源记》句一）　　［不足为外人道也］

95. 竝。（哲学名词一）　　［对立统一］

96. 李下不整冠。（哲学名词一）　　［因果关系］

97. 平铺直叙。（哲学名词一）　　［无神论］

98. 泥工高空作业。（哲学名词一）　　［上层建筑］

99. 说与旁人浑不解。（哲学名词一）　　［自我意识］

100. 巡天遥看一千河。（哲学名词一）　　［宇宙观］

101. 一览众山小。（哲学名词一）　　［微观世界］

102. 面谈。（物理名词一）　　［相对论］

103. 心有灵犀一点通。（哲学名词一）　　［内在联系］

104. 一骑红尘妃子笑。（哲学名词一）　　［因果关系］

105. 致富千元不满足。（物理名词一）　　［万有引力］

106. 满纸荒唐言。（语文名词一）　　［通假字］

107. 网开三面。（数学名词一）　　［连乘］

108. 嘈嘈切切错杂弹。（数学名词一）　　［相交弦］

109. 走富国强民之路。（数学名词一）　　［趋向无穷］

110. 海浪你轻轻地摇。（物理名词一）　　［微波］

111. 近朱者赤，近墨者黑。（物理名词一）　　［赫兹］

112. 大观园试才题对额。（物理名词一）　　［核子能］

113. 青出于蓝而胜于蓝。（物理名词一）　　［超导］

114. 鹦鹉前头不敢言。（物理名词一）　　［声压］

115. 御沟流红叶。（物理名词一）　　［载波通讯］

116. 满座衣冠似雪。（化学名词一）　　［同位素］

117. 祖国威望日日高。（化学名词一）　　［升华］

118. 雪拥蓝关马不前。（化学名词一）　　［冷却］

119. 童叟无欺。（化学名词一） 　　　　　　　　　　　［一价］

120. 鱼尾纹爬上眼角。（化学名词一） 　　　　　　　　［表面老化］

121. 干群关系好。（化学名词一） 　　　　　　　　　　［官能团］

122. 雄兔脚扑朔，雌兔眼迷离。（化学名词一） 　　　　［定性分析］

123. 四面边声连角起。（化学名词一） 　　　　　　　　［中和］

124. 坐，请坐，请上坐。（化学名词一） 　　　　　　　［三态变化］

125. 三缄其口。（化学名词一） 　　　　　　　　　　　［结晶］

126. 浅尝辄止。（化学名词一） 　　　　　　　　　　　［表面化学］

127. 剪辑错了的故事。（历史名词一） 　　　　　　　　［安史之乱］

128. 一帖药到起沉疴。（历史名词一） 　　　　　　　　［成康之治］

129. 我们都是神枪手。（历史名词一） 　　　　　　　　［齐会战斗］

130. 一马当先闹龙宫。（历史名词一） 　　　　　　　　［甲午海战］

131. 魔术从无旧花样。（历史名词一） 　　　　　　　　［变法维新］

132. 始终不含糊。（历史名词一） 　　　　　　　　　　［明末清初］

133. 不解其中意。（历史名词一） 　　　　　　　　　　［明末清初］

134. 攻书莫畏难。（历史名词一） 　　　　　　　　　　［强学会］

135. 一朝春尽红颜老。（历史名词一） 　　　　　　　　［色当惨败］

136. 张家口。（历史名词一） 　　　　　　　　　　　　［门户开放］

137. 诸葛亮出师征魏。（历史名词一） 　　　　　　　　［北伐战争］

138. 红墙一角。（历史名词一） 　　　　　　　　　　　［赤壁之战］

139. 苦孩子出来闹翻身。（历史名词一） 　　　　　　　［辛亥革命］

140. 宝玉低眉从父训。（历史名词一） 　　　　　　　　［垂帘听政］

141. 曹冲称象。（美术名词一） 　　　　　　　　　　　［水印木刻］

142. 松风蕉雨谱新曲。（音乐名词一） 　　　　　　　　［吹打乐］

143. 探罢皇陵进昭阳。（音乐名词一） 　　　　　　　　［二重奏］

144. 嫦娥应悔偷灵药。（体育用语一） 　　　　　　　　［高难度］

145. 东吴招亲授锦囊。（体育用语一） 　　　　　　　　［预备跑］

146. 黄梅时节家家雨。（体育用语一） 　　　　　　　　［第二落点］

147. 太史公书垂千古。（足球用语一）　　　　　　　　［一记长传］

148. 笑不露齿，行不动裙。（体育项目一）　　　　　［女子举重］

149. 天欲堕，赖以拄其间。（足球用语一）　　　　　［凌空一顶］

150. 传讯违法者。（足球用语一）　　　　　　　　　［盘带过人］

151. 下弦月光低绮户。（足球用语一）　　　　　　　［倒钩射门］

152. 卖炭得钱何所营。（中药名一）　　　　　　　　［款冬花］

153. 小扣柴扉久不开。（穴位一）　　　　　　　　　［内关］

154. 悔之晚也。（工业名词一）　　　　　　　　　　［原料不足］

155. 采莲一船归。（工业用语一）　　　　　　　　　［满负荷］

156. 诞辰。（工业用语一）　　　　　　　　　　　　［生产一条龙］

157. 戎装未卸抚琴弦。（军事名词一）　　　　　　　［穿甲弹］

158. 前为春秋后为秦。（军事名词一）　　　　　　　［交战国］

159. 女方拒婚含怒别。（军事名词一）　　　　　　　［不许走火］

160. 君向潇湘我向秦。（交通用语一）　　　　　　　［各行其道］

161. 鲁智深应声"在"。（交通用语一）　　　　　　　［正点到达］

162. 闲来读《周易》。（交通名词一）　　　　　　　　［空中索道］

163. 云鬓花颜金步摇。（交通用语一）　　　　　　　［环行］

164. 邦国正需才。（外交用语一）　　　　　　　　　［政府要人］

165. 跃马过边关。（外交用语一）　　　　　　　　　［驱逐出境］

166. 问苍茫大地，谁主沉浮。（法律名词一）　　　　［自然人］

167. 生子当如孙仲谋。（法律名词一）　　　　　　　［肖像权］

168. 鲁子敬力排众议。（法律名词一）　　　　　　　［主权宣战］

169. 仲谋在场须缄口。（法律用语一）　　　　　　　［有权保持沉默］

170. 百万雄师过大江。（经济名词一）　　　　　　　［集体经济］

171. 大庇天下寒士俱欢颜。（经济用语一）　　　　　［全民所有］

172. 财源茂盛达三江。（经济名词一）　　　　　　　［货币流通］

173. 红叶题诗托御沟。（四字用语一）　　　　　　　［信息交流］

174. 生逢盛世。（四字常言一）　　　　　　　　　　［活而不乱］

175. 重赏之下，必有勇夫。（经济名词一）　　　　　　［货币购买力］

176. 鳏寡孤独。（财会报表一）　　　　　　　　　　　［四联单］

177. 窗含西岭千秋雪。（银行名词一）　　　　　　　　［冻结户］

178. 鸡兔同笼。（天文名词一）　　　　　　　　　　　［卯酉圈］

179. 朝鲜话。（气象用语一）　　　　　　　　　　　　［早晨少云］

180. 一切从俭经常讲。（气象用语一）　　　　　　　　［全省多云］

181. 红娘传简邀张珙。（教育用语一）　　　　　　　　［函授招生］

182. 专业不熟悉。（教育用语一）　　　　　　　　　　［本科生］

183. 依样画葫芦。（学科名一）　　　　　　　　　　　［机械制图］

184. 人非生而知之。（学科名一）　　　　　　　　　　［能源学］

185. 孟母断机。（学科名一）　　　　　　　　　　　　［质子力学］

186. 闭门读书，讲究方法。（学科名一）　　　　　　　［潜科学学］

187. 成绩不好怎么办。（学科名一）　　　　　　　　　［应用力学］

188. 逢人只说三分话。（学科名一）　　　　　　　　　［控制论］

189. 进一步开展读书活动。（学科名一）　　　　　　　［行为学］

190. 此恨绵绵无绝期。（围棋术语一）　　　　　　　　［永久的气］

191. 青梅煮酒论英雄。（民族一）　　　　　　　　　　［维吾尔］

192. 门卫老翁。（单位一）　　　　　　　　　　　　　［进出口公司］

193. 侍儿扶起娇无力。（食品一）　　　　　　　　　　［贵妃酥］

194. 海鸥寻食盘旋飞。（食品一）　　　　　　　　　　［特等鱼露］

195. 葡萄美酒夜光杯。（广告用语一）　　　　　　　　［品质优良］

196. 背后小声笑。（字一）　　　　　　　　　　　　　［肖］

197. 岁首离别年底归。（字一）　　　　　　　　　　　［舛］

198. 明月当空照我还。（明代人名一）　　　　　　　　［归有光］

199. 太阳队主场引起一片惊讶。（歌唱组合一）　　　　［凤凰传奇］

200. 进口电池也无用。（字一）　　　　　　　　　　　［浥］

201. 失物招领簿。（古书名一）　　　　　　　　　　　［拾遗记］

202. 此时无声胜有声。（成语一）　　　　　　　　　　［曲尽其妙］

203. 斗转星移走西口。（《红楼梦》人物一） 　　　　　　[平儿]

204. 三岔路口闻鸦叫。（字一） 　　　　　　　　　　　　[丫]

205. 树上的鸟儿成双对。（植物学名词一） 　　　　　[雌雄同株]

206. 各自坐了出租车。（军事用语一） 　　　[你打你的，我打我的]

207. 六部尚书一腐败。（招工要求一） 　　　　　　[五官端正]

208. 落雨见面无三人。（字一） 　　　　　　　　　　　[儒]

209. 剩利分得一千万。（地名一） 　　　　　　　　　　[北京]

210. 明明没问题，反被打败了。（英文单词一） 　　　　[OK]

211. 心若有感，一起分享。（年号一） 　　　　　　　[咸亨]

212. 舍南舍北皆春水。（称谓一） 　　　　　　　　[二流作家]

213. 起飞消息刚听说。（网络平台一） 　　　　　　[腾讯新闻]

214. 共享阳春景，同怀谢傅诗。（字一） 　　　　　　　[时]

215. 留言簿上题一笔。（五字职务一） 　　　　　[书记处书记]

216. 兄去安排广合作。（抗战地名一） 　　　　　　[台儿庄]

217. 走了一日，剩了一里。（科技名词一） 　　　　　[量子]

218. 从心底感到惊惧。（字一） 　　　　　　　　　　[悊]

219. 再难聚首心有戚戚。（称谓一） 　　　　　　　[叔叔]

220. 成绩缺点都要讲。（俗语一） 　　　　　　　[长话短说]

221. 钱去人平安。（央视主持一） 　　　　　　　　[撒贝宁]

222. 意如流水任西东。（成语一） 　　　　　　　[左右逢源]

223. 任由冷风吹入户，依然读书至夜半。（教育新称谓一） [寒门学子]

224. 当初表示易相处。（三字热词一） 　　　　　　[小目标]

225. 神工妙技帝所收。（知名网站一） 　　　　　　[爱奇艺]

226. 儿皇帝。（六字俗语一） 　　　　　　[先小人后君子]

227. 祖国军队茁壮成长。（高校简称一） 　　　　　[华师大]

228. 沉沉一线穿南北。（央企一） 　　　　　　　[中国联通]

229. 颜料被盗吓一跳。（成语一） 　　　　　　　[大惊失色]

230. 情急失色更心虚。（字一） 　　　　　　　　　　[凫]

231. 书香门第。（称谓一） ［遗传学家］

232. 君入罗网安可脱。（字一） ［再］

233. 泪雨不能收。（教育新词一） ［双一流］

234. 马上重逢共携手。（字一） ［撵］

235. 穿上连衣裙，感觉不自然。（字一） ［窘］

236. 吃药当吃处方药。（高考用语一） ［服从调剂］

237. 门对寒流雪满山。（金融名词一） ［冻结户］

238. 大帅一心统四方。（称谓一） ［恩师］

239. 专医驼背。（人物评价语一） ［为人正直］

240. 何处可登楼。（四字常用语一） ［请示上级］

241. 何似在人间。（常用用语一） ［可以］

242. 费尽苦心有初心。（字一） ［惹］

243. 穴居屈就放哭声。（字一） ［窟］

244. 良好的开端，重投入控股。（三字口语一） ［娘娘腔］

245. 何谓照搬老一套。（学科一） ［机械学］

246. 有心成全显诚意。（字一） ［谙］

247. 一上任连升三级。（字一） ［帅］

248. 清风几许岗上过，红芍半放轩后开。（交通新词一） ［网约车］

249. 不教胡马度阴山。（穴位一） ［内关］

250. 完全跳出了海面。（医学名词一） ［脱水］

251. 送战友踏征程，默默无语。（四字口语一） ［别的不说］

252. 看到手术费，才做白内障。（四字俗语一） ［见钱眼开］

253. 自幼机智且敏捷。（四字电信用语一） ［打小灵通］

254. 酒酣呼驴任倒骑。（交通用语一） ［醉驾］

255. 试试木偶戏不错。（四字常用语一） ［值得一提］

256. 恰似雨点乱飞溅。（字一） ［沛］

257. 一日温差夜先知。（医学名词一） ［血液］

258. 自古南北统一必成。（字一） ［憩］

259. 意欲凌风翔。（考古名词一）　　　　　　　　　　［图腾］

260. 收银前舍去零头。（字一）　　　　　　　　　　　［铃］

261. 年终争先获点赞。（字一）　　　　　　　　　　　［舛］

262. 不忘初心心挂念。（字一）　　　　　　　　　　　［蕊］

263. 追溯于今始先哲。（高校简称一）　　　　　　　　［浙大］

264. 象又低吟三两声。（调味品一）　　　　　　　　　［香油］

265. 珂雪映霓裳，长空飞雁信。（誉称一）　　　　　　［白衣天使］

266. 前线部队新调整。（旧称谓一）　　　　　　　　　［打更人］

267. 餐前非要一汤。（字一）　　　　　　　　　　　　［澟］

268. 此趣人不知。（成语一）　　　　　　　　　　　　［自得其乐］

269. 焦头烂额为上客。（时尚称谓一）　　　　　　　　［发烧友］

270. 小窗见远山，垂柳挂三星。（浙江地名一）　　　　［台州］

271. 仅见孤山卧小桥。（字一）　　　　　　　　　　　［侵］

272. 筏前两岸青。（文具一）　　　　　　　　　　　　［毛笔］

273. 杀头只当风吹帽。（数学名词一）　　　　　　　　［连乘］

274. 班上接连出选手。（字一）　　　　　　　　　　　［非］

275. 贪钱业已落陷阱。（字一）　　　　　　　　　　　［凿］

276. 一贯负心品行低。（字一）　　　　　　　　　　　［唤］

277. 常青藤联盟。（高校一）　　　　　　　　　　　　［集美大学］

278. 猜了两轮，积分垫底。（新称谓一）　　　　　　　［00后］

279. 铃铛敲几声。（教育用语一）　　　　　　　　　　［211］

280. 要计划，审计划，巧计划。（教育用语一）　　　　［985］

281. 夫妻分工，外事谁理？（机构简称一）　　　　　　［汉办］

282. 看着似乎很一般。（字一）　　　　　　　　　　　［平］

283. 把汝裁为三截。（教育名词一）　　　　　　　　　［分数段］

284. 子丑相交独雕篆。（成语一）　　　　　　　　　　［一时一刻］

285. 后方促进会。（字一）　　　　　　　　　　　　　［茺］

286. 自将引领赴全程。（四字新词一）　　　　　　　　［一带一路］

287. 消费者论坛。（人才学名词一）　　　　　　　［用人之道］

288. 白素贞被镇何处。（国名一）　　　　　　　　［卡塔尔］

289. 起先主和。（写作用语一）　　　　　　　　　［开头不顶格］

290. 满坡红影照峥嵘。（地理名词一）　　　　　　［丹霞地貌］

291. 待月西厢下，迎风户半开。（教育用语一）　　［阳光招生］

292. 古之高丽今何在。（历史名词一）　　　　　　［南北朝］

293. 亲情喊声母，两眼泪欲滴。（网络名词一）　　［QQ］

294. 东北地区辽宁省。（字一）　　　　　　　　　［黧］

295. 中有一人字太真。（交通用语一）　　　　　　［内环］

296. 万家灯火。（市政名词一）　　　　　　　　　［居民点］

297. 飒飒东风细雨来。（成语一）　　　　　　　　［一气之下］

298. 泻痢停就是神。（外国地名一）　　　　　　　［卡拉奇］

299. 鼓上蚤上蹿下跳。（闽南语歌曲歌词一）　　［有时起有时落］

300. 醒悟。（歌曲名一）　　　　　　　　［明明白白我的心］

301. 囊中未有一钱看。（包装用语一）　　　　　　［真空袋］

302. 闭口不言，唬弄谁呀。（网站一）　　　　　　［雅虎］

303. 欲说还休不忍睹。（广告用语一）　　　　　　［预告节目］

304. 有生之日，心在阵前。（体检用语一）　　　　［阳性］

305. 万事俱备。（成语一）　　　　　　　　　　　［一气呵成］

306. 一对小两口，实行 AA 制。（聊天用语一）　　［哈哈］

307. 视力模糊人痛苦。（口语一）　　　　　　　　［看不清楚］

308. 算计赚钱毁一生。（成语一）　　　　　　　　［谋财害命］

309. 酒后谜艺空前。（化学名词一）　　　　　　　［乙醚］

310. 雨中送伞献殷勤。（医学名词一）　　　　　　［淋巴结］

311. 却似双燕穿雨点，正如小鸟在翻飞。（医学名词一）　　［炎症］

312. 眉毛眼睛鼻子嘴。（字一）　　　　　　　　　　［答］

313. 武大郎设宴。（成语一）　　　　　　　　　　［高朋满座］

314. 学龄儿童全部入学。（逻辑名词一）　　　　　［小概念］

315. 爷爷奶奶都讲进了发廊。（十字俗语一）

[公说公有理，婆说婆有理]

316. 政务公开、厂务公开、村务公开。（食品一）　　　　[三明治]

317. 荷花荷叶莲蓬藕。（曹操诗句一）　　　　[本是同根生]

318. 行者、豹子头、摸着天。（武术界称谓一）　　　　[武林高手]

319. 关公害了缺碘症。（五字俗语一）　　　　[脸红脖子粗]

320. 看在关羽和张飞的面上。（世界名著一）　　　　[红与黑]

321. 桃李争春次第开。（六字面部表情语一）　　　　[红一阵白一阵]

322. 梅花雪花伴除夕。（乘法口诀一）　　　　[五六三十]

323. 妹妹的诗稿今何在。（成语一）　　　　[怒火中烧]

324. 人间四月芳菲尽。（北京名胜一）　　　　[香山寺]

325. 其心不正而上下乱之。（字一）　　　　[恼]

326. 剩一半，似乎错。（数学符号一）　　　　[×]

327. 枝杈。（成语一）　　　　[一念之差]

328. 心有余而力不足。（字一）　　　　[忍]

329. 连哭带叫像是挨宰。（成语一）　　　　[呜呼哀哉]

330. 声称东西规格全。（字一）　　　　[鞋]

331. 上边会飞，下边能站。今天猜不出，明天出答案。（打一字）

[翌]

332. 拔河队员汗淋漓。（四字常言一）　　　　[拉人下水]

333. 云长刮骨，宋江杀惜。（成语一）　　　　[忍痛割爱]

334. 晚来多半知音稀。（字一）　　　　[夕]

335. 转载还得到春节。（天文名词一）　　　　[回归年]

336. 初见颇与郎相似，细看知卿前未来。（字一）　　　　[即]

337. 刘备连取东西川。（字一）　　　　[剂]

338. 全部推掉，就来复习。（字一）　　　　[攉]

339. 东北演出迎五四。（字一）　　　　[潢]

340. 乒乓球混合双打。（字一）　　　　[珏]

341. 走了百分之二十。（四字口语一）　　　　　　　　　[八成不行]

342. 踦。（成语一）　　　　　　　　　　　　　　　　　[不足为奇]

343. 要包容一点，应知足一点。（体育项目一）　　　　　[短跑]

344. 细看云山动人处。（美术用语一）　　　　　　　　　[绘画]

345. 这相思石烂海枯。（食品一）　　　　　　　　　　　[豆腐干]

346. 白首雄心志不移。（字一）　　　　　　　　　　　　[恁]

347. 陈璘："下雪了，不要北上，柳先生。"（字一）　　　[霖]

348. 一棍打断狗腿。（字一）　　　　　　　　　　　　　[龙]

349. 一日之计在于晨。（四字常言一）　　　　　　　　　[早作打算]

350. 一把辛酸泪。（成语一）　　　　　　　　　　　　　[水落石出]

351. 先生不知何许人也。（成语一）　　　　　　　　　　[师出无名]

352. 乱殴少年要检举。（四字常言一）　　　　　　　　　[打小报告]

353. 淫秽物品要注意。（灾害应对用语一）　　　　　　　[黄色预警]

354. 双竿摇月枝枝晃。（综治用语一）　　　　　　　　　[110联动]

355. 复见杯蛇影，凝思更费疑。（字一）　　　　　　　　[弱]

356. 闻其声，观其形，无一知其义者。（字一）　　　　　[文]

357. SOS。（成语一）　　　　　　　　　　　　　　　　[双龙戏珠]

358. 快乐的单身汉。（五字口语一）　　　　　　　　　　[不讨人喜欢]

359. 一声令下，贴上封条。（字一）　　　　　　　　　　[义]

360. 胡子眉毛一齐刮。（成语一）　　　　　　　　　　　[岂有此理]

361. 悟空求师莫念咒。（礼貌用语一）　　　　　　　　　[不要紧]

362. 春暖景明处处同。（三字《兰亭集序》句一）　　　　[是日也]

363. 似羊不是羊，羊头怪模样。耳朵平拉开，长在犄角上。（字一）

　　　　　　　　　　　　　　　　　　　　　　　　　[芈]

364. 龙的传人个个优秀。（《红岩》人物一）　　　　　　[华子良]

365. 四百万人同一哭，去年今日割台湾。（四字常用语一）

　　　　　　　　　　　　　　　　　　　　　　　　　[为国分忧]

366. 胖子为啥怕吃肉。（香烟用语一）　　　　　　　　　[焦油含量高]

十二、高三年级每日灯谜

1. 日日托琴端。（食品品牌一）　　　　　　　　　　［旺旺］

2. 只要心到功夫到，尽力改革能争先。（机构一）　　［总工会］

3. 我来跟帖赞一个。（四字《论语》句一）　　　　　［吾与点也］

4. 一对蜻蜓点水。（四字俗语一）　　　　　　　　　［有两下子］

5. 口角几回无觅处。（国名一）　　　　　　　　　　［毛里求斯］

6. 书声乐声和鼓声。（字一）　　　　　　　　　　　［股］

7. 听音好似今天七一。（历史名词一）　　　　　　　［金田起义］

8. 韶歌半阕得新声。（字一）　　　　　　　　　　　［歆］

9. 问诊。（多字成语一）　　　　　［以其人之道还治其人之身］

10. 上北京，下南京，回来一一向上报。（字一）　　　［禀］

11. 小两口如影随形，真似天生一对，地造一双。（成语一）

　　　　　　　　　　　　　　　　　　　　　　　　［吞吞吐吐］

12. 丈夫喝出啤酒肚，妻子总穿减肥裤。（四字常用语一）［重男轻女］

13. 细雨纷纷独闭门。（河北名胜一）　　　　　　　　［天下第一关］

14. 大观园试才题对额。（教育单位一）　　　　　　　［实验小学］

15. 富有才气。（三字口语一）　　　　　　　　　　　［穷开心］

16. 三十六计何为上。（篮球术语一）　　　　　　　　［策应跑］

17. 单打冠军，双打亚军。（六字俗语一）　　　［一是一，二是二］

18. 游泳从娃娃抓起。（卫生用语一）　　　　　　　　［小便入池］

19. 勾手上篮，连得十分。（文化用品一）　　　　　　［毛笔］

20. 工调三声知音赏。（字一）　　　　　　　　　　　［上］

21. 对话倾心消隔阂。（字一）　　　　　　　　　　　［谐］

22. 翻开日记写人生。（字一）　　　　　　　　　　　［借］

23. 预报局部地区有雨。（四字常用语一） [告一段落]

24. 蝇营狗苟达七载。（字一） [口]

25. 祸患常积于忽微。（四字常用语一） [难得小聚]

26. 争教红粉不成灰。（世界史名词一） [色当惨败]

27. 惊堂木一声，"斩！"（成语一） [拍案叫绝]

28. 念你，悲你，惜你，你影踪儿全无，心俱碎，残花相依。（成语一）

[今非昔比]

29. 没了热情，有了醋味，更显敏感。（牙膏品牌一） [冷酸灵]

30. 鼓上蚤沉默，白日鼠吵嚷。（唐诗名句一） [此时无声胜有声]

31. 凭舟风里去，海角见芳心。（舰艇名一） [航母]

32. 两人实行 AA 制。（七字俗语一） [谁也不买谁的账]

33. 持续一周是霾天。（股市常用语一） [七连阴]

34. 城市人口占两成。（四字俗语一） [十里八乡]

35. 提笔忘字，懊恼不已。（五字常用语一） [书生气十足]

36. 辞职返乡。（七字常用语一） [工作没有做到家]

37. 匈奴困苏武。（元代戏曲家一） [关汉卿]

38. 小院清香。（词牌一） [满庭芳]

39. 奉先到，即挽公台。（中国名胜一） [布达拉宫]

40. 火烧赤壁。（词牌一） [满江红]

41. 一日一曲不重样。（历史人物一） [曹丕]

42. 升职文件。（古代典籍一） [晋书]

43. 壶樽初见已展眉。（文艺形式一） [相声]

44. 提起鼓上蚤小李广不禁潸然。（五言唐诗一） [感时花溅泪]

45. 书中自有颜如玉。（称谓一） [本美女]

46. 辗转抗日舟向前。（摄影用语一） [航拍]

47. 无法逾越你俩。（成语一） [不过尔尔]

48. 单独计划，傍晚开张。（成语一） [一筹莫展]

49. 高天滚滚寒流急。（三字新词语一） [接地气]

50. 晚戏开始了。（字一）　　　　　　　　　　　　［戏］

51. 昔时说话不直接。（四字交通指示语一）　　　　［前有弯道］

52. 略作变动也要审。（三字网络用语一）　　　　　［微调查］

53. 黄土变成金。（礼貌用语一）　　　　　　　　　［贵地］

54. 半自动操作。（三字网络新称谓一）　　　　　　［手机控］

55. 五十六个兄弟姐妹是一家。（饰物一）　　　　　［中国结］

56. 送之行江东，初秋始团圆。（机构简称一）　　　［关工委］

57. 排名垫底真窝火。（环保名词一）　　　　　　　［尾气］

58. 进来便是九纹龙。（字一）　　　　　　　　　　［史］

59. 无视路标迷了路。（五字口语一）　　　　　　　［不看不知道］

60. 一鸭草下游，一鸟树前栖。（文艺名词一）　　　［艺术］

61. 我胖我喜欢。（四字警言一）　　　　　　　　　［自重自爱］

62. 含羞琵琶半遮面。（动画人物一）　　　　　　　［芭比］

63. 蟋蟀灯前劳尽力。（昆虫一）　　　　　　　　　［萤火虫］

64. 赎罪之后三叩首。（商业名词一）　　　　　　　［非卖品］

65. 爱你在心口难开。（网络用语一）　　　　　　　［表情控］

66. 三起三落皆从容。（六字广告用语一）　　　　　［一天比一天白］

67. 私心膨胀惹的祸。（环保名词一）　　　　　　　［无公害］

68. 共同致富。（四字军训用语一）　　　　　　　　［全体都有］

69. 助人点滴，方便一生。（天体名词一）　　　　　［火星］

70. 天助司马脱上方之厄。（节气一）　　　　　　　［谷雨］

71. 听声音是富，看起来像贼。（字一）　　　　　　［赋］

72. 想当大众美女。（五言唐诗一）　　　　　　　　［欲得周郎顾］

73. 如今重看，已放下恩恩怨怨。（成语一）　　　　［心心念念］

74. 校庆之后要上进。（高校简称一）　　　　　　　［西交大］

75. 首长讲话获称道。（字一）　　　　　　　　　　［撑］

76. 打从相逢后。（球类战术一）　　　　　　　　　［盯人］

77. 半掩娇羞半映月。（称谓一）　　　　　　　　　［胖妞］

78. 肩担日月走南北。（职业一） [护士]

79. 写人二划，做人一生。（称谓一） [大夫]

80. 惟廉可立身。（卫生设施一） [保洁站]

81. 一双筷子一把勺。（报警电话号码一） [119]

82. 啥都舍不得，撅着个嘴巴。（字一） [嘟]

83. 招聘焊工。（成语一） [待人接物]

84. 我心不坚，哭出声来。（四字彩票用语一） [自动摇号]

85. 部分条款已修正。（成语一） [有则改之]

86. 羿昔落九乌。（礼貌用语一） [多日不见]

87. 为保性命，拼命决斗。（四字环保名词一） [卫生死角]

88. 野草、边关。（成语一） [茅塞顿开]

89. 犹闻抛石试水深。（收藏名词一） [古董]

90. 暴饮暴食堪可怕。（成语一） [大吃一惊]

91. 满窗明月满窗霜。（四字礼貌用语一） [光临寒舍]

92. 眼看朱朝数将尽。（成语一） [明灭可见]

93. 高峰论坛。（五言唐诗一） [会当凌绝顶]

94. 柔能克刚。（三字新词一） [软实力]

95. 一再撑持靠自己。（成语一） [支支吾吾]

96. 领导牛气手下熊。（三字动漫角色一） [光头强]

97. 归鸿声里又相逢。（称谓一） [工友]

98. 千金图一宅。（称谓一） [女画家]

99. 有梯心欲去云端。（字一） [悬]

100. 踏扁日本本不难，不难！（字一） [曰]

101. 睡眠不足两目垂。（字一） [民]

102. 吵架多了玩失踪。（七字宋词一） [口角几回无觅处]

103. 我家不离读书声。（字一） [舒]

104. 楸枰竹寺隐秋林。（核心价值观词语一） [平等]

105. 流言起时星途止。（四字国际用语一） [人道停火]

106. 雷倒一片。（商品种类一）　　　　　　　　　［大家电］

107. 假李逵剪径劫单人。（三字口语一）　　　　　［真见鬼］

108. 惊涛拍岸。（食品一）　　　　　　　　　　　［波力卷］

109. 东坡虽已逝，西湖堤犹存。（字一）　　　　　［洼］

110. 国字脸，八字眉，张开大嘴显无奈。（网络文字一）　［囧］

111. 相信科学心踏实，不信科学不踏实。（字一）　［想］

112. 为新中国抛头颅。（网络名词一）　　　　　　［主页］

113. 合计七十里拉。（交通用语一）　　　　　　　［撞车］

114. 秋水孤鹜知几声。（网络用语一）　　　　　　［1314］

115. 先苦后甜早注定。（中药名一）　　　　　　　［甘草］

116. 句号的妻子。（称谓一）　　　　　　　　　　［圈内人］

117. 连本带利转存了。（水果一）　　　　　　　　［梨子］

118. 做几笔，黄几笔。（网络节日一）　　　　　　［双十一］

119. 孩子天性就是油。（警示语一）　　　　　　　［小心地滑］

120. 包头会面细安排。（国名一）　　　　　　　　［缅甸］

121. 一起复习共发奋。（电信名词一）　　　　　　［天翼］

122. 喝茶之前弹一首。（字一）　　　　　　　　　［曲］

123. 百朋狮城齐聚首。（字一）　　　　　　　　　［猜］

124. 相守到今，不忘初心。（常用词一）　　　　　［想念］

125. 中国人民从此站起来了。（民间谚语一）　　　［龙抬头］

126. 收齐了英国国旗。（科技名词一）　　　　　　［纳米］

127. 拉动己丑年消费。（植物一）　　　　　　　　［牵牛花］

128. 1000人应试，292人入选。（成语一）　　　　［七零八落］

129. 奏一奏口琴，猜一猜灯谜。（成语一）　　　　［吹吹打打］

130. 巨型机械，夜间造好。（成语一）　　　　　　［大器晚成］

131. 响起进军号，召唤小李广。（民间游戏一）　　［击鼓传花］

132. 摄影勿走远。（启事语一）　　　　　　　　　［请附近照］

133. 头上长发赖得剃。（成语一）　　　　　　　　［置之不理］

134. 冰天雪地人发抖。（国际名词一）　　　　　　　　　　［冷战］

135. 理个小平头，显得更诚实。（手机名词一）　　　　　　［发短信］

136. 省招生计划。（教育名词一）　　　　　　　　　　　　［985］

137. 担任首脑，初获好评。（成语一）　　　　　　　　　［当头一棒］

138. 池卿嬉水水如莲。（食品一）　　　　　　　　　　　［鱼皮花生］

139. 冠军与粉丝们挨个合影。（拍卖用语一）　　　　　［第一轮流拍］

140. 曰南北，曰东西。（外交用语一）　　　　　　　　　［四方会谈］

141. 皮夹放自己口袋。（五字口语一）　　　　　　　　［包在我身上］

142. 脊梁冒汗独发抖。（成语一）　　　　　　　　　　　［背水一战］

143. 备受考验心郁闷。（成语一）　　　　　　　　　　　［屡试不爽］

144. 我击案叫好。（照相配件一）　　　　　　　　　　　　［自拍棒］

145. 弟子不改旧模样。（新名词一）　　　　　　　　　　　［原生态］

146. 安排单人房三间，双人房一间。（数学名词一）　　　［四舍五入］

147. 自杀未遂。（西方哲学名句一）　　　　　　　　　［我思故我在］

148. 岸上个个紧相随。（热带水果一）　　　　　　　　　　　［山竹］

149. 一截赠美，一截遗欧，一截还东国。（球赛用语一）［三分远投］

150. 半推半就应猜掠。（酒店用语一）　　　　　　　　　［请勿打扰］

151. 见义不后退，闻声齐上前。（字一）　　　　　　　　　　［文］

152. 谷中流云去，山间明月出。（云南地名一）　　　　　　　［个旧］

153. 一人穿篱多快意。（字一）　　　　　　　　　　　　　　［爽］

154. 拼它无数次。（数学名词一）　　　　　　　　　　　　　［tan］

155. 密封书锦字，巧绾香囊结。（网络名词一）　　　　　　［表情包］

156. 请出何人，可安天下。（国外高校简称一）　　　　　　　［哥大］

157. 海子读英文。（英文单词一）　　　　　　　　　　　　［season］

158. 是非只在一念间。（字一）　　　　　　　　　　　　　　［黄］

159. 单膝跪地，献一束花。（字一）　　　　　　　　　　　　［片］

160. 衣食所安，弗敢专也。（广告传媒简称一）　　　　　　　［分众］

161. 鱼尾纹。（成语一）　　　　　　　　　　　　　　　［迫在眉睫］

162. 有牛有马有羊有猪声。(字一)　　　　　　　　[朱]

163. 别让她出声。(交通名词缩写一)　　　　　　　[BRT]

164. 不出远门留个影。(招聘用语一)　　　　　　　[附近照一张]

165. 空中燕，上下飞。(字一)　　　　　　　　　　[北]

166. 大米向外出口。(字一)　　　　　　　　　　　[奥]

167. 上海区号拨反了。(医院名词一)　　　　　　　[120]

168. 闲门无知己，索句写残梅。(中药名一)　　　　[枸杞]

169. 冠军已定，亚军待决。(多字成语一)　　　[知其一不知其二]

170. 华夏儿女，先忠后孝。(物理名词一)　　　　　[中子]

171. 骄傲情绪一扫光。(成语一)　　　　　　　　　[满不在乎]

172. 不练功夫来猜谜。(四字典故一)　　　　　　　[武松打虎]

173. 直通春晚迎猴年。(字一)　　　　　　　　　　[申]

174. 书籍开启人的智慧。(机械设备一)　　　　　　[卷扬机]

175. 有付出，总会有收获。(酒名一)　　　　　　　[舍得]

176. 别跟周董较高下。(成语一)　　　　　　　　　[无与伦比]

177. 负债多，不负责；浪费大，说来耻。(字一)　　[侈]

178. 能熬到最后，一人而已。(动漫角色一)　　　　[熊大]

179. 见药就闭嘴，从没迈开腿。(五字常用语一)　　[不服老不行]

180. 找到路子大家帮。(成语一)　　　　　　　　　[得道多助]

181. 出外很老实，在家挺淘气。(足球教练一)　　　[里皮]

182. 为采百花上下飞。(蔬菜一)　　　　　　　　　[白菜]

183. 出门闻鹊啼两边。(病症一)　　　　　　　　　[耳鸣]

184. 《人猿泰山》点播率高。(病症一)　　　　　　[猩红热]

185. 湘笛断续犹乡音。(汽车部件一)　　　　　　　[油箱]

186. 1元如何变亿元。(新称谓一)　　　　　　　　[80后]

187. 横戈马儿望星空。(字一)　　　　　　　　　　[骁]

188. 同心守江东，用人谋天下。(安徽高校简称一)　[合工大]

189. 银发老人游青海。(五言唐诗一)　　　　　　　[白毛浮绿水]

190. 十五叹别离，五十叹重逢。（成语一） 　　　　　［支支吾吾］

191. 清仓出货是假象。（机械加工术语一） 　　　　　［表面抛光］

192. 箭头指向北，车马由此行。（云南地名一） 　　　　　［个旧］

193. 万径人踪灭。（航天名词一） 　　　　　［太空行走］

194. 轻舒广袖随歌舞。（人事用语一） 　　　　　［服从调动］

195. 齿颊留香心怡然。（饮料名一） 　　　　　［可口可乐］

196. 水月楼头人独处。（字一） 　　　　　［膝］

197. 潮退中宵复重涨。（成语一） 　　　　　［浪子回头］

198. 离乱配合结成双。（字一） 　　　　　［兢］

199. 倾心首都一日游。（字一） 　　　　　［老］

200. 老中青相继发言。（政治名词一） 　　　　　［三个代表］

201. 回收香港扬国威。（明代人名一） 　　　　　［归有光］

202. 两朝因之乱纷纷。（三字热词一） 　　　　　［萌萌哒］

203. 西沙驻军底气足。（商品一） 　　　　　［汽车］

204. 出门妻子强牵衣。（四字交通管理措施一） 　　　　　［分时限行］

205. 日企厂家不划算。（数学口诀一） 　　　　　［四六二十四］

206. 琴心三叠音调和。（节气一） 　　　　　［立春］

207. 商海实习，开阔视野。（五字学校用语一） 　　　　　［学生意见大］

208. 嫦娥应悔偷灵药。（计费用语一） 　　　　　［上月清单］

209. 喂罢草料上笼头。（五字口语一） 　　　　　［不吃这一套］

210. 电视广播报刊皆谈及宝岛。（教学用品一） 　　　　　［多媒体讲台］

211. 改革开放三十载。（字一） 　　　　　［口］

212. 棋罢不知人换世。（六字网络操作用语一） 　　　　　［正在下载更新］

213. 节约一点，全面富足。（国名一） 　　　　　［缅甸］

214. 愚公决意移山。（医学名词一） 　　　　　［有心理障碍］

215. 反战之声大不寻常。（城市名一） 　　　　　［呼和浩特］

216. 时空隧道。（五言唐诗一） 　　　　　［往来成古今］

217. 闲来嗜好装泥像。（成语一） 　　　　　［凭空捏造］

218. 将士心连心，原为占西都。（称谓一） ［志愿者］

219. 皇后飞扬弃脂乱。（四字人体部位一） ［十二指肠］

220. 分裂事为王明干。（中医术语一） ［肝旺］

221. 搞破坏的被重用。（厨房工具一） ［捣蛋器］

222. 四叹为绝品。（字一） ［啜］

223. 很沉、很长、很古，不错！（成语一） ［重修旧好］

224. 青山寂寂水潺潺。（医学名词一） ［静脉点滴］

225. 植树造林，永不间断。（防疫名词一） ［长期接种］

226. 专业虽热门，哪能都紧跟。（交通提示语一） ［系好安全带］

227. 星星数鬓斑。（四字常用语一） ［发现亮点］

228. 洞在清溪何处边。（成语一） ［有口难辩］

229. 南湖红船播星火。（新闻用语一） ［一大亮点］

230. 心随秋月到古漠。（南京名胜一） ［莫愁湖］

231. 四海兵戈无静处。（成语一） ［打成一片］

232. 陛下富有四海。（高校简称一） ［上财大］

233. 边擂鼓，边开枪。（成语一） ［旁敲侧击］

234. 宋江兄弟边上瞧。（成语一） ［旁观者清］

235. 挥泪各东西。（比赛用语一） ［落后两分］

236. 长期冻结。（成语半句一） ［非一日之寒］

237. 豪杰之士，必有过人之处。（足球赛事简称一） ［英超］

238. 文景之治仓廪实。（新称谓一） ［富二代］

239. 鞭策掉队者。（六字常用语一） ［落后就要挨打］

240. 青丝披肩看眼前。（六字常用语一） ［头发长见识短］

241. 洒满阳光的小院。（社会现象一） ［房地产热］

242. 尽日看云头不回。（四字礼貌用语一） ［久仰久仰］

243. 依然生活在一起。（办证部门标识一） ［照相处］

244. 梵声天上来。（字母一） ［E］

245. 品来更增三分香。（成语一）　　　　　　　　　　［一唱一和］

246. 不要一传十十传百。（颜色一）　　　　　　　　　　［白］

247. 老在故乡，老来更妖。（四字口语一）　　　　　　［古里古怪］

248. 格式化。（食品一）　　　　　　　　　　　　　　　［口条］

249. 乱世更应明大义。（字一）　　　　　　　　　　　　［巨］

250. 召回问题汽车，避免车出问题。（环保能源名词一）　［沼气］

251. 四海同寒食。（纪念日一）　　　　　　　　　　［世界无烟日］

252. 跑台走穴收入丰，观众利益却受损。（环保名词一）　［公害］

253. 瞒着娘娘荐良臣。（体育名词一）　　　　　　　　［背后推人］

254. 急处不慌乱，镇日气如兰；平生知轻重，乃见美姿颜。（字一）

　　　　　　　　　　　　　　　　　　　　　　　　　　　　［禾］

255. 下棋一催心就慌。（成语一）　　　　　　　　　　［局促不安］

256. 郑先生在河南，柳先生在广西，徐先生在苏州，温先生在浙江。
（字一）　　　　　　　　　　　　　　　　　　　　　　　　　［州］

257. 五行占一，五官占一，五脏占一，这个字，有意思。（字一）［想］

258. 前面进一半，后面出一半，中间刚一半。（江西地名一）

　　　　　　　　　　　　　　　　　　　　　　　　　　　［井冈山］

259. 开到几码，便于省油。（经济建设宣传语一）　　　［多快好省］

260. 莫言饭后去散步。（六字健康用语一）　　　　　［管住嘴迈开腿］

261. 应聘副职。（商业用语一）　　　　　　　　　　　［不正当竞争］

262. R档操作不熟练。（旅游用语一）　　　　　　　　　［倒时差］

263. 儿女拦道哭，牵衣离别难。（四字交通用语一）　　［双号限行］

264. 熟悉《论语》《中庸》与《孟子》。（教育称谓一）　［大学生］

265. 言语不多，反应敏捷，为人狡诈。（体育比赛项目一）

　　　　　　　　　　　　　　　　　　　　　　　　　　　［短道速滑］

266. 比干缘何落马死，勾践因此可吞吴。（成语一）　　［提心吊胆］

267. 垂泪痛说塞车苦。（市政管理用语一）　　　　　　［下水道不通］

268. 破格录取真高兴。（五字口语一）　　　　　　　　［特招人喜欢］

269. 醉酒驾车，掉进河里。（四字卫生保健用语一）　　［多喝开水］

270. 此番回来后，公派外出少。（五字口语一）　　［这还差不多］

271. 为何设置斑马线。（四字常用语一）　　［过人之处］

272. 三顾茅庐是何人。（四字常用语一）　　［有备而来］

273. 肝、脾、肺、肾。（成语一）　　［心不在焉］

274. 五常只讲仁、义、礼、智。（成语一）　　［言而无信］

275. 不离不弃，芳龄永继。（四字常言一）　　［无分老小］

276. 小时叮人，长时咬人，大时吃人。（字一）　　［虫］

277. 智多星方略无大用。（字一）　　［一］

278. 出乎意料得百分。（五字口语一）　　［想不到一块］

279. 输液完了喊护士。（成语一）　　［不能自拔］

280. 考场不准两人同桌。（卫生保健用语一）　　［预防近视］

281. 羊毫狼毫齐挥毫。（成语一）　　［软硬兼施］

282. 视力检测。（多字俗语一）　　［睁一只眼，闭一只眼］

283. 登山汗淋漓。（多字俗语一）　　［人往高处走，水往低处流］

284. 戴口罩，披斗篷。（多字俗语一）　　［当面一套，背后一套］

285. 失踪者穿露脐装。（四字常言一）　　［丢人现眼］

286. 红色如何变紫色。（神话人物一）　　［蓝采和］

287. 鼓上蚤悄悄行事，入云龙念念有词。（七言唐诗一）

　　　　　　　　　　　　　　　　　　［此时无声胜有声］

288. 主人唱歌，客人拍手。（成语一）　　［声东击西］

289. 朱元璋研究专家。（成语一）　　［自知之明］

290. 古稀夫妻去旅游。（成语一）　　［七十二行］

291. 查出木马，一一清除。（字一）　　［吗］

292. 散而复聚。（字一）　　［血］

293. 鱼香必须调制好。（国名一）　　［秘鲁］

294. 安排周到有水准。（文艺形式一）　　［冰雕］

295. 桥头较乱须整治。（交通工具一）　　［校车］

296. 先修古宅，后铺村路。（网络名词一）　　　　　　　　［博客］

297. 这东西极坏，一沾悔终生。（犯罪行为一）　　　　　　［吸毒］

298. 不足之处，非在内部。（字一）　　　　　　　　　　　［外］

299. 秋枫烟岚半朦胧。（成语一）　　　　　　　　　　［风风火火］

300. 方得脱苦翻了身。（字一）　　　　　　　　　　　　　［卉］

301. 转身一飞结良缘。（字一）　　　　　　　　　　　　　［痕］

302. 失恋后倒少了点牵挂。（字一）　　　　　　　　　　　［业］

303. 同在通达逍遥道，皆是轩辕轻辇轮。（字一）　　　　　［连］

304. 看来是讲野史，其实倒是意外。（英语单词一）　　　　［yes］

305. 残荷落尽待秋来。（成语一）　　　　　　　　　　［光杆司令］

306. 小两口守两球门，一人跳起一人蹲。（乐器一）　　　［唢呐］

307. 平均主义弊端多。（广告用语一）　　　　　　　　［立等可取］

308. 飞鸟鸣空中，忽闻一枪响。（字一）　　　　　　　　　［叭］

309. 读书连年列榜首。（字一）　　　　　　　　　　　　　［殊］

310. 立冬开拍解困境。（外国哲学家一）　　　　　　　　［柏拉图］

311. 五次射门，一次射正，其余皆放高射炮。（成语一）［四脚朝天］

312. 须臾人不见，传来呼救声。（字一）　　　　　　　　　［臼］

313. 竹声幽韵月中调。（字一）　　　　　　　　　　　　　［周］

314. 早穿皮袄午穿纱。（医嘱用语一）　　　　　　　　［日服两次］

315. 一生正义传后代。（字一）　　　　　　　　　　　　　［斌］

316. 廉为首，勤为先，点点滴滴为百姓。（字一）　　　　　［庶］

317. 说要添服装，却购化妆品。（七言唐诗一）　　［云想衣裳花想容］

318. 听见其中私语声。（字一）　　　　　　　　　　　　　［嘶］

319. 两个傻子坐不住。（成语一）　　　　　　　　　　［蠢蠢欲动］

320. 云头早有采茶人。（成语一）　　　　　　　　　　　［一草一木］

321. 要说剃头真不难。（五字口语一）　　　　　　　　［道理很简单］

322. 接力竞赛我居先。（成语一）　　　　　　　　　　　［当头一棒］

323. 红二连誓夺三据点。（少数民族一）　　　　　　　　　［赫哲］

324. 左不出头，右不出头。谜底何在？村西码头。（字一） ［柘］

325. 罘。（六字口语一） ［一转眼不见了］

326. 风打着门来门自开。（礼貌用语一） ［没关系］

327. 唐明皇选中玉环，汉武帝独宠飞燕。（成语一） ［挑肥拣瘦］

328. 若能返单是奇迹。（五言唐诗一） ［下笔如有神］

329. 水落无因淡淡烟。（五字流行歌词一） ［火火火火火］

330. "插翅虎"无力再战。（成语一） ［雷打不动］

331. 犯错被罚长禁坐。（四字交通用语一） ［过站不停］

332. 宛转娥眉马前死。（俗语一） ［一环扣一环］

333. 王戎钻李欲何为。（政治名词一） ［防止核扩散］

334. 郗鉴选东床。（外国科学家一） ［爱因斯坦］

335. 拿下几多无头案。（电信名词一） ［手机］

336. 前面看很小，后面看很大。（网络名词一） ［微博］

337. 查看结果，杳无音信。（字一） ［一］

338. 四海之内皆兄弟。（成语一） ［天下为公］

339. 自今天下息烽燧。（纪念日一） ［世界无烟日］

340. 欲破曹兵箭不足。（数学名词一） ［矢量差］

341. 树中你我话别离。（体育用语一） ［又得两分］

342. 检讨者签字。（成语一） ［人过留名］

343. 老大徒伤悲。（五言唐诗一） ［感时花溅泪］

344. 执着半生，并称四梦写到终。（购物网站一） ［拼多多］

345. 遥祝。（成语一） ［敬而远之］

346. 话语中流露出引退的念头。（成语一） ［言下之意］

347. 岂可一概而论。（五字竞赛用语一） ［得分情况表］

348. 夫妻分乘计程车。（军事熟语一） ［你打你的，我打我的］

349. 单于夜遁逃。（棋赛用语一） ［黑方好走］

350. 过了清明始抽条。（成语一） ［节外生枝］

351. 蜡烛有心还惜别。（考试用语一） ［照顾分］

352. 春江水暖鸭先知。（病症一）　　　　　　　　［禽流感］

353. 防人之心不可无。（职业一）　　　　　　　　［交通警察］

354. 独候江边待潮落。（四字质量用语一）　　　　　［一等水平］

355. 东风万里扫残云。（影视用语一）　　　　　　　［高清大片］

356. 去时太拘束。（五字旅游用语一）　　　　　　　［回归大自然］

357. 镜头对着台上。（地理名词一）　　　　　　　　［金三角］

358. 破门而入。（成语一）　　　　　　　　　　　　［不经推敲］

359. 超额。（成语一）　　　　　　　　　　　　　　［迎头赶上］

360. 五十步笑百步。（称呼一）　　　　　　　　　　［负责人］

361. 甲午开年祝平安。（三个国家简称一）　　　　　［新马泰］

362. 成对成双去，接二连三来。（数学名词一）　　　［四舍五入］

363. 征射灯谜作莫泄底。（五字常言一）　　　　　　［让人猜不透］

364. 一声呻吟传堂上。（外国民歌一）　　　　　　　［哎呦妈妈］

365. 一二三四，最后排齐。（网络语一）　　　　　　［又双叒叕］

366. 重在立言，重在修身，重在守高节。（礼貌用语一）　［谢谢］